No eres lo que dicen de ti

No eres lo que dicen de ti

Hanna Lindberg

Traducido por Pontus Sánchez

rocabolsillo

Título original: *Sthlm Confidential*

© 2014, Hanna E Lindberg

En acuerdo con Grand Agency.

Primera edición en este formato: noviembre de 2017

© de la traducción: 2016, Pontus Sánchez.
© de esta edición: 2016, 2017, Roca Editorial de Libros, S. L.
Av. Marquès de l'Argentera 17, pral.
08003 Barcelona.
actualidad@rocaeditorial.com
www.rocalibros.com

© del diseño de portada: Mario Arturo
© de las imágenes de cubierta: Joyfull / Lassedesignen / Elovich

Impreso por NOVOPRINT
Sant Andreu de la Barca (Barcelona)

ISBN: 978-84-16240-89-0
Depósito legal: B. 22412-2017
Código IBIC: FF; FH

RB40890

Sus fotos eran sinceras. Pechos y culo. Miradas de deseo. A menudo no iban más desnudas que en un anuncio de moda normal y corriente. Vendían sexo, pero a diferencia de las marcas de ropa, él no lo escondía. Solía compararlo con el meado y la mierda. Entrabas en un portal sin notar nada. El meado estaba allí, insidioso en su invisibilidad; no eras consciente de él hasta que el penetrante hedor te comenzaba a escocer en las fosas nasales. La mierda siempre era mierda. Podías verla, se daba a conocer y era sincera. Sus fotos eran mierda.

1

Jueves 11 de mayo, mañana

*N*oventa y dos días, diez horas y cinco minutos habían pasado desde la catástrofe. El teléfono guardaba silencio. La fuente de la Policía de Estocolmo que solía darle chivatazos sobre redadas de narcóticos contra famosos había dejado de llamar. El tipo del bar, que sabía dónde iban a ir de fiesta las estrellas mundiales cuando llegaban a Estocolmo, ya no contestaba a sus mensajes de móvil. Ni siquiera los de relaciones públicas daban señales de vida.

Después de lo que pasó en primavera estaba quemada.

Nadie quería que lo asociaran a Solveig Berg.

Cogió el portátil de la mesilla de noche, desplegó la pantalla y entró en *Sthlm Confidential*, el blog que había abierto, empujada por la cólera, el mismo día en que la echaron del trabajo. Tenía grandes planes, iba a contener de todo, desde rápidas noticias de entretenimiento hasta artículos de investigación y revelaciones. Algo de lo que hablaría todo el mundo. Su camino de vuelta.

La puerta del dormitorio estaba abierta. Paseó la mirada por el piso, un apartamento de una sola habitación en un bloque de los años cuarenta de la calle Skebokvarnsvägen, en el barrio de Högdalen. Las paredes habían sido recubiertas con telas que pretendían aislarlo un poco más. Tapices con nómadas y camellos que su mejor —y, ahora, única— amiga, Fatima Niemi, había comprado en Marruecos. Detuvo la mirada sobre la trompeta que le había regalado su padre. Micke Berg llevaba un taxi, pero vivía para su banda de jazz.

La taza de café de la noche anterior seguía en el mismo

sitio, lleno de envoltorios arrugados de caramelos de regaliz. Se había quedado despierta hasta demasiado tarde.

Otra vez.

El cansancio se estaba construyendo una guarida en su cabeza. Cuando las fuentes se esfumaron tuvo que buscar otras vías. Hacer cosas que se compartieran en las redes sociales, por ejemplo.

Por la noche había colgado dos entradas:

23:57:11 Gatitos adorables que no te puedes perder
00:45:35 Los 19 momentos más escalofriantes de Per Morberg en la tele

Ganchos fáciles que deberían dar resultado.

Había buscado imágenes de gatos haciendo cosas peculiares y les había añadido bocadillos con comentarios. El jefe de noticias de su anterior puesto de trabajo los llamaba gatos de la risa y aseguraba que los animales estaban a punto de superar al porno en internet. Incluso había páginas norteamericanas cuyo éxito recaía enteramente en ese tipo de gatos.

Siete visualizaciones.

Ningún compartido en Facebook.

Solveig cerró el ordenador.

«Ten paciencia», se dijo a sí misma. El contenido era bueno. Vale, quizás el enfoque había cambiado un poco respecto a lo que tenía pensado en un primer momento; las noticias y las importantes investigaciones periodísticas no las había trabajado demasiado, pero primero tenía que conseguir que la gente llegara al blog. Así lo otro vendría solo.

A través del suelo pudo oír un lamento reprimido.

¿Tan tarde era?

Solveig intuyó el siseo de la aguja que inyectaba color en la piel de alguien en el local del tatuador, en la planta baja. Debería levantarse. Poner en marcha la cafetera y escribir un par de entradas. Planear los trabajos más grandes, los que estaban por venir.

Pero siguió tumbada.

Oyó un goteo.

¿Estaba lloviendo?

Apenas tres meses atrás era una prometedora reportera de veinticinco años en plena carrera ascendente. El lugar de trabajo se llamaba Newsfeed24 y durante los dos años que había estado allí, el portal había crecido hasta convertirse en una de las páginas de noticias más leídas. Su éxito se debía a los puntos de vista y la presentación. Las noticias se redactaban con nervio y humor. A veces parecían meras listas de acontecimientos. Cosas que conmovían, horrorizaban, enganchaban a los lectores, quienes se encargaban de rebotar los artículos. Cada semana, Solveig había recibido miles de mails de lectores, incluso había un hilo sobre ella en el foro Flashback. «¿Alguien tiene chismorreos sobre Solveig Berg?» Todo aquello le había encantado —ser leída, o bueno, vista—, pero el ambiente en la redacción era lo que más echaba de menos. El espíritu de equipo entre reporteros y cronistas. Las risas compartidas ante las historias de tartas con forma de chichi en los *baby showers* norteamericanos y de coches aparcados que habían sido engullidos por hoyos misteriosos. Las palmadas en la espalda después de las divulgaciones. Blogueros famosos evasores de impuestos que se desgravaban los viajes a Tailandia, políticos del Parlamento que escribían en foros racistas y grandes empresarios que frecuentaban prostíbulos. El apoyo cuando los comentarios habían tomado un cariz demasiado personal. Solveig pensó en las legendarias tardes de cerveza en Kvarnen, el pub del barrio de Södermalm. Las *afterparties*.

Suspiró.

Un desafortunado error y todo se había ido a pique. Ahora estaba de nuevo en el Howdy Burger, la cadena de hamburgueserías caras de la calle Vasagatan. De día servía comida y cerveza embotellada para poder pagar el alquiler. De noche batallaba con el blog.

El goteo continuaba.

Cogió el libro que había en el suelo. *Ser quien eres y transformar el mundo (¿es la hora?)*. Un cliente se lo había dejado en el restaurante. Uno más del mar de libros de autoayuda. Prometía herramientas sencillas que darían una perspectiva totalmente nueva de la propia existencia. Prometía salud y riqueza. No prometía ninguna respuesta, pero planteaba un montón de preguntas. La vida de Solveig no podía contener más interrogantes, eso era seguro. Pero esa no era la razón por la que lo estaba leyendo. Solveig sentía curiosidad por el hombre que se lo había dejado.

No consiguió leer más de dos líneas.

¿Por qué olía a lavadero húmedo?

La sábana se había desprendido de debajo del colchón y se le había enrollado a la pierna. Solveig se desenmarañó, apartó el edredón de una sacudida y se levantó.

En el pasillo el ruido se hizo más notorio.

Se quedó de pie en el umbral de la puerta de la cocina.

El fregadero se había inundado y el agua corría por la encimera y los fogones eléctricos y rezumaba por los armaritos. Todo el suelo se estaba cubriendo de agua.

Se había dejado el grifo abierto.

Solveig corrió a cerrarlo. Maldijo la situación y repartió todas las toallas que pudo encontrar. Cogió el móvil; estuvo a punto de llamar a su padre pero cambió de idea.

Fatima Niemi lo cogió al cuarto tono.

—Esta noche tenemos que salir —dijo Solveig.

2

Jueves 11 de mayo, mediodía

*L*ennie Lee no solía ponerse nervioso y, desde luego, no estaba acostumbrado a esperar. Como fotógrafo reconocido y editor responsable de su propia revista, *Glam Magazine*, había alcanzado un punto en el que él ponía las condiciones para la mayoría de las cosas. Ahora estaba sentado solo a una mesa en Boqueria, el restaurante de tapas de la Moodgallerian en Estocolmo, con un vaso de cerveza casi vacío delante.

¿Por qué no llegaba?

Lennie paseó la mirada por el local. Paredes de azulejos, suelo oscuro. Cocineros con gorro blanco preparando la comida a la vista de los clientes. Estos, siempre guapos. Empresarios de punta en blanco que trabajan cerca de Stureplàn y que estaban terminando sus dilatados almuerzos con un café expreso. Hombres y mujeres más jóvenes con empleos creativos en ropa expresamente informal. Gente de la moda salidos de la oficina central del gigante sueco de ropa en la calle Mäster Samuelsgatan.

Lennie vació su copa.

Unas horas antes se había estado paseando por casa en bata y pantuflas. Una mañana perezosa en mitad de la semana. Libertad. Le encantaba ser dueño de su tiempo. Un trabajo corriente de nueve a cinco era impensable, representaba todo aquello de lo que había querido alejarse cuando en su día cambió Tranås por Estocolmo. Después de un largo desayuno con su novia Marika Glans se había descargado unas cuantas revistas británicas y se había acomodado en su sofá con el iPad. Acababa de constatar que las últimas portadas de

Maxim y *GQ* no eran ni de lejos tan estilosas como las de *Glam Magazine* cuando sonó el teléfono. Era un número desconocido, pero aun así Lennie había decidido cogerlo.

Una voz grave de hombre lo saludó desde el otro lado. Jakob Adler quería verse con él.

Por los altavoces sonaba una tenue música *lounge*. Los clientes que habían venido a almorzar comenzaban a retirarse. Lennie cogió un palillo del palillero que había sobre la mesa, lo partió en dos y sacó otro. Pequeñas astillitas salieron disparadas.

Jakob Adler.

Recordó la primera reunión que habían mantenido.

Pronto haría diez años de aquello. Lennie estaba elaborando un reportaje sobre el crimen organizado en Estocolmo y se había puesto en contacto con el hombre de quien se decía que lideraba una creciente red de criminales profesionales: Jakob Adler, de treinta años por aquel entonces, criado en Hässelby. Por alguna razón, Lennie había pensado que le sería difícil hacerlo hablar, pero Jakob se había mostrado sorprendentemente abierto, cordial y bienhablado. Hasta el punto de que Lennie llegó a dudar del local que había escogido para las fotos. Pero Jakob no tenía nada en contra de posar en el gimnasio de mala muerte de un sótano de Gamla Stan, el casco antiguo de la capital. Después, Lennie granuló las fotos al estilo documental y apuró los contrastes, como si hubieran sido pasadas por una fotocopiadora veinte veces. El resultado: un gánster impredecible. Alguien con quien no querrías tener problemas.

Lennie sonrió con el recuerdo.

En los últimos años, Adler había abandonado el crimen y se había hecho emprendedor. Se decía que se había metido en el mundo de los bares de copas como hombre de negocios, pero Lennie no lo sabía con certeza. A lo mejor necesitaba nuevas fotos en un ambiente más representativo. Un salón burgués. Carrito bar. Contundentes sofás Chester. Algo que encajara en *DI Weekend*, el prestigioso *magazine* de fin de semana de *Dagens Industris*.

Una camarera colocaba copas de vino para los servicios de la cena. Se habían citado a las dos, pero Lennie había llegado veinte minutos antes. Aunque no tenía problemas para conseguir una mesa, en esta ocasión quería estar totalmente seguro. Si se hubiese tratado de una reunión más —chicas para fiestas privadas secretas—, habría sido la secretaria finlandesa quien hubiese llevado las riendas. Adler llamaba personalmente en contadísimas ocasiones.

Lennie miró por la ventana. La gente avanzaba con pasos apresurados por la calle Jakobsbergsgatan. La copa de cerveza seguía vacía. Empezó a contar las veces que alguien del servicio pasaba por su lado sin preguntar si quería otra. ¿Qué estaba pasando? ¿No lo reconocían? De pronto encontró fallos por todas partes. Migas de pan que seguían en el suelo. Manchas en las lámparas. Olor a cocina. ¿Por qué el dueño no se encargaba de que el personal limpiara y se hiciera valer, ahora que había calma?

Eran casi las 3:00 h.

¿Le habría surgido algún imprevisto a Jakob Adler?

Lennie pensó en cosas que podrían haberse interpuesto en su camino.

Retenciones de tráfico. Contactos más importantes. Negocios mayores.

La puerta se abrió.

Un hombre muy elegante apareció en la entrada. El maletín y el cinturón hacían juego con los zapatos Oxford de John Lobb.

Lennie se levantó tan deprisa que la silla rechinó contra el suelo.

—Me alegro de verte. —Jakob Adler le cogió la mano y le dio una palmada entre los omoplatos.

—Lo mismo digo. ¿Todo bien?

—Sí, gracias —dijo Jakob. Cuando vio la copa de cerveza vacía se rio en voz alta—. ¿Tenías sed?

Se sentaron uno frente al otro. Jakob Adler en el sofá, con vistas al restaurante; Lennie en la silla. El reloj Breitling golpeó la mesa cuando Jakob descansó los brazos en ella. Los tatuajes habían desaparecido, pero podían intuirse unas sombras grises allí donde habían estado: en las manos, los brazos,

el cuello y la nuca. Iba peinado con la raya a un lado, el cabello reluciente de gomina, la barba bien recortada y el traje de
Corneliani le iba perfecto. No cabía ninguna duda. Ahora Jakob Adler era un hombre de negocios.

Se les acercó una camarera. Lennie había tenido tiempo
de leer el menú varias veces y ya sabía lo que quería. Gambones a la parrilla y pimientos con queso de primero. De segundo, cochinillo asado con patatas fritas dos veces y alioli
de trufa. Jakob Adler asintió satisfecho, eligió lo mismo pero
con una salsa ahumada.

La camarera titubeó.

—En realidad no cambiamos los platos.

—¿Se puede o no se puede? —pregunta Jakob Adler.

—Lo consultaré con el cocinero, seguro que podemos
arreglarlo. ¿Qué desean para beber?

—Una cerveza buena.

—Puttin' in Hours. Una rubia norteamericana elaborada
con cuatro tipos de malta sueca y…

—Vale —dijo Jakob mientras se quitaba la americana—.
Si está buena.

—Para mí también —dijo Lennie.

La camarera les dio las gracias por el pedido.

Hubo silencio.

Lennie empezó a charlar. Era un arte difícil. Sin su talento social jamás habría llegado tan lejos. Las mujeres estaban de su parte. Ellas se reían con sus bromas, mientras los
hombres lo veían como un colega simpático más que como
una amenaza. A todo el mundo le gustaba Lennie Lee.

—La cosa va viento en popa. La redacción se está dejando
la piel con el nuevo número, el *deadline*, ya sabes. Después
nos vamos de gira. Tías y birra, la gente necesita su dosis…

Jakob Adler se inclinó sobre la mesa.

Lennie calló.

—Dentro de tres semanas cumplo cuarenta, el 25 de
mayo —dijo Adler.

—Felicidades de ante…

—Voy a montar una fiesta. Pero no una cosa cualquiera.
Nada de espectáculos familiares.

Jakob Adler habló con solemnidad:

—Quiero veinticinco chicas, las mejores y más elegantes que tengas.

Lennie asintió con la cabeza. Las chicas eran la base de su actividad. Había construido su vida en torno a ellas. A estas alturas había hecho castings de chicas para cientos de eventos. Desde cenas privadas entre magnates de la industria hasta despedidas de soltero de hijos de multimillonarios y fiestas de hombres de negocios saudíes en barcos de lujo en el archipiélago de Estocolmo. Las tiradas cada vez más pequeñas de la revista hacían que los trabajos aparte fueran cada vez más decisivos. «Más o menos como para una banda de rock», le gustaba pensar. Cuando ya no vendían más discos, les tocaba hacer bolos como nunca. Era cuestión de plantarse donde estaban los lectores. Atraer con otros asuntos. Fiestas temáticas y viajes de tíos y cursillos para ligar con su particular «garantía de polvo».

—Quiero un castillo —continuó Adler—. Mis invitados tienen que sentirse como reyes. Tiene que haber de todo. Bogavante y la mejor carne. Champán, alcohol, tabaco. Y quiero que me lo montes tú.

Su rostro era de concentración.

—¿Lo harás?

—Por supuesto —dijo Lennie.

La camarera apareció con los entrantes. Gambones marcados con estrías negras de la parrilla y pimientos aceitosos rellenos de queso en cuencos de barro redondos. Jakob mordió la punta de un pimiento. Masticó pensativo.

—¿Nos entendemos cuando digo que espero…?

Miró por la ventana en dirección a un coche mal aparcado.

—Máxima categoría.

—Por supuesto.

—Te daré cinco.

—¿Cinco qué? —preguntó Lennie.

Jakob Adler esbozó una sonrisa burlona, dejando al descubierto los empastes en los últimos dientes de la fila superior.

—Millones.

Lennie tragó saliva. Cinco millones. Era más de lo que había logrado reunir en todos los años que la revista llevaba en marcha. Al menos de lo que había declarado a Hacienda. Tenía enfoques ingeniosos y todo lo que podía lo hacía en negro: chicas para eventos, giras de bares e incluso una parte de los trabajos de publicidad. Pero igualmente sonaba demasiado bien para ser cierto.

Jakob Adler bajó la voz.

—Pero entonces tiene que ir todo bien. Al micrómetro. Nada puede ser menos que perfecto. La gente tiene que hablar de esta fiesta durante años.

—Está hecho —dijo Lennie.

El móvil de Adler comenzó a sonar.

—Tengo que cogerlo. —Se levantó y se alejó.

Lennie se quedó sentado asimilándolo todo. Un trabajo de ensueño. Sentía vértigo solo de pensarlo. Iba a dirigir la fiesta de cumpleaños. Bueno, el término no era el adecuado. Más bien se trataba de una exposición que iba a consolidar al hombre de negocios Jakob Adler y su imagen de emprendedor de éxito e inversor en el mundo de los bares de copas.

Lennie brindó con su reflejo.

En ese mismo instante percibió el dulce perfume.

—Hola —le dijo una voz más que familiar.

«No —pensó—. Ahora no.»

—Jennifer —dijo Lennie y se levantó de la silla.

Se dieron dos besos.

—¿Por qué no contestas a mis mensajes? —le preguntó Jennifer Leone. Su voz sonaba frágil. Poseía una belleza magnética, ni siquiera los cardenales en los pómulos tras la última sesión de relleno ni la desacertada ocasión para presentarse podían cambiar eso.

—Oye, corazón, estoy un poco ocupado.

—¿Con quién?

—Un conocido, cliente mío.

Ella se sentó en el sofá. Lennie notó que su irritación iba en aumento. «Vete —pensó—. Desaparece.» El miedo a que ella montara un numerito lo estresaba. Nada debía poner todo esto en peligro.

—Quiero ver las fotos terminadas —dijo.

Solían quedar en el pisito de ella en Täby, en la redacción o en alguna habitación de hotel. Siempre había sido así.

Hasta una noche de la semana anterior. Marika Glans había ido al estreno de una película. Después de unas cuantas copas en Miss Voon, a Lennie le había parecido impensable meterse en un taxi y hacer el largo trayecto hasta Täby cuando la calle Linnégatan quedaba tan cerca.

Obviamente, había sido un error.

Jennifer había visto el cuadro de Bert Stern que colgaba en el dormitorio de Lennie y Marika, se había quedado atrapada con los sugerentes retratos de Marilyn Monroe en la ligera tela y había exigido posar de la misma manera. Ahora la chica se la estaba liando. Decía que quería ver las fotos, una y otra vez. Igual que Monroe, había tachado las que no le gustaban con pintalabios rojo. En realidad tenía su punto de entrañable.

—Llama a Hockey —dijo él cortante. El ayudante de fotografía estaba de guardia las veinticuatro horas del día y podía ayudarla, sin lugar a dudas, si no fuera porque Jennifer usaba las fotos a modo de excusa para acercarse a Lennie.

—No —dijo. La voz más quebradiza.

—Las fotos están en la redacción, llama a Hockey o para ya.

—¿Cómo puedes hacer esto?

Su voz tiritaba.

Jennifer Leone se puso a llorar.

Lennie respiró hondo. Hizo de tripas corazón. Sin duda, ella notaba que estaba tenso. Él podía ver que estaba disfrutando con la situación. Jennifer subió las piernas al sofá, los gemelos justo encima de la americana de Jakob Adler.

—Compórtate —dijo Lennie.

Ella se tapó la cara con las manos en un gesto lleno de dramatismo. Los clientes de una mesa próxima los miraron.

—¡Para!

Jennifer lloraba cada vez más fuerte.

—Por favor, luego hablamos —dijo Lennie.

—¿Vendrás esta noche? —preguntó ella.

—Puede.

La chica alzó la voz.

—¿Cómo que puede?

—Calla —le espetó él.

—Ya no puedo más.

—Vale, iré esta noche, lo que sea mientras te vayas ahora mismo —dijo Lennie.

—Entonces, ¿nos vemos esta noche?

—Sí, sí, lo prometo. Va, vete.

Jennifer Leone arrancó un trocito de la servilleta de Adler y se secó bajo los ojos. Después, por fin puso los pies en el suelo y rumbo a la salida con sus zapatos de tacón alto.

Lennie se inclinó por encima de la mesa y alisó las arrugas de la americana de Jakob Adler. Luego se dejó caer en la silla, dio un buen trago a la cerveza y exhaló un suspiro.

Sintió una fuerte palmada y zarandeo en el hombro.

Jakob Adler había vuelto.

—¿Así que no me presentas a tus señoritas? —dijo—. ¿No soy lo bastante guapo? —Su risa sonó una octava más aguda de lo que debiera.

Lennie se rio también.

—¿Por dónde íbamos? Sí, cuenta con ciento cincuenta invitados, más o menos. Los más cercanos —dijo Jakob.

—Claro. Tú solo dame los nombres y direcciones y haré unas invitaciones bien elegantes.

—De las invitaciones ya me encargo yo.

—Como quieras.

—Tu tarea es el entretenimiento. Quiero pasármelo en grande.

El cochinillo llegó a la mesa. Panceta rústica al horno en plato de madera. Patatas fritas y salsa en un cesto aparte. Jakob Adler brindó. La conversación cambió de tema. Entre bocado y bocado, Adler presumía de su nuevo barco a motor: un yate americano de lujo, de sesenta y nueve pies, y valorado en quince millones de coronas. Lennie se esforzaba en escuchar, pero los pensamientos tiraban en otra dirección. Hacia Jennifer Leone.

—Supera a casi todo lo que va por el agua —dijo Adler.

—¿Cuántos caba…?

—Lennie, joder, cuéntame. ¿Qué tal te va con Marika?

3

Jueves 11 de mayo, noche

*E*ra casi medianoche. Cócteles y botellas de alcohol llenaban las mesas. El Café Opera palpitaba por los graves de la música y la pista de baile se veía azotada por destellos rojos y verdes. Solveig estaba sentada en la barra y alzó su tercer mojito para brindar con Fatima Niemi, que seguía mojándose los labios con su primera copa de vino.

—En serio, a lo mejor debería cerrar el blog directamente y dedicarme a otra cosa —dijo Solveig.

Se notaba la cara caliente y el cuerpo entumecido. Las copas le habían infundido una agradable sensación de relax.

—Todo se arreglará —dijo Fatima.

—Meterme a enfermera o algo.

Su amiga la miró escéptica.

—Te aburrirías en una semana.

—Nunca volverán a darme trabajo en una redacción después de lo que pasó.

—¿No puedes ir por libre, como al principio?

Solveig soltó una carcajada.

—Con seudónimo, en todo caso.

Giró la cabeza y observó el altillo en donde un segurata saludaba con la cabeza a un par de chicas jóvenes. Dos escalones y una cuerda distinguían a los clientes importantes de todos los demás. Primero solo vio el cabello, largo y rubio platino debajo de una gorra rosa chillón.

—Dios mío, es Jennifer Leone. Ya sabes, la *top model* —dijo Solveig.

—Pensaba que las *top models* desaparecieron con el milenio —dijo Fatima.

Solveig guardó silencio y se quedó pensando. Lo cierto es que podría ser un buen texto para el blog; se le acababa de ocurrir el comienzo de una entrada.

A finales de los noventa llenaban las portadas de las revistas para tíos en la parte más alta de la estantería de periódicos. Venían de Borås, Bollnäs y Skövde. Rosersberg, Kungsängen y Sollentuna. Rubias, de pechos operados y ambiciosas. Querían hacerse ver. Con el cambio de milenio se volvieron las estrellas de los *realities* de la tele. Montaban fiestas. Se peleaban. Practicaban sexo en las horas de mayor audiencia. Los escándalos se sucedían, se convertían en relatos por entregas entre los titulares de la prensa de la tarde. Durante unos años las *top models* estuvieron en todas partes. ¿Dónde se han metido ahora?

—He tenido una idea para un reportaje. Las últimas *top models* —le dijo a Fatima.

La amiga asintió con la cabeza.

Solveig miró al altillo VIP, donde Jennifer Leone se había sentado con un grupo de gente, y reconoció a Martin «Lennie Lee» Lenholm, el fotógrafo, con su característica vestimenta: traje blanco entallado, camisa abierta, una cadena oscilante y zapatillas deportivas de colores vivos.

—Acábate eso para que te invite a un trago —le dijo a Fatima.

—Es que… Tendría que volver a casa en el último metro.

—Entonces decídete pronto, ¿qué vas a querer?

—No puedo. Mañana tengo las pruebas físicas de la Escuela de Policía.

—Pues yo sí necesito otro trago —dijo Solveig.

Se abrió paso entre unos hombres que parecían haber prolongado la copa de después del trabajo y consiguió llamar la atención del barman y pedir dos vodkas con Redbull. Seguro que Fatima cambiaba de idea. Mientras esperaba siguió pensando en la idea que había tenido. Algunas de las *top models* se habían casado con futbolistas, otras habían tenido hijos y desaparecido. Pero ¿y las demás? Jennifer Leone y compañía. ¿Quiénes eran? ¿De qué vivían? El barman adoptó una expresión exageradamente amargada mientras medía los mililitros de alcohol. Trescientas treinta coronas. Las copas estaban delante de ella en dos vasos largos de plástico.

Volvió a su sitio.

—Toma, por si has cambiado de idea.

Fatima pareció incomodarse.

—De verdad que no puedo beber más. Las pruebas son importantes para mí.

El dj levantó los brazos desde la cabina. Sonaba una música electrónica bastante contundente. El aire era pesado. Fatima se había ido a casa y los dos vasos de plástico estaban vacíos delante de Solveig. La idea se le antojaba cada vez más acertada.

«Las últimas *top models*.»

Observó al segurata. Si iba, no podía titubear, el menor resquicio de duda y no la dejarían pasar nunca.

Al bajar del taburete le dio un vahído.

A medio camino observó que el segurata empezó a hablar por el pinganillo.

De pronto abandonó su puesto.

Vía libre.

Solveig se abrió paso entre chicas embadurnadas de maquillaje y hombres con camisas que parecían enceradas. Los zapatos se le pegaban al suelo; algo crepitó, cristales rotos.

Los dos escalones a toda prisa.

Se agachó.

Y ya estaba en el lado correcto de la cuerda.

Solveig fijó el rumbo hacia Lennie Lee. Lo saludó alegre, como a un querido amigo al que llevaba tiempo sin ver.

Él se levantó.

Parecía un tanto desconcertado, como si se viera obligado a recordar. Ella se acercó. Entonces él abrió los brazos y la abrazó.

—Visby, 2009, ¿verdad? —dijo él.

Solveig lo miró a los ojos.

—No —dijo—. Calle Kungsgatan, 2013.

Desde aquel día gris y encharcado de aguanieve de febrero en que ella había dado «un mal paso», tal como lo había expresado su jefe de entonces cuando la llamó a su despacho, su autoestima había caído a marchas forzadas, como rebanada con una pala de cortar queso. Una loncha tras otra, día tras día. Ahora se rio. El alcohol corría por su cuerpo, le devolvía la seguridad en sí misma.

—Vaya… —dijo.

—Te entrevisté cuando lo de la quiebra, bueno, ya sabes, cuando invertiste en ropa.

La mujer que estaba más cerca de Lennie Lee le lanzó una mirada cortante a Solveig.

Solveig reconoció a su novia, Marika Glans. Fue con ella con quien Lennie había abierto la empresa que iba a vender ropa interior sexy, pantalones de estar por casa y anoraks de plumas a través de una aplicación de móvil. La aplicación apenas llevaba un par de meses en marcha cuando comenzaron a caer las acusaciones de plagio y las facturas impagadas de los distribuidores.

—Una periodista, qué bien. Siéntate —dijo Lennie.

Sirvió una copa de champán de la botella mágnum que había en la cubitera en el centro y se la ofreció a Solveig, y después le presentó al resto del grupo. Jennifer Leone, en una punta del sofá rinconero, tenía los ojos más grandes y redondos que Solveig había visto jamás y hoyuelos que aparecían cada vez que sonreía. Había pegado fuerte con un *hit* del verano unos siete u ocho años atrás. Después la canción cayó en el olvido, pero Jennifer seguía asomando en las últimas páginas de las manoseadas revistas del corazón que había en Altovalle, la cafetería de Högdalen que tenía el padre de Fatima Niemi. Adina Blom, Natalie Holmin y Lily Hallqvist podían ser trillizas. Labios prominentes, manicura francesa y vestidos de tubo cortos sin tirantes. Carlos Palm era redactor en *Glam Magazine* y vestía americana de pana, pantalón de pinzas verde y pajarita a topos, como si trabajara en una exclusiva revista cultural. Elina Olsson, en la otra punta, iba muy maquillada y tenía un aire agitado y atento en la mirada. Solveig no sabía decir si es que estaba impaciente o nerviosa.

Se sentó entre Elina y Carlos.

Lennie no le preguntó nada acerca de su despido. A lo mejor no leía las revistas del sector, o quizá, simplemente, no le importaba.

Se limitó a sonreír abiertamentea.

—¿Habrá artículo sobre nosotros?

Solveig notó que le subía la autoestima.

—Sí —dijo—. Estaba pensando en un reportaje sobre la cultura del glamur.

A Carlos Palm se le iluminó la cara. Dijo que si hubiese más gente que pensara como ella y se atreviera a escribir textos largos un poco más elaborados, la crisis de las revistas jamás habría tenido lugar. Empezó a hablar de su propio trabajo, dijo que se necesitaba valor para resistirse a la superficialidad, los artículos breves que eximían al público de cualquier esfuerzo y que se extendían a costa de lo sencillo y profundo.

—Ahora que internet está lleno de imágenes gratuitas, la narración es lo único en lo que podemos competir.

—Relájate, chico —dijo Lennie.

—La lectura de calidad es nuestra última cuerda de salvamento —concluyó Carlos.

Solveig pensaba que *Glam Magazine* había dejado de existir. El monólogo del redactor podía servirle como telón de fondo, junto con otros datos. Debería entrevistarlo después para descubrir más, pero ahora le despertaban más curiosidad las mujeres. De lejos no parecían tener mucho más de veinte años, con sus melenas rubias y sus cuerpos estilizados de Riviera francesa. Pero sentadas a su lado, vio que eran mayores, con voces graves y unas hermosas líneas que resquebrajaban el maquillaje alrededor de sus ojos.

—¿Quién se encarga de traer más bebida? —preguntó Marika Glans. A diferencia del resto de los presentes, no había nada halagüeño en su cara. No parecía sonreír porque sí.

Solveig miró a Jennifer Leone. Sus ojos tenían algo realmente llamativo.

—¿Cuál es tu sueño como modelo? —preguntó.

Jennifer se rio.

—Cariño, yo ya lo he hecho todo. He salido en *FHM*, *Sports Illustrated* y *Playboy*. He viajado por todo el mundo con una banda de rock. He jugado a vóley en el desierto con un príncipe árabe. Me han fotografiado con una boa gordísima enrollada al cuerpo. ¿Entiendes?

—Vaya, una serpiente. ¿Y qué se siente?

Solveig se estaba llevando la copa a los labios cuando Jennifer Leone se inclinó hacia delante, le cogió la mano y le separó los dedos.

—Suelta la copa.

—¿Por qué?

—Se coge así. —Jennifer sujetó el pie de la copa entre el pulgar y el índice y abrió los demás dedos en abanico. Sus uñas eran largas y estaban moteadas como una piel de leopardo.

—Sí, es muy importante —dijo Elina Olsson con sarcasmo.

—Y luego puedes hacer así. —Jennifer hizo girar la copa.

—Danos un respiro, ¿quieres? —dijo Elina.

Solveig cogió la copa de la manera nueva.

—¿Lo notas? —preguntó Jennifer.

Solveig no estaba segura de a qué se refería. El champán sabía bien, cogieras la copa como la cogieras. Las burbujas eran como perlas en la lengua.

—Oye, periodista —dijo Lennie—. ¿Cómo has dicho que te llamabas?

—Solveig Berg.

Él la examinó un buen rato, la midió con la mirada.

—Deberías animarte a una sesión de fotos, así podrías entender mi magia. Y si te apetece, tengo un trabajo para ti después del fin de semana.

—¿Qué clase de trabajo?

—Te pondremos delante de la cámara. Como modelo.

Lennie esbozó media sonrisa.

—Si te atreves.

Bad Romance de Lady Gaga comenzó a sonar por los altavoces. Jennifer Leone soltó un grito de felicidad y empezó a cantar encima. Cuando llegó el estribillo, se levantó. Zarandeó el torso hacia delante y su melena trazó un arco en el aire. Marika Glans se acercó un poco más a su novio. Jennifer movía las caderas, se puso las manos en la nuca y las deslizó despacio por las clavículas. No le quitaba el ojo a Lennie Lee.

Lennie besó a Marika en la mejilla, pero Solveig pudo percibir el cambio en su rostro. Su mirada saltaba.

Jennifer Leone se quitó el reloj de pulsera rosado de Michael Kors y lo balanceó como un péndulo delante de Lennie.

Marika le susurró algo al oído.

Lennie se levantó de golpe.

Abandonó la mesa y desapareció entre la multitud.

—Córtate —dijo Carlos, y miró irritado a Jennifer, que volvió a sentarse. El redactor se puso en pie y se fue de la mesa él también.

—Qué bien bailas —dijo Solveig.

Entonces notó la punzada.

Algo le había pinchado en la espalda, justo por encima de la cadera.

Se tocó en el costado y se miró la mano. Rojo en la punta de los dedos. Sangre. Una ola de dolor, pero la borrachera lo mitigaba. Si hubiese estado sobria habría gritado.

Elina Olsson sonreía tensa.

—¿Qué haces? —preguntó Solveig.

Elina entornó los ojos y ladeó un poco la cabeza. Un agitador roto cayó al suelo. Afilado y rosa, con un flamenco en un extremo. Estaba partido por la mitad.

—Aléjate.

Las ventanas de plástico en el pabellón que daba a los jardines de Kungsträdgården se habían empañado. El champán y el alcohol fluían por el cuerpo de Solveig, la aturdían. Un leve movimiento. Jennifer Leone se le acercó.

—Angustia del alma… —dijo Jennifer.

Solveig la miró sin entender, no estaba segura de a qué se refería.

—No sabemos nada al respecto.

Jennifer se rio. Sujetaba su collar con la mano: un amuleto grande con forma de gota y piedrecitas verdes que titilaban. Lo giró de modo que la gota se abrió y la punta se convirtió en una cucharilla. Una cucharilla con un polvo blanco que se llevó a la nariz.

Y aspiró.

Sin cortarse lo más mínimo.

—Nada, nada… —cantó Jennifer. Se sorbió la nariz unas pocas veces y esbozó una sonrisa de cocaína, inverosímil y chisporroteante.

—¿De la angustia del alma? —dijo Solveig.

Jennifer Leone bailó haciendo movimientos lentos y oscilantes.

—Nada de la angustia del alma. No sabemos nada…

—Nada. Nada. Nada.

Un camarero se abría paso entre la multitud con una bandeja redonda por encima de la cabeza. Se detuvo junto a ellas. Dos daiquiris rojos. Copas de Martini. Decoradas con fresas y hojas de melisa.

—De parte del caballero de allí.

Un hombre de cabello plateado brindó discretamente desde la otra punta del local y acto seguido desapareció. El cóctel a base de ron, que en realidad era como mínimo uno de más para Solveig, sabía dulce y fuerte. Y muy rico.

—¡¿Cómo va eso, chicas?! —gritó un chico de unos veinte años.

—Hola, Hockey —dijo Jennifer.

El chico las estaba grabando con el móvil. Sus ojos eran claros, casi de color violeta, como los de un pastor lapón. Jennifer miró la hora, eran casi las dos de la madrugada.

—¿Dónde está Lennie? —preguntó.

El chico sonrió a Solveig.

—Hockey, soy el ayudante de fotografía de Lennie Lee —dijo.

Jennifer le dio un empujón.

—Aparta.

Por un momento pareció que él fuera a devolvérselo, pero se limitó a sonreír y a pegarse un baile robótico, haciendo olas eléctricas con los brazos.

—Espera aquí —le dijo Jennifer a Solveig y desapareció.

—Así que tú eres el ayudante de…

Solveig se interrumpió. Dio una vuelta entera sin ver a Hockey. Solo veía cuerpos bailando que se empujaban y chocaban en todas direcciones. De pronto el cansancio se hizo patente. Le dolían los pies, notaba la espalda rígida. Pero Solveig no quería volver a casa.

Sacó el móvil y entró en Facebook.

Les mandó solicitudes de amistad a todos los que acababa de conocer y fue aceptada al instante por Lily Hallqvist. Después, Solveig entró en la web de *Glam Magazine*. La imagen de portada era una foto de una especie de gala. Glam Grooming Awards. Llovía confeti sobre el escenario, donde el gurú de la moda Ola Nygårds, con su montura de gafas blanca, parecía incómodo mientras repartía premios. A su alrededor, chicas en minifalda, y en el suelo… un público muy escaso. Toda la página tenía un aura de desolación. Como si el tiempo se hubiese detenido cuando Solveig y Fatima iban al instituto y entraban en páginas como Lunarstorm y Hamsterpaj. Las entradas no tenían ni comentarios ni compartidos. Se iban alternando portadas de revista con fotos de fiestas y anuncios explícitos siempre de la misma empresa. Una foto de un pequeño frigorífico con helado proteico que había en la redacción. Come helado y define tu cuerpo. *Glam Magazine+VitalMan*. Solveig hizo un par de capturas de pantalla.

Miró a su alrededor.

La mesa en la que habían estado sentados estaba vacía. A lo mejor debería ir a comer algo al Seven Eleven y apuntar cuatro cosas, ahora que aún lo tenía todo fresco en la cabeza, y luego…

Una voz grave le interrumpió el pensamiento:

—Buenas noches.

El hombre que tenía delante balanceaba el cuerpo al ritmo de la música. Los rizos bailaban alrededor de su cabeza.

Solveig se quedó de piedra.

Dan Irén.

4

Jueves 11 de mayo, madrugada

Lennie alcanzó a Jennifer Leone en las escaleras que bajaban al Strömparterren, el pequeño cabo que asomaba entre el auditorio Operan y el Palacio Real. Le pasó un brazo por la espalda. Con una caricia la hizo entrar en el ascensor redondo, escondrijo de puteros y yonquis. La luz de neón azul que debía impedir a los heroinómanos encontrarse las venas no parecía haber surtido demasiado efecto. En el suelo había una jeringuilla. La esfera de cristal que recubría la cámara de seguridad estaba reventada. Olía a pis.

La puerta se cerró.

Lennie apretó el botón de descenso con el codo. El motor dio una sacudida y el ascensor comenzó a bajar lentamente.

—Ni de coña pienso salir ahí —dijo Jennifer.

Lennie apretó el botón rojo. Parada de emergencia.

—Tampoco va a hacer falta.

—Aquí no —dijo ella.

Él le cogió la cara con las manos.

Y la besó.

Profundamente.

—Aquí no.

Ella se resistió y apartó la cara. Retrocedió. Había una araña en el techo justo encima de su cabeza. Lennie no decía nada.

—¿Qué va a ser? —preguntó ella.

Los ojos, de par en par.

Él se acercó de nuevo. Le apartó un mechón de la mejilla y apreció una suavidad que resultaba inverosímil. Dejó que sus labios le rozaran el cuello. Aspiró su aroma. Ella soltó un suspiro. Él la volvió a besar. Sobre la oreja, en el hueco entre las clavículas. Ella se dejó caer hasta ponerse de rodillas, le desabrochó el cinturón y luego los pantalones. Lennie apoyó la espalda en la pared, le quitó la gorra a Jennifer, notaba el cabello rubio y áspero entre sus dedos. La cabeza de Jennifer se movía hacia delante y hacia atrás delante de su pelvis. Él la apretó más fuerte hacia sí. Los labios se deslizaban con gran facilidad por su polla. Jennifer de rodillas en el suelo asqueroso. Tan sucio. Tan tremendamente gustoso. Unos escalofríos de bienestar le recorrieron todo el cuerpo.

Cerró los ojos y se dejó llevar.

Estalló.

Ella se puso de pie.

—Gracias —dijo él mientras dirigía la mano al botón del ascensor.

Jennifer se la apartó con un golpe.

—En serio, tengo que volver —dijo él.

—No —respondió ella.

Un sonido de cristales aplastados. La jeringuilla bajo el zapato de Jennifer.

—Cuidado con eso. —Lennie la agarró.

—Suéltame.

—Jennifer…

—Te hago una mamada y luego te vuelves con ella.

—Te quiero.

—Pues decídete.

Lennie apretó el botón de descenso. El ascensor dio otra sacudida.

—Te he dicho que no pienso salir ahí.

—Solo nos sentaremos a charlar un poco.

La puerta se abrió de forma automática. La gran estatua de bronce de Carl Milles estaba recubierta de andamios. Había barracones de obra en los parterres de alrededor. El agua corría a ambos lados del pequeño cabo, en esta época del año rugía como un río de las provincias del norte.

Jennifer lo agarró con fuerza.

—¿Ves el cielo? Totalmente estrellado —dijo Lennie.

—No habrá nada más —dijo Jennifer.

—Tienes que darme un poco de tiempo.

Jennifer se rio con sarcasmo.

—¿Tiempo? Llevas seis años.

—Ya sabes cómo son las cosas —dijo Lennie.

—Para Marika también va siendo hora de saber cómo son.

—¿Ves la Osa Mayor?

—Oye, he cambiado de idea, volvemos. Volvemos y contaré exactamente cómo son las cosas. Todo lo que has hecho durante estos años.

Jennifer se acercó tambaleante a la silla de plástico que estaba volcada delante de la cueva del Museo Medieval. Lennie oyó un ruido en unos matorrales cercanos. Ratas. La ciudad estaba infestada de ratas.

—Te he dicho que no puedo más —dijo Jennifer.

—¿Quieres perder lo que tenemos? —preguntó Lennie.

Se volvió a oír el ruido. Seguido de un crujido. Gravilla. ¿Había alguien ahí? Lennie se dio la vuelta. Le pareció ver un movimiento rápido, intentó enfocar, pero todo volvía a estar quieto. Oscuro y quieto. Seguro que eran ratas.

—Ya no aguanto más vivir así. ¿Lo entiendes?

Empezó a gritar.

—¡Eres un cobarde! ¡Un miserable!

Él no respondió.

—¡Te odio!

La silla de plástico salió volando hacia él, Lennie apenas tuvo tiempo de levantar el brazo.

—¿Qué haces?

Jennifer se agachó, recogió un pedazo roto de un tablón de madera. Él se abalanzó sobre ella. La sujetó por la muñeca que tenía levantada. La zarandeó con tanta fuerza que el trozo de madera dibujó un arco en el aire y aterrizó a varios metros de distancia. Él la empujó en el pecho, más fuerte de lo que había pretendido.

Jennifer se tambaleó.

Se torció el pie en un paso en falso y cayó al suelo de grava.

5

Jueves 11 de mayo, madrugada

*E*l aire de la calle era frío. Solveig estaba sentada junto a Dan Irén en un banco de color verde bajo los olmos de los jardines del Palacio Real. Dan era psicólogo de famosos y experto en relaciones, tenía su propio programa de televisión y una columna en varios periódicos, aparte de ser la razón personificada de que ella ya no conservara su empleo de periodista.

Solveig apartó todo eso de su mente y aceptó un Marlboro mentolado.

—Gracias —dijo.

—Tus formas me interesan —dijo él—. En un plano superior.

Ella dejó que él se lo encendiera. Se llenó los pulmones con humo y menta, echó atrás la cabeza y lo soltó. El césped estaba recién cortado, olía a verano.

—Solveig… —dijo él y deslizó la mano por el óvalo de su cara—. ¿Verdad que te llamabas Solveig?

—Ya sabes quién soy —dijo ella—. Tu abogado llamó a mi jefe y amenazó con denunciarle si no me echaba a la calle.

—Solveig… —repitió él despacio—. Como en la canción de Solveig. Nostalgia del norte. ¿Es posible que seas una persona nostálgica?

—No especialmente.

Dio otra calada.

—No puedo dejar de preguntarme cómo sería…

No se habían visto nunca. Aun así, Solveig conocía un montón de datos privados sobre él. Cosas que ella no debería

conocer. Todo debido a un mail enviado al destinatario equi-
vocado. La situación le resultaba desagradable.

Solveig se retorció en el banco.

—Oye, tengo que irme.

Dan Irén se la quedó mirando. El leve bronceado deno-
taba éxito en la vida. La separación entre los incisivos podría
haber sido un defecto, pero en lugar de ello le aportaba un
contraste encantador. Su aspecto y manera de sonreír con
toda la cara hacían que fuera fácil que te gustara.

—Relájate, Solveig. No te estoy reprochando nada. Una
moral flexible puede ser un recurso.

—¿A qué te refieres? —preguntó ella.

—Estás dispuesta a sacrificar más que otros. Eso no tiene
por qué ser malo, al final el dividendo es mayor. Si sale bien,
claro.

—Mmm.

—Así que ahora persigues una primicia llamada Lennie.

—Tengo que volver de alguna manera.

—Lo entiendo. Pero ¿no se ha escrito ya casi todo sobre él?

Una bandada de gaviotas estridentes dibujaba círculos
sobre las aguas de Strömmen. Parecía que había ocurrido
algo en el Grand Hotel. En la fachada se reflejaban las luces
azules de los coches patrulla y las ambulancias.

—Me pregunto qué será —dijo Solveig.

—Seguro que no es nada —dijo Dan y apoyó un brazo en
el respaldo por detrás de Solveig. Le rozó el hombro con un
dedo.

Sirenas sonando a lo lejos. Un coche de bomberos giró en
dirección al hotel.

Solveig tiró el cigarro.

—Tengo que ver qué ha pasado —dijo.

—Seguro que se ha prendido fuego en la freidora de Ma-
thias Dahlgren.

—No, vamos.

Dan Irén se levantó a regañadientes.

Cruzaron la gravilla, y el callejón y la calle Strömgatan.
Se detuvieron junto a la barandilla de hierro descascarillado
al otro lado del puente de Strömbron. Unos focos iluminaban
el muelle que había al pie de la entrada del hotel, justo donde

los barcos de Waxholm solían amarrar. Solveig seguía con atención el trabajo que hacía el personal de ambulancia vestido de verde. La corriente de agua retumbaba bajo sus pies.

Un frío crudo ascendía en el aire.

Solveig tiritó.

Un buzo recibía ayuda para sacar algo del agua. El personal de ambulancia acercó una camilla con ruedas hasta el borde del muelle. Solveig vio que abrían la cremallera de un gran saco de plástico plano. Un saco gris, le pareció ver. Uno con asas en los laterales.

—Es un cuerpo —dijo.

Dan Irén permanecía callado.

A pesar de la oscuridad y la distancia, el cuerpo tenía un horripilante aire familiar. Solveig clavó los ojos en el agua, que arrastraba una gorra por debajo del puente.

Una gorra rosa.

Solveig la había visto antes aquella misma noche.

En la cabeza de Jennifer Leone.

6

Viernes 12 de mayo, tarde

—*T*anto no voy a pagar.

El hombre que estaba delante de Kalju Saagim se llamaba Daniel Stiernstedt y llevaba uno de los restaurantes más populares de Estocolmo. Era conocido por su destreza con la materia prima, tenía una estrella Michelin y era uno de los clientes habituales de Kalju. El restaurante se llamaba Köttet, «la carne», y estaba decorado como un matadero. Paredes de azulejos y expositores refrigerados en los que las piezas de carne colgaban de ganchos para la contemplación de los comensales. Los suecos eran raros: elegir disfrutar de una buena cena en un ambiente así. El día que Kalju conociera a una mujer especial la llevaría a cenar a un restaurante con manteles blancos y vajilla de porcelana. No aquí. Por muy buena que fuera la comida.

En la cocina había una decena de cocineros trabajando. Era un espacio caluroso, sudoroso y oloroso. Había alguien despiezando una mitad entera de cerdo. El jugo rezumaba por la gruesa tabla de madera y desprendía un olor crudo, como a hierro oxidado. Kalju y Daniel Stiernstedt estaban algo apartados, junto al bufé frío, fuera del alcance de los oídos de los demás. Kalju miró al hostelero y luego los contenedores isotérmicos que llevaba consigo. Cincuenta kilos de solomillo *wagyu* proveniente de Chile. El precio en las carnicerías rondaba las mil seiscientas coronas el kilo. Un filete que a Daniel le salía a setecientas noventa.

—Me lo quedo todo por doce mil —dijo el hostelero.

Un precio muy a la baja, ambos lo sabían, pero el regateo era parte del juego.

—Diecisiete —dijo Kalju.

La carne era fresca. Procedía de reses que habían recibido un masaje diario y que se habían criado con una dieta especial a base de lúpulo y maíz. Era considerada la carne más jugosa y sabrosa del mundo. Una delicatesen.

—Catorce —ofreció Daniel.

Kalju hizo una mueca de humillación.

—Vale, ¿dieciséis?

Mejor, pero Kalju aguardaba para ver si podía subir el precio un poco más.

—Quince quinientas —dijo Daniel.

Se dieron la mano.

—Estamos de acuerdo —dijo Kalju.

Como de costumbre, se metieron en el despacho, un cuartucho contiguo al vestuario de personal. El hostelero introdujo el código de la caja fuerte empotrada y giró el volante. Sacó un estuche negro que abrió con una llave. Contó billetes, le pidió a Kalju que lo comprobara él también y luego los metió en un sobre grueso de color marrón que metió en una bolsa de papel.

—Tampoco ha sido tan sangriento, para ser una carne tan buena —dijo Daniel Stiernstedt y dibujó una sonrisita.

La furgoneta estaba aparcada delante del restaurante en la calle Birkagatan. Kalju se sentó al volante, giró la llave en el tambor y arrancó. Se deslizó por la calle Tomtebogatan y giró en el cruce con Sankt Eriksgatan y Torsgatan. Hacía una hermosa tarde de principios de verano, el sol aún estaba en lo alto del cielo. Las aceras iban cargadas de gente y las terrazas del barrio de Vasastan estaban abarrotadas. La radio prometía altas temperaturas para el fin de semana y los titulares de la prensa de la tarde hablaban de una «ola de calor ruso».

Había sido un buen día, pensó.

Quizá demasiado.

A primera hora de la mañana la furgoneta había estado llena de carne de distintas variedades. La ciudad se estaba despertando, en la plaza de Hötorget los fruteros y floristas montaban sus puestos de mercado. El camión del mayorista había estado detenido en el área de giro de Slöjdgatan, una calle sin salida, donde el mercado cubierto de Hötorgshallen tenía su entrada de mercancías. El conductor se había retrasado con motivo de una visita al lavabo o para firmar los recibos de la entrega. El chico había estado un par de minutos desaparecido y había dejado la cámara frigorífica sin cerrar con llave. Kalju no necesitaba más que eso para tener tiempo de cambiar cien kilos de carne de sitio. Diez bandejas se movían enseguida. No era algo en lo que los transeúntes se fijaran. Vestido con ropa gruesa de trabajo y jersey de capucha, Kalju también tenía pinta de transportista. La matrícula se la había robado a una furgoneta del mismo modelo, una Toyota negra, y hoy mismo había pegado un vinilo en los laterales. *Carnes de calidad Karlsson*. Profesional, discreto.

Ahora que circulaba por la avenida Sveavägen y se metía en el túnel, la caja de carga ya iba vacía. Estaba todo vendido. En el asiento del acompañante estaba el sobre de Daniel Stiernstedt y en la guantera había once mil coronas más en otro sobre. Kalju tenía una veintena de locales y tiendas a las que les solía proveer. Había de todo, desde restaurantes de lujo como Köttet hasta tabernas de barrio. Hoy una pizzería de Örnsberg le había comprado carne de caballo y falda de ternera que seguramente acabaría en sus pizzas de solomillo de buey. Entrecot y aguja iban para una hamburguesería de la calle Vasagatan, donde él mismo solía comer.

Un grupo de *segways* se abrían camino entre los *runners* y ciclistas en Söder Mälarstrand. Kalju giró por la calle Torkel Knutssonsgatan. Había varios taxis esperando clientes delante de Münchenbryggeriet, la antigua fábrica de cerveza reconvertida en centro de convenciones, donde se estaba celebrando algún tipo de feria. Giró a la derecha en Hornsgatan, en dirección a Zinkensdamm. Por delante de tiendas con zapatos de hombre, lámparas y ropa de segunda mano. Llegó al súper Konsum, a cien metros de su casa, cuando de pronto pisó el freno.

Miró por el retrovisor e hizo un cambio de sentido ilegal.

El equilibrio de la vida.

Sabía lo que tenía que hacer.

El día le había sonreído, había tenido suerte. No solo hoy.

Las últimas semanas habían sido afortunadas, llevaba demasiadas ganancias acumuladas. Lo notaba en todo el cuerpo.
Una preocupación latente. El equilibrio debía ser restablecido
si no quería que las cosas se le torcieran, para él o para Inna.

Kalju sacó el sobre con dinero de la guantera.

Y puso rumbo a la Misión de Estocolmo.

7

Viernes 12 de mayo, mañana

*E*n realidad, Lennie llegaba tarde a la reunión de la redacción, pero aun así se metió en Il Caffé de la plaza de Nytorget. El camarero lo vio, dio media vuelta y empezó a preparar un café con leche generoso.

—Échale doble de café —dijo Lennie.

—¿Noche ajetreada?

Asintió en silencio. La cabeza le estaba a punto de estallar. Sentía como si un torno estuviera presionándole las sienes. ¿Olía mal? Esperaba que el camarero no le preguntara nada más. Cada palabra, hasta la más insignificante, apretaba el torno un poquito más sin piedad alguna. En una situación normal, Lennie habría charlado de esto y lo otro. La calidad de las distintas semillas, tueste fuerte frente a tueste medio, el último fichaje del Inter. Ahora apartaba la mirada. El interior del local parecía una oficina. Gente con portátiles en cada mesa. Hombres barbudos y mujeres que llevaban sandalias con suela de madera. Creadores con trabajos libres.

Brrrrrrr. La máquina molía tan fuerte que a Lennie le taladraban los tímpanos. Insoportable. Tenía que salir de allí.

—Muchas gracias —dijo el camarero y le pasó un vaso de cartón con tapa.

Lennie sacó un billete de veinte y una moneda de diez y se marchó.

La redacción estaba a una calle de distancia, en el cruce de Södermannagatan y Kocksgatan. Caminó por delante de tiendas de segunda mano que estaban de moda, se hacían llamar *vintage* y vendían muebles de teca, vestidos feos y otras porquerías viejas a precios desorbitados. Pasó por delante de la tintorería con letras de color amarillo rojizo y llegó al portal de la esquina.

La música lo recibió con un bofetón.

Un tsunami de estruendo.

Debía de ser *When the Saints Go Marching in* o alguna otra cosa infumable de las que salían en las listas de reproducción cada vez más singulares de Carlos Palm. Él solo oía ruido. Bucles roqueros. Folclore sami.

Jack Moy & Glöden, quizá.

—Apaga eso —gritó Lennie.

Carlos Palm se plantó en el pasillo.

En tirantes, gorra de deshollinador y pantalones de pinzas con dobladillo vuelto.

—Un artista independiente islandés ha puesto melodía a su estado anímico. En *streaming* a tiempo real —dijo.

—Suena a brote psicótico —dijo Lennie—. Apaga esa porquería.

Carlos bajó el volumen.

—Vale, vale. Pero mi música es el menor de tus problemas.

—¿Qué pasa ahora?

—El publicista. Cierran el último número dentro de una semana y solo han conseguido meter dos páginas —dijo Carlos y se mesó la barba.

—Diseña unos cuantos anuncios propios —dijo Lennie y se sentó en una silla de director azul, junto a la mesita de centro que había en el despacho, no demasiado preocupado. Dinero tendrían en breve. Más liquidez que nunca. Lo que más lo intranquilizaba era el acuerdo entre él y Carlos, que seguía como cuando empezaron con la revista y los ingresos eran inciertos. Carlos no tenía sueldo y se repartían las ganancias a partes iguales.

—Los lectores son sensibles, esas cosas las notan. Nuestra credibilidad está siendo socavada —dijo Carlos. Masajeó el monóculo que colgaba de una cadenita del bolsillo de la pechera, hizo un sonido gutural mientras miraba con seriedad los últimos números publicados, colocados en fila en el estante de la pared.

—Debemos estar orgullosos de lo que hacemos —dijo Lennie.

Varias de las portadas eran realmente atractivas, pero si hojeabas el contenido saltaba a la vista que la economía estaba sometida a presión, al menos a ojos de quien tuviera una mínima idea de publicaciones. Una cantidad exigua de anuncios, textos breves y fotos viejas republicadas bajo títulos como *Las chicas de portada más populares* y *Chicas glamur que recordamos*. El papel había ido de Arctic Silk grueso y hambriento de color a Nova Press de 70 gramos, el más barato imaginable. Pero siempre y cuando la portada llevara barniz UV, la sensación no salía demasiado afectada. La revista seguía considerándose como gruesa: un truco al que los *magazines* gratuitos o las revistas para socios recurrían de buen grado.

—Hockey tiene ideas —dijo Lennie—. Hablad y poneos de acuerdo.

Carlos se lanzó con un monólogo sobre la impresión de revistas. Lo que era y lo que podría ser. Lennie no le prestaba demasiada atención. Su amigo y psicólogo Dan Irén le había aconsejado alejarse de los pensamientos nostálgicos de la época dorada y no mirar atrás. Los emprendedores, como él, Jakob Adler y Richard Branson, estaban en constante movimiento hacia delante. La gente que echaba la mirada atrás no llegaba a ninguna parte. La gente con sentido del deber, los amantes de la rutina, los de nueve a cinco. Si Carlos no se andaba con ojo acabaría siendo como el padre de Lennie. El viejo se había pasado la vida quejándose del trabajo en la administración de Tranås y no respetaba a su hijo, porque no buscaba un trabajo de verdad.

—Hazlo, habla con Hockey.

—Claro —dijo Carlos secamente—. Pero eso no paga a los colaboradores.

Lennie se terminó el café tibio de un trago y dejó el vaso.

—¿Qué es esto?

Había una decena de revistas esparcidas sobre la mesita de centro que tenía delante. *Lucky Peach, Perfect Man* e *i-D*. Revistas extranjeras de comida y estilos de vida. Excepcionalmente horribles en su rigurosidad. Lennie detestaba ese tipo de cosas.

—Inspiración —dijo Carlos.

—¡Bah! No nos pongamos agonías. Tenemos que creer en nuestro producto, seguir haciendo lo que mejor sabemos hacer.

A los hombres les gustaba contemplar mujeres hermosas. Siempre había sido así, siempre iba a pasar. Que la revista no se vendiera no se debía a un interés menguante. Era el modelo comercial lo que se había colapsado. La red rebosaba de tías de silicona en pelotas. Y gratis. Pero casi todo era desmañado y feo. Los anunciantes estaban a la espera de soluciones creativas, espacios publicitarios con gancho.

—Nuestra web parece de 1999 —dijo Lennie.

—La revista es nuestro producto central.

—Exacto. Y nuestro problema.

Lennie cogió *Café*, que ahora contenía hombres en lugar de mujeres bellas. La *FHM* sueca había desaparecido hacía tiempo. En un último intento desesperado, *Slitz* había sustituido a las chicas e intentado vender revistas con ayuda de retratos en blanco y negro de Ulf Brunnberg y Marcus Birro. Evidentemente había sido un fracaso. Una tirada menor implicaba menos puntos de venta. Bajar el precio tampoco ayudaba, y quitar más ropa era algo cerca de lo imposible. Ni siquiera Hugh Hefner parecía tener la respuesta. Tras sesenta años, *Playboy* había tenido que bajar la persiana en Chicago, donde arrancó en su día.

Carlos se metió una dosis de tabaco en polvo bajo del labio superior.

—Cuando empezamos, estábamos creando de cero. Ahora da la sensación de que nos estemos dirigiendo a cavernícolas. Los hombres modernos cocinan cerdo deshenebrado, beben cerveza IPA y quieren estar guapos.

—Tenemos la Gala Grooming —dijo Lennie—. Por cierto, ¿dónde está Hockey?

—Ha bajado a comprar café soluble. Se ha cargado la máquina.

—Jodido manazas.

Crudo pero cariñoso. El tono en la redacción siempre había sido ese. Lennie era cuidadoso a la hora de elegir a las personas de su entorno. Chicos que aguantaran bien la fiesta, aún más el trabajo y que no se tomaran a sí mismos demasiado en serio. Como él. Pero en el último año algo había pasado con Carlos. Una transformación sigilosa. La ropa. La música. Las carreras descalzo. En una ocasión había hecho la reseña de un libro que hablaba de hacer fuego con leña: una plana entera. Había sido un mero golpe de suerte que Lennie lo hubiera descubierto a tiempo.

Una corriente de aire y la puerta se abrió.

—¡*Chubalú*!

Hockey arrastró los pies hasta la encimera de la cocina y dejó las bolsas del súper Ica Bonden. Cantó el tema principal de *El libro de la selva*. Hizo chocar su puño con el de Lennie y tomó asiento en el sofá de piel, junto a sus compañeros. Enseguida se pusieron a valorar el último número. Lennie lo hojeó y se detuvo en una entrevista al actor Mikael Nyqvist. ¿Cuánto no se habría escrito sobre él? La murga de siempre sobre sus padres, la infancia difícil y el papel secundario en alguna película de Hollywood. Y luego los retratos con perilla y cicatrices y la mirada cálida.

—En serio. Esto no tiene ningún tipo de gancho.

Carlos apretó los labios. Lennie le dedicó una mirada a su ayudante.

—Texto e imagen: John Blund —dijo Hockey.

Lennie se rio. Hockey se rio. Carlos permaneció callado.

—Un somnífero en toda regla —dijo Lennie, y estaba a punto de describir el artículo como una auténtica porquería, cuando cayó en la cuenta de que era Carlos quien lo había escrito.

No hubo más comentarios.

Saltaron a la planificación del siguiente número.

—Me encantaría escuchar vuestras propuestas —dijo Carlos—. ¿Qué chismes deberíamos probar? ¿Qué personajes vamos a retratar? ¿Quién será nuestro próximo plato principal?

La producción general era la parte que Lennie dejaba a su redacción. El personaje central del mes, la viñeta para nuevos talentos y la chica de la portada eran las excepciones. Las modelos eran escogidas a dedo y eran fotografiadas por él. Ese pequeño privilegio no pensaba soltarlo jamás.

—Pondremos a Jennifer en portada. Las fotos de Marilyn. Ya están en el servidor —dijo Lennie.

Carlos expuso las propuestas para el resto de la revista. Era una mezcla de lo de siempre:

Escuela coctelera
Imanes de tías – las prendas más rentables para el verano
Gran test: ¿Tu novia es una psicópata?
Decoración – 7 indispensables para tu guarida de hombre
Reportaje: Los caníbales más hambrientos de todos los tiempos
El panel de chicas pone nota a las frases de ligoteo
La pizza más grande de Suecia y una lectura larga sobre la guerra de narcos en México

Glam Magazine. Los primeros años, Lennie había estado dándole vueltas al título. Quizá sonaba demasiado femenino, pero el nombre estaba pensado como un guiño al *glam rock*. Una era legendaria de tías, fiesta y *rock'n'roll*. El sueño de todo chico. Por si acaso, había retorcido el logo de forma generosa. Las letras eran casi exageradas en su angulosidad y en la A brillaba una estrella. No, el título no era el problema. Lennie lo había probado todo. Había escrito artículos de debate en nombre de las chicas en los que estas exigían ser mujeres de verdad y que el pronombre neutro «*hen*», tanto para masculino como femenino, quedara desterrado para siempre. Había buscado «gordinflones» en Instagram para una sesión de fotos y durante la final del mundial de fútbol femenino había tuiteado: «Para estas bolleras el listón está realmente fuera de su alcance». Al ver que no había causado efecto había probado lo contrario y empezado a retuitear a una feminista que se hacía llamar *Mymlan*.

No había pasado nada. Hiciera lo que hiciera, solo encontraba silencio.

Carlos agitó la mano delante de sus ojos.

—¿Estás aquí?

—Perdón —dijo Lennie.

Carlos señaló el estudio con la cabeza y el arcón congelador negro metálico lleno de muestras gratuitas de helado proteico.

—Han llamado los de VitalMan. Quieren cancelar la esponsorización de inmediato.

—¿Por qué? —dijo Lennie.

—No lo han dicho.

El tono del redactor era tajante.

—¿Qué tal el pisito nuevo? —preguntó Lennie.

Carlos había ganado una larga y agresiva puja por un piso de una habitación en Aspudden.

—Bastante bien. Encontré un tocón para la sala de estar en eBay —dijo, y en el acto sonó más contento.

—¿Qué clase de tocón? —preguntó Hockey.

—Un sillón tallado en un secuoya.

La luz giratoria del techo comenzó a parpadear. Estaba sonando el teléfono de la redacción. Normalmente lo cogía otro. Una extraña sensación se apoderó de Lennie. Tan intensa, que se levantó y subió corriendo al altillo.

Incluso antes de descolgar sabía que algo no andaba bien.

Elina Olsson estaba tan alterada que resultaba difícil oír lo que decía.

Su voz era entrecortada.

—Jennifer…

—Tranquilízate —dijo Lennie.

—Su madre me ha llamado en shock. La policía ha ido a verla.

—¿Qué ha pasado?

—Jennifer está muerta.

Lennie se quedó helado.

Jennifer.

Muerta.

Dos palabras que no encajaban. No podían ir juntas.

—¿Cómo? —preguntó.

Elina lloraba.

—No lo sé. Solo sé que la encontraron anoche en el canal que hay delante del Grand Hotel.

Los dedos se aferraron con fuerza al auricular. Una presión en el pecho. Era como si alguien hubiera tensado una correa alrededor de su cuerpo y la hubiese apretado demasiado. Una correa de culpa. Si era cierto, era terrible en todos los sentidos, naturalmente. Pero ¿por qué se sentía tan implicado? ¿Tan asustado?

—Escucha, Elina. Es mejor para todos que no hablemos

abiertamente de esto. Por respeto a Jennifer. No sabemos qué ha pasado, ¿verdad que no? Supongo que los periodistas no tardarán en llamar, y prefiero que no digamos nada. ¿De acuerdo?

—¿Por qué me iba a callar? Yo no he hecho nada —dijo Elina.

—Lo digo por ti.

—Oye, yo estaba en la mesa. ¿Te crees que no lo vi?

—Ya te lo he dicho, por respeto a Jennifer.

—Como hayas hecho algo…

—Adiós, Elina.

Lennie miró a los dos compañeros, abajo, en la redacción. Hockey estaba haciendo el mono y le lanzó un cactus de plástico a la cabeza a Carlos.

El corazón de Lennie palpitaba con fuerza en su pecho.

Le sudaban las manos.

¿Qué les iba a decir?

8

Viernes 12 de mayo, media mañana

$\mathcal{P}$equeñas ondas se movían por debajo del cuerpo. Tenía la sensación de ir a la deriva en una lancha de goma. Una mano en la nuca, dedos mesándole el cabello. La cama de agua se encrespó cuando Solveig se dio la vuelta.

Allí estaba Dan Irén.

—Buenos días. —Una sonrisa cansada en sus labios.

La malévola luz del día se colaba entre las láminas de madera de la persiana e iluminaba una butaca de Le Corbusier. En el rincón había un colmillo de elefante de un metro de altura de marfil amarillento. Necesitaba una pastilla para el dolor de cabeza antes siquiera de pensar en cómo había terminado allí.

Se oyó un chapoteo cuando Dan se movió para acercarse a ella.

—¿Dónde está el baño? —preguntó Solveig.

—En el pasillo.

Abrió el grifo del lavabo y bebió. Cerró los ojos. Un hervidero de puntitos de luz bajo los párpados. Su boca era un desierto. El armarito del cuarto de baño era blanco y tenía unos ojos de buey encastrados. A un lado había un cepillo de dientes, maquinilla de afeitar, cortaúñas y un desodorante de Armani. Y un montón de tarros con pastillas. Un blíster con cápsulas azules se cayó. Cuando Solveig fue a cogerlo le dio un golpe al botellín de enjuague bucal que estaba en el borde del lavabo. El tapón salió disparado. El Listerine de color lila se derramó por el suelo.

—¿Va todo bien ahí dentro? —gritó Dan.

—Sí...

El olor a menta empalagosa pudo con ella.

Solveig cayó de rodillas delante del retrete. Ni siquiera tenía fuerzas para apartarse el pelo entre arcada y arcada.

El alivio posterior fue inmediato.

Secó el líquido mentolado con una toalla gruesa. Tiró de la cadena tres veces, se enjuagó la boca y se lavó la cara y las manos antes de volver al dormitorio.

Dan apartó el edredón y estiró los brazos para recibirla.

¿Cómo había acabado allí?

Vagas imágenes de la noche anterior. Un torrente de agua, fuerte corriente, torbellinos blancos. Habían estado de pie en el puente de Strömbron. Luces azules, policías, buzos. Un cuerpo sacado del agua. La gorra rosa. Jennifer Leone.

¿De verdad había pasado?

Dan la abrazó.

Parecía más pálido que la noche anterior. Tenía los rizos enmarañados y las entradas se abrían paso a sus anchas de una manera que no se veía en la tele.

—No podía dejar que volvieras sola a casa —dijo él.

—¿Jennifer Leone está…?

—Cuando eres testigo de un acontecimiento así, el mapa del alma se redibuja. No es momento para estar solo.

Sonrió discretamente. Por lo visto, soltaba las grandilocuencias terapéuticas con cierta distancia personal, incluso estando de resaca.

—Ven aquí —dijo y le hizo cosquillas en el estómago.

El contacto físico despertó algo en Solveig. Le gustó notar que él tiraba de ella para acercársela. Le gustaba su sed, a pesar de lo que había pasado. Era como si aquel artículo jamás hubiese sido escrito.

Pero se apartó.

Las preguntas que se agolpaban en su cabeza eran demasiadas.

El móvil estaba entre la ropa, en el suelo. Lo pescó y entró en Newsfeed24. Nada. Miró las demás páginas de noticias. Facebook, Instagram, Twitter. Nada allí tampoco.

Podía ser la primera.

Dan miró la hora en el radio despertador. Las cifras verdes marcaban las 11:10.

—Quédate en la cama y preparo algo para desayunar.

—Espera un momento. ¿Conocías a Jennifer? —preguntó Solveig.

—¿Cruasanes o panecillo de masa madre?

—¿La conocías?

—No, para nada. ¿*Brioche*, quizá?

Solveig hizo una búsqueda en imágenes.

«Dan Irén+Jennifer Leone».

—Ahora deja eso, ¿quieres? —dijo Dan.

Ella le mostró la pantalla con los resultados de búsqueda: tres fotos de él y Jennifer juntos entre la multitud.

—A la mayoría de la gente no le sienta bien hurgar en accidentes y tragedias, deberías ir con cuidado —dijo Dan.

—Es parte de mi trabajo.

—Eso dicen todos —dijo Dan.

—¿Erais amigos? —preguntó Solveig.

—Estoy haciendo un trabajo de investigación en el que grabamos a personas con trastorno obsesivo-compulsivo, como el lavarse las manos de forma exagerada, en sus casas. Así podemos estudiar lo que realmente hacen, no lo que dicen que hacen. Te puedo asegurar que hay una diferencia sustancial.

—Claro, te comportas distinto si sabes que te están grabando —dijo Solveig.

—A ser posible, las cámaras no deben verse.

—Estás esquivando la pregunta —dijo Solveig.

—Una vez tuve un paciente que se excitaba con fotos de zonas de guerra. En el fondo las oscuras fuerzas que te empujan son las mismas, todos las tenemos dentro…

—¿Tú y Jennifer erais amigos?

La ligereza se borró de la cara de Dan. Tiró del edredón como si le hubiera entrado un cansancio repentino. Parecía estar deseando que ella se marchara. Pero Solveig se quedó donde estaba.

—Estocolmo es una ciudad pequeña, nos movíamos en los mismos círculos —dijo él al cabo de un rato.

—¿Qué círculos?

—¿Me estás entrevistando?

—Solo me estoy documentando.

—No quiero que me citen, en absoluto —dijo y volvió a rodearla con el brazo—. Sobre todo, tú.

Solveig hizo como que no había oído lo último.

Recordó la peculiar escena en la mesa. Lo extrovertida que se había mostrado Jennifer. El silencio de Marika. La mirada incómoda de Lennie. Y Elina Olsson. El agitador. Solveig notó una dolorida costra en la zona baja de la espalda. «Aléjate.»

¿Por qué Elina Olsson había reaccionado de aquella manera?

¿Envidia? ¿Celos? Lennie no había flirteado con Solveig. Nadie le había prestado especial atención. Carlos Palm había hablado de cómo era llevar una revista que iba viento en popa. Jennifer había respondido a unas pocas preguntas sobre su vida como modelo. «Eso fue todo», pensó Solveig.

—¿Marika tenía celos? —preguntó.

—Lennie se rodea de mujeres bonitas.

—Me refería más bien a si Marika estaba celosa de Jennifer.

Dan se frotó los ojos, estiró los brazos al aire y bostezó en voz alta.

—No quiero especular; corren tantos rumores.

—Ella murió anoche —dijo Solveig—. Os conocíais, o al menos os veíais, ¿y no te preguntas qué ha pasado?

Él le acarició el pelo. La mano se deslizó por su cuello, el pecho y por debajo de la camiseta que por lo visto le había prestado. Un hombre rosa estilizado con barba y el texto «Pink Freud». Solveig contempló el colmillo de elefante mientras su mente seguía cavilando. Necesitaba una confirmación de que realmente se trataba de Jennifer, por mucho que Dan se mostrara tan seguro. Por cierto, ¿cómo podía estarlo?

La cama volvió a chapotear cuando Solveig se incorporó.

—¿Puedo darme una ducha antes de irme? —preguntó.

—Quédate un ratito más —susurró Dan y le besó el interior de la muñeca y la mano.

Por un instante le pareció sugerente quedarse. Pero desistió, porque en su vida ya había bastante lío.

—Tengo que trabajar —dijo.

9

Viernes 12 de mayo, mediodía

*L*ennie Lee se saltó la línea continua de la calle Folkunga-gatan y siguió con la bici entre la multitud de Götgatsbac-ken. «Jennifer no puede estar muerta», pensaba.

Las palabras resonaban en su cabeza. Pedaleaba más de-prisa, se puso de pie para aplicar más fuerza.

No está muerta.

No está muerta.

No está muerta.

La velocidad hacía que el viento le agitara el cabello. Peda-leaba lo más rápido que podía por el puente de Skeppsbron. Al pasar junto al pequeño cabo de Strömparterren apartó los recuerdos de lo que había pasado. La bici era la mejor compra que había hecho en mucho tiempo. Un modelo italiano de competición, adaptada a piñón fijo, con su nombre en llamas de fuego en el cuadro. Sin freno, tenía un fluir totalmente único. Es cierto que era ilegal, pero mientras nadie se le cru-zara de sopetón no suponía ningún problema. Lennie se saltó un semáforo en rojo donde los coches estaban encallados.

Diez minutos más tarde giró por la calle Linnégatan, en el barrio de Östermalm. Ató la bici delante del portal nú-mero tres. El aire del portal era fresco. La puerta del ascensor era antigua y chirrió al cerrarse. Lennie apretó el botón de la última planta. Tenía la cabeza vacía. Un leve traqueteo y el ascensor se detuvo. Salió. Marika había colgado un cartel de latón grabado en la puerta.

Lee & Glans.

Parecía el nombre de una agencia de publicidad.

—Cariño —gritó Lennie en cuanto pisó el recibidor.

No hubo respuesta.

No se quitó los zapatos. La puerta del balcón estaba cerrada. La cocina, a oscuras. La ventana daba a un lóbrego rincón del patio interior. Una corneja estaba graznando en la copa de un árbol. Lennie repicó fuerte en la ventana para espantarla. El pájaro no le hizo el menor caso.

—¿Marika?

Más silencio. «Estará durmiendo», pensó y asomó la cabeza en el dormitorio. Las sábanas estaban enmarañadas. El edredón era un montículo en el suelo. La llamó al móvil. Apagado. Lennie se quedó delante del cuadro de Bern Stern. *The last sitting*. Marilyn Monroe lo miraba con la mirada cubierta con un velo, en las poses que él había recreado con Jennifer Leone unas semanas atrás. Aquel día le había gustado la carga que tenía, el hecho de que Monroe fuera hallada muerta en su piso de Brentwood en Los Ángeles apenas seis semanas después de la sesión de fotos. El cuadro se le había antojado sugestivo y misterioso. Ahora lo encontrada repugnante. Descolgó el marco y giró la obra de cara a la pared antes de volver al salón.

Se hundió en el sofá.

Tenía picores en las axilas y las corvas. ¿Era una reacción al detergente? ¿O había comido algo en los últimos días que le había sentado mal?

Su mirada ascendió hasta el rosetón del techo, donde en vez de una araña de cristal había colocado una barra de baile que había encontrado en una tienda *online* alemana. Las sujeciones, el escenario y el telón de terciopelo grueso, incluso el sofá de piel blanco eran de allí. Brillante y curvado, de seis piezas, con mesita auxiliar para las copas. Cuando montaban fiestas siempre había alguien que se subía en ella después de un par de copas o rayas de coca. Desde hacía un par de meses contaba con dos barras para que pudieran bailar dos chicas al mismo tiempo.

A grandes rasgos, el salón —o el *lounge*, como él lo llamaba— era perfecto. El único fallo era que solo había un rosetón en el techo. A Lennie no le gustaba la asimetría.

Le vino a la mente otro pensamiento fastidioso.

La noche anterior había invitado a una periodista a la mesa. Y no a una periodista cualquiera, sino a una que carecía por completo de escrúpulos, como había podido comprobar. Una que había calumniado en un artículo a su buen amigo Dan Irén.

La vio delante de sí.

Solveig Berg podría haber interpretado a una poli joven en alguna serie *thriller* sueca. Wallander, Beck, Wern o lo que fuera que echaban cada domingo por la tarde. La chica tenía ese aspecto. Pálida, pero guapa si se hubiera esforzado, aunque con un defecto. Una asimetría, igual que el rosetón del techo que tenía sobre su cabeza. El párpado derecho le colgaba un poco. No mucho, pero Lennie se había percatado. Siempre advertía ese tipo de cosas.

Trató de recordar cuál había sido la conversación de la noche anterior en la mesa. Cuánto podría haber oído y visto ella. Y lo más importante: ¿cuánto había entendido?

Sacó el móvil. La buscó en Google.

El primer resultado era un artículo de *Dagens Media*: «Periodista despedida por injurias: llena de remordimientos».

El segundo resultado era su blog, *Sthlm Confidential*.

Leyó por encima las entradas de la primera página. Era una mezcla de noticias reescritas de páginas extranjeras, vídeos de YouTube que habían corrido por las redes sociales y una especie de entrevista a un viejo participante de un *reality show* que estaba lo bastante desesperado como para ofrecerse. Lennie vio ambición, vio una pulsión, pero sobre todo vio un sueño roto. Y un deseo irrefrenable de volver.

¿Cuánto había visto y comprendido?

En cualquier caso, Lennie pudo constatar que no había escrito nada sobre Jennifer.

Cuando levantó la vista vio que la puerta del balcón se había entreabierto.

Marika estaba en casa, a pesar de todo.

Sintió un alivio inmediato en todo el cuerpo, pero también la intranquilidad de tener que hablar con ella.

Se levantó del sofá.

Salió al balcón, que medía varios metros de largo y doblaba la esquina del edificio, y la encontró en el rincón del fondo. Las gafas de sol descansaban en sus pómulos, los labios estaban blancos de crema solar. Dormitaba en una tumbona, envuelta en una sábana como si de una crisálida se tratara.

Marika dio un respingo cuando él le tocó la cabeza.

—Para, me asustas.

Lennie se agachó. Le dio un beso.

—¿Tienes hambre? —le preguntó.

—No —dijo ella escuetamente.

—¿Qué pasa?

—Nada.

—Algo pasa —intentó él.

—Te he dicho que no.

Marika paseó la mirada por el paisaje de tejados. Cúpulas negras, campanarios y el reloj giratorio de las galerías NK. Él debería ignorarla, no se merecía atención alguna cuando estaba así. ¿Sabía lo que había pasado? La idea le quitó todavía más las ganas de discutir.

—¿No sudas? —le preguntó.

—No.

Le dio un beso en la mano. Las uñas de Marika eran largas y rosadas, con las puntas blancas. Ella respiró hondo de forma exagerada. Luego dijo, sin cruzarse con la mirada de Lennie:

—Ha llamado Elina.

De pronto el aire se notaba frío, como si estuvieran a bajo cero. Joder. Le había dicho que se callara. ¿No lo entendía? Sin embargo había sido un accidente. Él no había dicho nada.

—Una pena, no me lo puedo creer —dijo Lennie.

Marika parecía indiferente.

—¿Os liasteis?

—Marika.

—Contesta.

—No, ¿estás tonta?

—Veo que estás mintiendo.

Un borroso recuerdo se cristalizó. Él y Jennifer la noche anterior. En el ascensor. El ascensor cilíndrico y apestoso. «¿Has dejado a Marika?».

Lennie se quedó callado, la dejó continuar.

—Elina os vio.

—Por dios, cariño, ¿no ves que es mentira? ¿Tú qué crees, realmente?

—¿Por qué pones a Jennifer Leone en todas las portadas?

—Porque vende.

—Mi número de la vuelta al cole sigue siendo el que ha dado mejores resultados.

—Eran otros tiempos.

Marika le lanzó una mirada negra.

—Sí. Y ahora no vende nadie. Así que, ¿cuál es la razón?

—Déjalo.

—¿Os liasteis?

—No quiero ser de los que ganan dinero con su chica. ¿Eso tampoco está bien?

—Si me entero de que me has sido infiel…

—No me estás escuchando. Te digo que Elina es una bocazas. Está amargada porque se siente fracasada. Mírala, su último novio trabajaba en mudanzas.

—Es el dueño de la empresa —dijo Marika—. Gana más que tú.

—¿A quién le importa? Sigue estando amargada.

—¿Por qué iba a inventarse algo así?

—Eso no tiene ninguna importancia, joder. ¡Jennifer está muerta!

Se tranquilizó.

Pensó en el sobre.

El rojo.

El que escondió tan bien, el que debería haber quemado hace tiempo. El sobre que contenía todo cuanto repudiaba, algo podrido, que aun así no podía dejar de abrir de vez en cuando.

—Sabes cómo es Elina, se inventa cosas. Si te soy sincero, creo que tiene algún problema en la cabeza.

—A veces pienso que eres tú el que lo tiene —dijo Marika.

—Cariño —dijo Lennie—. Tenemos que poder confiar el uno en el otro.

—Sí, pero…

El teléfono comenzó a sonar en su bolsillo. Número des-

NO ERES LO QUE DICEN DE TI

conocido. La primera reacción de Lennie fue no cogerlo. Después pensó en la fiesta. Jakob Adler. Espabila. Cógelo.

—¿Sí? —dijo Lennie.

—Karin Larsson, inspectora de la Policía de Estocolmo. Estoy buscando a Martin Lenholm.

—¿De qué se trata? —preguntó Lennie.

Se metió en el piso y cerró la puerta del balcón tras de sí.

—¿Con quién hablo? —preguntó ella.

Breve pausa.

—Soy yo —dijo él—. Martin Lenholm.

Lennie detestaba su nombre real. Solo significaba problemas. Hacienda, papeles aburridos del banco, viejos familiares y cartas de empresas de cobro.

—Me gustaría hacerte algunas preguntas. ¿Podemos quedar hoy a las cuatro?

Los latidos se aceleraron. Lennie podía oír cómo la sangre le corría por los conductos auditivos.

—Sí, o sea… ¿qué quieres saber?

—Serás informado cuando llegues.

Viernes 12 de mayo, tarde

I should be so lucky. Lucky, lucky, lucky. El pop del hilo musical estaba a punto de volver loca a Solveig. Las mismas canciones una y otra vez. Ya había caído la tarde y el Howdy Burger estaba tranquilo. Solveig recolocaba los cubiletes con cubiertos que había en las mesas, más por hacer ver que trabajaba que por otra cosa, mientras a hurtadillas seguía investigando con el móvil. De camino al trabajo había llamado al oficial al mando de la Policía de Estocolmo, un hombre malhumorado que la había remitido al servicio de prensa. En contra de lo que esperaba, allí le habían confirmado la identidad de la fallecida y le habían dicho que creían que se trataba de un caso de suicidio. Sin detalles. Ni una palabra sobre eventuales sospechas de crimen ni hallazgos que se hubieran hecho. Solveig había tenido la sensación de que la policía no se la tomaba en serio como periodista, dado que no llamaba en nombre de ninguna de las grandes páginas de noticias.

Solveig redistribuyó los grandes botes de cristal marrón con mostaza, kétchup y salsa barbacoa en los cestos. Las servilletas estaban en pequeños dispensadores, como en un *diner* norteamericano. Tenía que parecer Estados Unidos. En el restaurante todo estaba hecho a imagen y semejanza de las hamburgueserías americanas.

Habían pasado menos de veinticuatro horas.

El agua.

El torrente salvaje.

Cambió la mostaza y el kétchup de sitio. Se quedó así un rato, moviendo las botellas al tuntún mientras entraba en

Facebook. Todos habían aceptado su solicitud. Todos menos Marika Glans y Dan Irén. Que Dan no lo hubiera hecho lo podía entender. Marika Glans, sin embargo, tenía más de dos mil amigos. Con ese número de amistades no podía ser ni muy selectiva ni muy privada.

Jennifer Leone había tenido tiempo de aceptarla, así que Solveig pudo mirar su perfil. Tenía algo de siniestro el hecho de que estuviera allí como si nada hubiera pasado, con el muro lleno de *selfies* y fotos de fiesta. Más abajo había un enlace a su blog. Solveig clicó para abrirlo. Esperó respuesta. Mientras, jugueteaba con la hebilla de metal de la tapa de una botella de salsa barbacoa. Nada.

Entonces la página se abrió.

Starchild era el título del blog.

En la cabecera, una foto como de muñeca de Jennifer Leone, tomada de frente pero en diagonal.

La última entrada era de la noche anterior. Publicada a las 00:57 h.

Apenas una hora antes de que la hallaran… muerta.

Solveig empezó a leer.

Y cogió aire.

—¡Solveig!

Tenía a la encargada justo detrás.

—¿Te toca descanso?

El restaurante había cambiado de nombre, menú y mobiliario desde que Solveig había trabajado allí por última vez, cinco años atrás. Pero Ullis Asp era la de siempre. Las mismas pullas cínicas con acento de Halland.

—¿No se te ha ocurrido ocuparte de tus comensales? Ese de allí, por ejemplo —dijo Ullis haciendo sonar el botón del bolígrafo que tenía en la mano.

Solveig miró en dirección al hombre.

El pulso se le aceleró un poco.

Pocas veces recordaba a los clientes. Para ella no eran más que una amalgama anónima de funcionarios, familias y grupos de amigos que querían acompañar la hamburguesa con una cerveza, y adolescentes que entraban y vaciaban la máquina de helado cremoso por sesenta y dos coronas. El hombre de la mesa era una excepción.

Solveig se le acercó.

—Hola —dijo.

Se parecía a Mads Mikkelsen, pero a diferencia del actor danés, le faltaba el aura que suele venir con la fama. Su actitud era reservada, como la de alguien que no quiere llamar la atención de forma innecesaria. Solveig llevaba un par de semanas sin verlo por el restaurante.

—Cuánto tiempo —dijo.

Sus miradas se cruzaron. Ella la aguantó hasta que él apartó la suya. A Solveig le pareció intuir una sonrisa.

—¿Has encontrado algo? —le preguntó.

—Tomaré una hamburguesa con queso.

—Una *cheese*. ¿*Single* o doble?

Una breve pausa.

—*Single*.

Dijo *single* de una manera que hizo que Solveig se preguntara a qué se estaba refiriendo. ¿Le estaba diciendo que estaba soltero? Sintió curiosidad. Buscó algo que decir. Cualquier cosa que pudiera retenerla un poquito más, pero lo único que le salió fue:

—Tenemos tarta de pacana original de Mama Texas. El postre del mes.

Él pareció desconcertado.

—¿Nada de postre…? No —dijo ella.

—Otro día —dijo él.

Parecía que viniera de Finlandia, pero tenía un acento distinto, como si, a pesar de todo, no fuera finlandés. A Solveig le gustaba su voz, pero aún más el idioma. Sonaba arcaico.

Introdujo el pedido.

La cocina parecía tener problemas, olía a quemado y la comida tardaba.

Asomó impaciente la cabeza por la ventanilla.

—Lo hacemos lo mejor que podemos, chata —dijo un cocinero que parecía no tener ni veinte años.

—No me llames chata.

—Parece que hoy la periodista de la muerte está un poco susceptible.

Johan Skoglund estaba a su lado con una sonrisa malévola.

Llevaba un trozo de carne en la mano y señalaba hacia la nevera con la barbilla. Allí había una fotografía de Solveig con el pie de foto que decía «Corte de la semana» en letras imantadas.

—Felicidades, Solan —dijo Johan Skoglund—. Un buen título.

Todo seguía como siempre, incluso en la cocina, por lo que pudo constatar. La misma jerga de machitos. El mismo sexismo. Jo jo jo.

Se volvió hacia las ventanas. Gente apresurada por la calle Vasagatan; un coche pitó al autobús turístico que se había detenido delante del Radisson. El cristal del aparador era ligeramente reflectante, Solveig pudo ver que el hombre tenía algo en la mano y se preguntó qué podía ser. A veces, él se dejaba cosas. Solveig nunca había entendido si era la manera que tenía de mostrar aprecio o si se trataba de otra cosa. Una entrada para un concierto, cupones de descuento para taxis, el libro de bolsillo que ella estaba leyendo: *Ser quien eres y transformar el mundo (¿es la hora?)*. Solveig lo siguió con la mirada. Parecía que escribía algo.

Vio pasar a una mujer vestida de rosa de pies a cabeza. Solveig volvió a pensar en Jennifer. ¿Cómo había terminado en el agua? ¿Por qué iba a tratarse de un suicidio? La policía no quería decir ni una palabra. A Solveig no le había dado la impresión de que Jennifer estuviera alicaída ni deprimida. Más bien parecía una mujer llena de ganas de vivir, una buscadora nata con energía a borbotones y que parecía enamorada.

Tenía que descubrir más.

En el mismo momento que sacaba discretamente el móvil del bolsillo oyó a Johan Skoglund gritar:

—*Single cheese* lista.

Había hecho una flor con el pepinillo en vinagre.

El plato caliente le quemaba en la muñeca. Se descubrió a sí misma pensando en cómo iba a servir la comida. Si sabría encontrar una forma que la hiciera parecer interesante y espiritual.

¿Qué estaba haciendo? Qué ridículo.

Debería estar pensando en la muerte de Jennifer.

—¿Cómo va por aquí?

Ullis Asp repicaba con el bolígrafo.

Pulgar arriba. Solveig esbozó una sonrisa espontánea. Uno de los primeros artículos que redactó para Newsfeed24 había tratado sobre cómo lidiar con jefes complicados. Se suponía que «comunicarte con su propio lenguaje» debería hacerle la vida un poco más fácil al trabajador. Tenía serias dudas de que funcionara con Ullis Asp.

Rodeó la máquina de helado y se fijó en que el suelo estaba lleno de fideos de caramelo y pepitas de chocolate. Se acercó a su cliente, dejó el plato, y le deseó buen provecho. Ya estaba dando media vuelta cuando él la retuvo cogiéndola suavemente del brazo. En otras circunstancias, Solveig se habría molestado. Lo peor que había —después de los clientes que chasqueaban los dedos— eran los clientes que te retenían, pero este hombre era una excepción.

—Solveig… —dijo.

—¿Sí? —respondió ella. Debía de haber leído su nombre en la chapita de identificación.

Él se interrumpió.

—Lo siento, no me he presentado. Me llamo Kalju. Sí, me preguntaba…

Solveig oyó un carraspeo seco seguido del timbre estridente de Ulls Asp:

—Solveig, querida, ¿puedes venir dos segunditos?

—Claro. Solo voy a…

—No, ahora.

Fue al encuentro de la encargada.

—Hay ropa sucia por lavar. ¿Serías tan amable?

—Enseguida termino. Solo voy a cobrarle a un cliente.

Ullis Asp suspiró como si el mundo estuviera a punto de sucumbir.

—Es una orden. Yo me ocupo del cliente.

11

Viernes 12 de mayo, tarde

*E*l asfalto de delante de la comisaría de la calle Bergsgatan se estaba secando, unas pocas manchas oscuras eran el único rastro que quedaba del chubasco que había caído. Lennie se detuvo en el último escalón y respiró hondo.

Abrió el portal.

El guardia de recepción señaló unas sillas de madera clara. Ya había estado sentado antes allí, cuando fue a sacarse el pasaporte. Pero aquel día ni tenía el nudo en el estómago ni le escocía la nariz. Olía a administración pública. Antiséptico. Detergente barato y baldosas.

—¿Martin Lenholm?

Una mujer vestida de civil de unos treinta años se le acercó. Piel ceniza y sin maquillar.

—Sí. —Lennie se puso en pie.

—Karin Larsson. —Se presentó estrechando una mano firme, lo que debía de haberlo aprendido en un curso para mujeres en oficios de hombres, y le pidió que la acompañara. Unos pisos hacia arriba en ascensor, pasillo largo. La tarjeta de identificación iba chocando contra su muslo, que era mucho más que grueso. Se detuvieron delante de una puerta en el otro extremo; la mujer policía pasó la tarjeta, la pegó al sensor e introdujo un código. La cerradura zumbó levemente y luego soltó un pitido.

El cuarto era pequeño y la decoración era más moderna de lo que se esperaba. Había dos sillones de tela roja y una elegante mesa de madera que los separaba. En la pared había colgado un cuadro con una vieja foto de Estocolmo.

Nada de suelo de linóleo. Nada de manchas de café incrustadas.

—Por favor, siéntate —dijo Karin Larsson.

«Un cuarto para propiciar una falsa intimidad», pensó Lennie. Las cómodas butacas estaban como hechas para sonsacar una confesión.

La mujer policía sirvió agua en dos vasitos de plástico e hizo unas rápidas anotaciones en su libreta.

—Qué bien que hayas podido venir —dijo.

El tono informal puso en guardia a Lennie.

—No hay problema —dijo—. Pero ¿podría saber por qué estoy aquí?

—El interrogatorio es de carácter meramente informativo.

—De acuerdo…

—¿Puedes contarme qué hiciste ayer por la noche?

—Sí, estuve de fiesta en el Café Opera.

—¿Con quién estabas?

Lennie dio una lista de nombres. Mencionó a Jennifer por la mitad, como de pasada. Ni la primera ni, sobre todo, la última.

La inspectora asintió con la cabeza.

—¿Una noche normal y corriente?

—Se podría decir que sí.

—¿Hablaste con Jennifer durante la noche? —preguntó.

Lennie cambió de postura en el sillón. Se recordó a sí mismo que era inocente. No había hecho nada.

—Por supuesto —dijo—. Hablé con todos los de la mesa.

—¿Recuerdas de qué hablasteis?

—Oh… difícil. Charla variada, ya sabes, lo típico después de unas copas.

Buena respuesta. Sonaba relajado, pero aun así, alerta. A decir verdad, que la policía lo hubiera hecho venir era una buena señal. Si hubiese sido de mayor interés para el caso habrían esperado a llamarlo hasta que tuvieran algo más sobre él. Y en esa situación se le habría ofrecido un abogado. O sea que estaba tranquilo.

—¿Mantuviste contacto con Jennifer anteriormente durante el día de ayer?

—No.

—¿Ningún contacto en absoluto? —dijo Karin Larsson.

—No. O sí, comí con un conocido. Ella estaba en el mismo restaurante, nos saludamos.

—¿Dónde comiste?

—Boqueria.

—¿Con quién estabas?

—Un fotógrafo *freelance*.

Se arrepintió tan pronto lo hubo dicho. Seguramente, Karin Larsson le daría mil vueltas y exprimiría todo cuando dijera. Miraría debajo de cada piedra. Lennie decidió que a partir de ahora se ceñiría a la verdad, o al menos lo máximo que pudiera.

—¿No mantuviste ningún contacto con Jennifer Leone?

—No.

—¿Estás seguro de ello?

—Sí.

—¿Mensajes? ¿Llamadas telefónicas?

Lennie tuvo que corregirse de nuevo. Eso no era bueno.

—Ah, sí, cierto. Sí que me mandó algunos mensajes por la tarde, sobre unas fotos. Ahora lo recuerdo, quería mirar unas fotos que le saqué.

—¿Cuándo fue la última vez que la viste?

Se quedó callado.

El ascensor cilíndrico. Él había dicho de volver al local. Entonces la murga sobre Marika Glans se había reavivado. Jennifer había gritado y le había tirado algo. Una silla de plástico. Loca de remate. ¿Él la había empujado? Posiblemente. Pero no muy fuerte. Ella había pisado mal, se había caído y se había quedado en el suelo. Era mayorcita y él no podía responsabilizarse de lo que le pasó luego. Él no había hecho nada. Él no la había matado.

—Em —dijo Lennie. Sentía la cara rígida, como si los músculos se hubieran encallado en una expresión antinatural.

—¿Te encuentras bien?

—Sí...

—¿Puedes decirme más o menos cuándo la viste por última vez?

—No lo recuerdo exactamente, después de medianoche o así —dijo—. ¿Ha... ha pasado algo?

Karin Larsson lo miró a los ojos.

—Está muerta.

—Oh, dios mío.

Empezó a sentir un intenso picor en el cuero cabelludo. Lennie se arañó la nuca. Notaba cómo le iba bajando por la espalda. Su piel se calentaba. Le ardía. Recordó uno de los peores momentos de su infancia. Había estado buscando latas para reciclar en la cuneta. Un chico mayor que siempre lo empujaba contra la pared cuando se cruzaban por los pasillos de la escuela se estaba aproximando en bicicleta. Lennie se tiró al suelo en la hierba alta para no tener que vérselas con él. Pero la hierba no era hierba. Eran ortigas.

—¿Martin?

—Por favor, llámame Lennie.

Bebió agua.

—¿Verdad que Jennifer Leone trabajaba para ti? —dijo Karin Larsson.

—Sí.

—¿Qué estabas haciendo sobre las dos de la madrugada?

—Teníamos una mesa, de copas vaya, las chicas y yo. Las modelos. Estuve con mi novia todo el rato.

—¿Cómo se llama?

Su estómago soltó un gorgoteo, Lennie cambió de postura.

—Marika Glans. A lo mejor sabes quién es.

—No.

Lennie vio su oportunidad de aligerar el ambiente. Intentó activar una sonrisa elegante.

—La rubia escandalosa más guapa de todos los tiempos. Hasta que se retiró… se juntó conmigo y empezó a trabajar detrás de la cámara. En realidad fue ella la que descubrió a Jennifer en su momento.

La mujer policía tomó unas pocas notas. Lennie le miró las manos y se fijó en que no estaba ni casada ni prometida. A pesar de que muchos de los miembros masculinos del cuerpo debían de hallarla atractiva. A pesar de ser paticorta, vaya. Sobre él no tenía el más mínimo efecto. Una vez le había pedido a Marika que lo dominara disfrazada de agente guarrona. A Lennie no le había gustado.

—Me gustaría preguntarte —dijo Lennie—. ¿Creéis que Jennifer fue…?

—¿Fue qué?

—Bueno, ¿que ella... que alguien... que fue asesinada?

—¿Deberíamos creerlo? —preguntó Karin Larsson.

—No quería decir eso —dijo Lennie—. Solo estaba pensando que vivía una vida muy libertina. Salía mucho de fiesta, mucha droga sintética y tal... yo nunca estuve presente cuando ella consumía, pero esas cosas saltan a la vista. A lo mejor tenía deudas, quizá no pagaba sus cosas... a lo mejor había cabreado a la persona equivocada.

Lennie se mordió el labio.

Se le estaba soltando la lengua.

—O sea, yo nunca he visto drogas en ninguna de mis fiestas —dijo.

Karin Larsson se permitió una discreta sonrisa.

—No te preocupes. Nuestra carga de trabajo no nos permite hurgar en delitos de estupefacientes, por pequeños que sean —dijo la inspectora y continuó—: ¿Te ha llamado algo la atención últimamente? ¿Jennifer se comportaba de forma distinta?

—La vi por la noche, debían de ser pasadas las doce, e iba muy borracha. Pensé en sacarle el tema, decirle que se lo tomara con calma. Pero al final no lo hice. Marika Glans...

Estaba a punto de contarle lo de los celos de su novia, pero cambió de idea. Miró la imagen de Estocolmo en la pared, notó la blanda almohadilla bajo su cuerpo. El sillón era realmente cómodo. Podría encajar perfectamente en Club Kino o en el *lounge* de su propia casa, incluso.

—Continúa.

—Justo entonces trajeron otra ronda, y sí, simplemente me olvidé. Después ya no vi más a Jennifer. Pensé que se habría ido a casa con alguien. Como te digo, iba muy borracha. Y colocada, a lo mejor.

—Por lo tanto, la última vez que viste a Jennifer fue después de medianoche. ¿Podrías concretar más la hora?

—¿Qué podrían ser? La una, quizá. No estoy seguro.

—¿Sabes si Jennifer estaba triste?

—¿Deprimida? —precisó Lennie.

—Sí —dijo la inspectora.

—No que yo sepa, no hablábamos casi nunca.

—¿Sabes si la habían amenazado?

—No.

—¿Tenía enemigos?

—No, pero tampoco demasiados amigos.

—¿Tenía alguna relación amorosa?

¿Por qué quería saber eso? ¿Qué debía contestar a eso?

—No creo.

—Acabas de decir que podría haberse marchado a casa con alguien.

—Sí.

—¿Quién podría haber sido?

—Ni idea. Ella es… era joven y muy guapa, una mujer con la que la mayoría de los hombres querrían irse a casa.

Estaba satisfecho con la respuesta. Elegante, y totalmente sincera.

—¿Estás completamente seguro de que no tenía ninguna relación amorosa?

El cuero cabelludo le empezó a picar otra vez. ¿Tendría alguna alergia? Nunca se lo había hecho mirar.

—Jennifer estaba soltera.

—¿Cuál era vuestra relación?

—Ella era una modelo de fotos excepcionalmente virtuosa. Hemos trabajado juntos varios años, y yo…

Se reclinó. Buscó las palabras adecuadas.

—Teníamos una relación profesional.

—He encontrado esto —dijo Karin Larsson, y sacó una hoja impresa de la libreta.

Una foto del blog de Jennifer. «Detrás del escenario.» La había tomado Hockey cuando hicieron la sesión debajo del puente de Sankt Eriksbron. Grafitis en las paredes. Un saco de dormir que había dejado algún indigente. Hormigón sucio. Gran ciudad. Lennie estaba abrazando a Jennifer.

—Parecéis más unidos que eso —dijo Karin Larsson.

Lennie tomó conciencia de sí mismo, observó que se había hundido en el sillón. Mierda. La decoración. Se había dejado camelar. Había bajado la guardia.

—Cuando trabajas con alguien acaba habiendo mucha conexión. Ya sabes, como las parejas de *Mira quién baila*. No están acostumbradas, no pueden distinguir los sentimientos y se lían entre ellos.

Lennie tomó más agua. Pensó en aquella vez en que Marika Glans casi lo había pillado en la cama con Jennifer. Cuando su novia empezaba con sus interrogatorios, Lennie solía decirse a sí mismo que era Marika quien era la delincuente. Que era ella la que se pasaba de la raya con sus acusaciones infundadas.

La inspectora se lo quedó mirando.

—Jennifer Leone fue hallada muerta anoche —dijo.

Lennie se atragantó con el agua.

Tosió.

—¿Soy sospechoso de algo?

Se arrepintió al instante de la pregunta. ¿Por qué había dicho eso? ¿Cómo se podía ser tan tonto?

—Como ya te he dicho antes, el interrogatorio es de carácter informativo —dijo Karin Larsson.

Los hombros de Lennie bajaron un poco.

—Disculpe, estoy conmocionado —dijo.

12

Viernes 12 de mayo, media tarde

Ruido de ollas y pasos estresados le llegaban a través del techo. La actividad de la noche no tardaría en llegar a su punto álgido allí arriba, en el restaurante. La colada era un castigo en toda regla, nadie quería ser enviado al sótano para clasificar la ropa sucia de los cocineros y perderse las propinas. Además, Solveig se había visto obligada a abandonar a su cliente preferido. Pero la rabia contra las órdenes aleccionadoras de Ullis Asp no tardó en disiparse. Hoy, ocuparse de la colada le iba que ni pintado. Aquí Solveig podría trabajar sin interrupciones. Entró en *Starchild*, el blog de Jennifer Leone, y abrió la última entrada.

> **Lovers and haters!**
> Publicado 12 de mayo, 2014 — A las 00:57
> Podría haber vivido en Londres, o Miami o Los Ángeles. LA, me encanta esa ciudad. Pero he elegido Estocolmo. Porque aquí tengo algo que no tengo en ninguna otra parte. El amor. Mi gran debilidad… junto con Ben & Jerry's y los mojitos bien cargados… En ese orden.
> Pero.
> Hay algo que no va bien. Algo que escuece y duele. Desde hace años. Pero aun así, sé que al final las cosas suelen salir como yo quiero. Y esta noche me encargaré de que así sea.
> Besos a tod@s / J

Solveig se apoyó en la pared de azulejos. Pensó en el texto.

Jennifer estaba enamorada, pero algo iba mal.

¿Un amor desgraciado?

¿Qué era lo que Jennifer estaba a punto de hacer?

Volvió a leer la entrada.

Una sensación de irrealidad se apoderó de ella.

Había querido escribir un reportaje sobre *top models*. Sobre Jennifer Leone. Ahora estaba muerta. Era escalofriante. Pero también significaba algo. No podía soltarlo. Si no se trataba de un suicidio ni tampoco de un accidente, ¿qué podía ser? Había pasado de documentarse a tener material para hacer un reportaje y luego para algo totalmente distinto. Había estado con Jennifer sus últimas horas de vida.

Solveig cerró la puerta de una de las lavadoras y la puso en marcha.

No pensaba hablar con ningún periódico de lo que había visto. Lo único que pensaba hacer era publicar una noticia breve en su blog. Los detalles y secretos los revelaría más adelante, en un reportaje largo.

Se vio arrastrada por la sensación.

Tenía que descubrir lo que le había pasado a Jennifer.

Se pringó con salsa barbacoa de un trapo de cocina. Se enjuagó las manos bajo el grifo; estuvo así un buen rato.

En el metro, de camino al trabajo, había buscado los números de todos los que habían estado presentes en la discoteca.

Había llegado la hora de hacer unas llamadas.

Le dio la vuelta a un cubo vacío que había contenido diez litros de nata agria y se sentó. Marcó el número de Marika Glans, que lo cogió al primer tono. Apenas le había dado tiempo de presentarse cuando Marika le soltó:

—Búscate la vida.

Solveig llamó al siguiente de la lista. Carlos Palm.

—No sé gran cosa —dijo.

—¿Cómo es trabajar en una revista como *Glam Magazine*? —intentó.

—Pues bastante normal, no se diferencia mucho de cómo es en otras revistas.

Solveig sujetó el auricular con el hombro, sacó un bolígrafo y la libreta que usaba para anotar los pedidos.

—En Facebook da la sensación que salís mucho de fiesta.

—Yo no diría eso. No más que el resto de la gente.

—¿Suele pasar que las modelos tomen cocaína?

—No recuerdo haberlo visto.

—¿Nunca?

—O sea, me parece que no tengo gran cosa que decir, no soy más que un redactor normal y corriente, creo que hay otras personas con las que te puede interesar más hablar —dijo.

—¿Quiénes?

—Yo qué sé. Gracias, adiós.

El siguiente nombre de la lista era Adina Blom. No parecía estar al corriente de lo sucedido.

—¿Qué? ¿De verdad? Dios mío. No, no quiero salir en ningún artículo.

El ayudante Hockey estaba ocupado y Elina Olsson no cogió el teléfono. La única que parecía dispuesta a contar algo sobre Jennifer Leone era Lily Hallqvist.

—Si puedo permanecer en el anonimato.

—Por supuesto —dijo Solveig.

—Es terrible. No me lo acabo de creer. Tiene que haber sido un accidente, no se me ocurre otra cosa. Que se hubiera suicidado… no… los últimos años se la veía feliz.

Solveig anotaba a toda prisa.

—¿Antes no lo estaba?

—Bueno, cuando éramos jóvenes, vivíamos alocadas, madre mía, Ibiza, todas las fiestas. Pero sobre todo Jennifer, ella era especial. Siempre iba un poco más allá, probaba los límites de una forma totalmente diferente.

—¿Cómo?

Lily hizo una pausa.

—¿Has hablado con Lennie? —preguntó.

—Todavía no. ¿Hay algo que debería preguntarle?

—Podrías preguntarle por la relación que mantenían. Por cómo la veía Elina.

—¿Él y Jennifer mantenían una relación?

—Em, sí.

—Y ¿qué tenía que ver Elina?

—Oye, tengo que subir al autobús.

—¿Hola?

Lily Hallqvist había colgado.

Solveig volvió a llamar. Buzón de voz. Móvil apagado.

Metió más ropa en las lavadoras. Las puso en marcha y escuchó cómo echaban agua. Esperó un momento. Se aseguró de que Ullis Asp no estuviera cerca. Y luego sacó el último número de la lista.

Lennie Lee.

Contó cinco tonos.

—¿Hola?

Lennie sonaba diferente. Solveig oyó que estaba al aire libre, caminando. Se oía la brisa en el teléfono.

Solveig se presentó. Dijo que había estado con ellos la noche anterior y le preguntó si tenía un minuto. Lo tenía. Un minuto, no más. Lennie no dijo nada acerca de si se acordaba de ella o no.

—¿Quieres hablarme de Jennifer Leone? —empezó Solveig.

Él se aclaró la garganta.

Ella esperó en silencio.

Él dijo que Jennifer era una persona estupenda.

Ella anotó.

Dijo que Jennifer era una persona maravillosa.

Ella escuchó y anotó.

Entonces la voz habló más flojo.

—Pero estaba buscando reconocimiento constantemente. Lo exprimía todo. De forma maniática. Si colgaba alguna foto en Facebook y tenía pocos «me gusta», eso podía joderle el día entero. Estaba vacía por dentro. Infancia rota. Impulsos fuera de control. Problemas con la bebida. Chicas que no tienen padres, ya sabes…

—No, no sé. Por favor, explícamelo.

—Claro que sabes. Van en busca de reconocimiento de manera enfermiza y se preguntan por qué no consiguen congeniar con el sexo contrario.

—¿Jennifer era alcohólica?

—Era adicta al reconocimiento. Pero buscaba en los sitios equivocados. Colgaba fotos de desnudos en el blog y trataba de provocar con consejos para adelgazar, cuando en realidad lo que quería era apoyo, amor. Cuando buscas eso, te vuelves muy sensible a los comentarios hostiles.

—¿Dónde se crio? —preguntó Solveig.

—Västerås.

Lennie respiró sonoramente.

—Y ayer decidió quitarse la vida. Qué tragedia más grande.

Se había acabado la libreta. No quedaban páginas en blanco. Solveig apuntaba lo que Lennie iba diciendo en el reverso de pedidos antiguos.

—¿Has hablado con la policía?

—Solo como testigo.

—¿Ellos dijeron que se había suicidado? ¿Que no ha sido un accidente?

Lennie guardó silencio.

—¿Has leído su última entrada en el blog? —preguntó Solveig.

—Sí, la he visto.

—¿Estaba hablando de ti?

—No, joder. Soñaba con abrir un rancho. Una especie de granja de caballos. Estaba todo listo, un empresario con el que se acostaba, perdón, con el que se veía, iba a poner el dinero. Pero el tipo se echó atrás. Sin más explicaciones. Supongo que se dio cuenta de cómo las gastaba Jennifer.

—Un rancho de caballos suena genial —dijo Solveig—. Pero no parece que sea motivo como para…

—Verás, con ella todo era un poco como en el Salvaje Oeste.

—¿Dónde queda la granja?

—¿Hola? Te oigo mal —dijo Lennie.

—¿Qué le parecía a Elina?

—¿Elina? —Lennie soltó una risa corta y llena de desprecio.

—La relación que manteníais tú y Jennifer.

—No tengo ni idea, corazón. Ya no tengo más tiempo para ti.

13

Sábado 13 de mayo, mañana

«*E*l número marcado no existe», dijo la voz electrónica. Kalju Saagim dejó el teléfono móvil. Los límites habían sido forzados, el equilibrio se había roto. Ahora Inna estaba desaparecida. Kalju llevaba varios días intentando localizar a su hermana en Estonia. Siempre le respondía la misma voz automática. El número había dejado de existir. A veces por mail tardaba un poco en responder, pero al final siempre lo acababa haciendo.

Sin embargo, ahora solo había silencio.

Silencio absoluto.

Miró por la ventana. Un vecino madrugador limpiaba los arriates en el jardín, iba recogiendo ramitas en un canasto redondo. El gato estaba a su lado en el sofá. Incluso *Jussi*, que siempre solía ronronear de forma sonora, guardaba silencio. Los animales eran más sensibles al ambiente que se respiraba que los humanos. Podían presentir un cambio de tiempo mucho antes de que se produjera.

Su hermana Inna había tenido problemas después de huir de un hombre que la había tratado mal.

La preocupación se apoderó de Kalju.

¿Habría ido a buscarla para hacerle daño?

Tampoco había sabido nada de Jakob Adler. Por lo general, el jefe de Kalju solía llamarlo varias veces al día. Por distintos motivos, desde pormenores cotidianos que más bien hacían pensar que el hombre estaba aburrido, hasta para pedirle consejo para tomar una decisión importante. Kalju era la mano derecha de Jakob. Siempre disponible. Se ofrecía en cuanto hiciera falta. A cambio, Jakob se encargaba de la protección de Inna a través de sus contactos en Estonia. Además, Kalju podía encargarse de la carne con total libertad.

El silencio se prolongaba. Todo lo que se prolongaba, preocupaba.

Quizás era que Jakob estaba «haciendo medios», como solía llamarlo cada vez más a menudo. Era habitual encontrar reportajes y entrevistas donde se podía leer que Jakob Adler había cambiado; ahora lo llamaban emprendedor. Aseguraba haberse alejado por completo del crimen. Un viaje que se basaba en la toma de conciencia y el deseo de cambiar. Quería hacer el bien. Ayudar a otros. Era típico de este país: un criminal ya juzgado podía quitarse los tatuajes y empezar a hablar de abrir un negocio propio. O no quitárselos y dejar que sirvieran de recuerdo menguante y solamente hablar de abrir negocio propio. Había una especie de creencia de que los criminales y maltratadores podían «entender» que lo que habían hecho estaba mal, y dejarlo gracias a eso que llaman la toma de conciencia. Kalju lo había visto en la tele y lo había leído en la prensa. Había un programa que iba de un cómico, Rickard Ringborg, que tomaba distancia de su vida anterior de drogas y mujeres. Ahora, a toro pasado, había comprendido lo destructivo que había sido aquello. Lo estúpido. Jakob decía exactamente lo mismo. Había entendido. Lo más extraño de todo era que, después de eso, los periodistas nunca hacían preguntas sobre lo que venía después. No se molestaban en saber qué empresas eran las que Jakob tenía. Ni de qué manera ayudaba a los demás.

Kalju acarició el lomo de *Jussi*.

Por lo que a él respectaba, no había notado el cambio de Jakob. Cierto que vestía diferente y que su forma de hablar nada tenía que ver con la de antes, sobre todo a la hora de tratar con otros, pero más allá de las palabras correctas, seguía siendo el mismo.

Su mente volvió a Inna.

«Si le hubiese pasado algo, Jakob lo sabría», pensó Kalju.

En ese instante le llegó un mensaje. *Jussi* bajó esquivo del sofá con un saltito. Se alejó y se metió por detrás de la cortina, asomando tan solo la cola.

Kalju cogió el teléfono. Era de Jakob Adler.

Necesito tu ayuda.

Kalju no podía dejar de verlo como una señal.

Los límites estaban tensos y había cosas que se habían puesto en marcha.

Cosas que él no podía controlar.

14

Sábado 13 de mayo, mañana

No eran ni las nueve y Lennie Lee ya iba por la séptima taza de café instantáneo. Maldecía a Hockey por no haber arreglado aún la cafetera. Había reproducido el interrogatorio una y otra vez durante toda la noche. Se había retorcido y dado vueltas en la cama tratando de conciliar el sueño; Marika lo había empujado varias veces. Estate quieto. Imposible. Sentía un cosquilleo en las piernas. Le picaba el cuello. Tenía una tos irritante. La garganta seca. Ella le había dado una patada. Que te estés quieto. A las seis había tirado la toalla. Se había ido a la desolada redacción.

Allí estaba ahora, sentado.

Por las ventanas abiertas se oían las campanas de la iglesia de Katarina y algunas palabras sueltas de los transeúntes que pasaban por la calle.

Su pensamiento volvió al cuarto de interrogatorios.

«Para.»

Todo había ido bien. Vale, se le había ido un poco la lengua, pero estaba contento con cómo había manejado el asunto. Y lo más importante: la confirmación de que no era sospechoso de nada. Que no había hecho nada. Estaba allí como mero testigo. Toda una liberación. La pizca de autorreproche que había sentido solo confirmaba su carácter humano. Era un individuo con sentimientos. Por supuesto que no debería haber dejado a Jennifer Leone como lo había hecho, pero él también iba borracho, difícilmente podía haber previsto que ella iba a…

¿Cómo iba a saberlo?

Tenía que olvidarlo.

Pasar página.

Seguir adelante.

Lennie cerró las ventanas y se hizo el silencio. Demasiado silencio. El silencio estaba sobrevalorado. No tenía nada de relajante. Al contrario. El silencio suscitaba cavilaciones. Bastaba con mirar a los del norte del país. Y a los finlandeses. Introvertidos y melancólicos. Hasta que se ponían como cubas. ¿Dónde estaba su transmisor *bluetooth*? ¿Ya se lo había vuelto a coger Carlos? Lennie fue al escritorio del redactor. Hurgó entre el desorden. Lo encontró debajo de la montaña de números viejos de *Filter* y *Monocle*. De repente empezó a sonar Jay-Z por los altavoces. Lennie agitó el cuerpo, notó que las sombras se disipaban.

La fiesta de Jakob Adler iba a celebrarse en tan solo doce días, el 25 de mayo.

Cinco millones de coronas.

Lennie se imaginó la suma total en billetes de mil. Podría empapelar toda la redacción.

¿Debería llamar a Udo Christensen ya mismo?

¿Por dónde empezaría?

¿Identificar sitio, reservar a las chicas, conseguir el espectáculo? Se sentó bien en la silla, buscó una libreta, la abrió por una página en blanco y empezó a hacer un cálculo aproximado de gastos.

«Rancho de caballos», pensó.

Le había mentido a la periodista Solveig sobre el rancho de caballos y el empresario. Ahora, a posteriori, lo veía inútil, sí, una estupidez.

Pero bueno.

A la mierda con eso.

La comida era el primer punto. Comida de lujo de algún garito gourmet. Bogavante, cigalas, ostras. Solomillo de ternera de máxima calidad. ¿A cuánto podía salir? En total estarían hablando de unos 175 invitados. Mejor contar 200, por si acaso. Los hombres comerían bastante, las chicas poco. O nada. Hizo un cálculo al alza de tres mil coronas por persona. Después estaba la bebida. Ahí tenía que ser generoso. Mucho champán, abundante vino tinto, vodka y malta escocés. ¿Se mirarían las añadas o era un derroche innecesario? Contó dos botellas de Bollinger por cabeza, además de algunas de tamaño mágnum por la sensación. Y también iban a derramar y disparar una parte a chorro. Apuntó dos mil en bebida.

Veinticinco chicas. Mil quinientas coronas la noche era el precio estándar. Puso dos mil, pero entonces tendrían que encargarse también del servicio.

El local. ¿Qué sería una cosa razonable? Cuando alquiló el Mueso Nórdico para su propia fiesta de los treinta pagó ciento cincuenta. Treinta cumpleaños. Hizo un alto mental. Ya iba por los treinta y seis. La edad se le antojaba una etiqueta desconocida, pegada.

Luego estaba el entretenimiento. Aquí tenía que sorprender. Inventarse algo que superara las expectativas de Jakob, como cuando la *Glam* celebró su primer aniversario. Había alquilado el Spy Bar y los dejó a todos del revés cuando de pronto apareció Kanye West cantando *Happy Birthday*. Lennie jamás olvidaría la imagen del rapero norteamericano sacando a Marika al escenario y dándole un beso en mitad de una canción. Dan Irén estaba preocupado por si Lennie estaba celoso. Lennie no entendía a qué se refería. Él solo sentía orgullo.

Una estrella así sobrecargaría demasiado el presupuesto; alguien de la élite artística sueca sería más que suficiente.

El entretenimiento debería rondar las ciento cincuenta mil coronas.

Lennie hizo la suma en el papel que tenía delante.

Comida	200 x 300	=	600.000 coronas
Bebida	200 x 2000	=	400.000 coronas
Local		=	150.000 coronas
Entretenimiento		=	150.000 coronas
Chicas	2000 x 25	=	50.000 coronas
Total		=	1.350.000 coronas

Revisó las cuentas. Añadió un tanto para limusinas y un diez por ciento para imprevistos, lo cual hizo subir los costes finales a prácticamente un millón y medio.

Sacaría un pingüe beneficio.

La sensación era embriagadora. Lennie retiró un poco la silla y subió las piernas al escritorio. Ya tenía ganas de hablar con Udo Christensen, un contable jubilado de Odense, Dinamarca, que llevaba treinta y cinco años viviendo en Bromma. Udo le echaba una mano con todo tipo de cuestiones, desde complejas fundaciones de empresa hasta hacerlo parecer solvente cuando estaba buscando inversores. Udo maldeciría y carraspearía y le diría que este país no tenía futuro. Por primera vez en mucho tiempo Lennie tendría el placer de pedirle que encontrara vías para blanquear una gran suma de dinero.

¿Y Marika? Echó un vistazo a su sitio vacío. Lo había decorado con las mejores imágenes que tenía de sí misma y un cuadro con el texto «The answer is no» en letras negras sobre fondo blanco. Como directora de castings era ella la que conseguía modelos para los trabajos de azafata. En años anteriores, cuando la revista marchaba bien, se veía constantemente obligada a decir que no a chicas de provincias llenas de esperanza.

¿Se encargaría Marika de las asignaciones?

Lennie se imaginó su cara retorcida cuando le contara para quién era el encargo.

Mantuvo la mirada un rato sobre el cuadro.

La respuesta era no.

¿Carlos?

Mala idea. A menos que quisiera renunciar a la mitad de las ganancias.

¿Y Hockey?

Con su ayudante no tenía ningún compromiso. Hockey jamás le exigiría una parte de los beneficios ni nada por el estilo. Para él ya era suficiente recompensa el mero hecho de poder participar. Pero ¿tenía la experiencia necesaria? No lo había puesto nunca al mando de ningún proyecto. Luego estaba el tema de las chicas. Lennie no había visto nunca a Hockey consiguiendo nada con nadie. Ni siquiera lo había oído hablar jamás de una noche exitosa. Al menos no con nadie en tiempo presente y que se pudiera confirmar.

Pero ¿qué más daba? Hockey hacía un trabajo cojonudo.

Lennie tomó la decisión.

FAMOSA BLOGUERA ENCONTRADA MUERTA

Era conocida como *top model* y bloguera. El último año parecía feliz, según su círculo de amistades. Pero se sospecha que el jueves pasado Jennifer Leone, de 27 años, se quitó la vida.

Jennifer Leone fue encontrada en el agua después de haber estado de fiesta en el club Café Opera la noche del jueves. La policía cree que se trata de un caso de suicidio, a pesar de no haber hallado ninguna carta de despedida. Una amiga cercana se muestra muy afectada:

«No logro hacerme a la idea. Hablamos aquella misma noche, parecía tan feliz —dice la amiga, y continúa—: Por fin Jennifer se había encontrado a sí misma.»

El fotógrafo Lennie Lee, que durante muchos años ha trabajado con Jennifer Leone, nos da la imagen contraria. Él cuenta que Jennifer tuvo una infancia difícil y que vivía una vida turbulenta en la que la fiesta abundaba.

«Jennifer perdía el control a menudo. Era muy impulsiva, tenía un ritmo interior muy acelerado y malos nervios, pero en realidad buscaba cobijo y amor», afirma.

Según Lennie Lee, Jennifer Leone estaba a punto de cumplir el gran sueño de su vida, abrir un rancho de caballos. Pero falló la financiación.

«Eso la dejó destrozada. Qué tragedia. Estoy conmovido.»

Solveig Berd, 13 de mayo, 2014, @ 09:16
Compartir Comentar Denunciar

15

Sábado 13 de mayo, media tarde

Solveig miró su última entrada en el blog.

Habían pasado casi ocho horas desde que había colgado la nota. Cuando le dio al botón de publicar había sentido una tensa expectación por primera vez desde febrero. A lo mejor alguien se pondría en contacto con ella para darle nuevos datos. Sobre Jennifer Leone, Lennie o cualquier otra cosa. Algo que le permitiera avanzar. Fatima siempre solía decir que incluso los inspectores de policía más hábiles necesitaban pistas para poder resolver casos difíciles. Un testigo que hubiese visto algo. Un familiar que hubiese observado alguna peculiaridad. Un detalle revelador.

Solveig tapó con plástico una fuente con magdalenas enormes. Fatima estaba haciendo caja. Ya era media tarde del domingo y la cafetería estaba cerrando.

Nadie la había llamado.

Solveig se recordó una vez más que ya no trabajaba en una redacción. No tenía lectores que comentaran sus textos ni a los que les gustara lo que escribía. No tenía ningún lector en absoluto.

¿Qué se había creído? Se avergonzaba de haber tenido esperanza.

Solveig miró por la ventana hacia el centro comercial de Högdalen. Una calle peatonal acristalada, con mercado y fuente incluidos. Tres tiendas de comida. Biblioteca, una sucursal de Systembolaget, el monopolio estatal de venta de alcohol, y tiendas de ropa que competían con los grandes almacenes en Farsta y Skärholmen.

Y el Café di Altovalle, la cafetería del padre de Fatima.

Se oyó un restallido cuando Fatima bajó las persianas de la calle. Solveig intentó charlar un poco, pero su amiga se mostraba singularmente callada. Como si estuviera molesta por algo. Solveig no entendía por qué. ¿Había cometido alguna estupidez? ¿Qué podía ser, en tal caso? Solveig contempló las paredes de color café con leche, que cada vez estaban más manchadas.

—¿Recuerdas cuando pintamos? —dijo.

En lugar de responder, Fatima puso a hervir agua para un té —no tomaba café—, sacó el guion de la obra que el grupo de teatro *amateur* en el que participaba iba a representar y empezó a ensayar frases.

—Debe de hacer como diez años —continuó Solveig.

—Mmm, puede.

Solveig aún podía percibir el olor a granos de café recién molidos y pintura fresca. El padre de Fatima había encontrado una gran partida de muebles de roble y había decidido cambiar de rumbo. De sueco a italiano. Los panecillos de amapola fueron sustituidos por *focaccia*, los bizcochitos de mazapán por *cantuccini*. Y el nombre. La Pastelería Tuppen pasó a ser el Café di Altovalle. Ahora contaban con una enorme cafetera exprés, pero por lo demás seguía bastante igual. Diez mesas, revistas semanales atrasadas y la pizarra con el menú escrito a mano sobre la caja y que Fatima bajó.

—¿Has leído mi blog? —preguntó Solveig.

—Hoy no.

—Entra y míralo ahora.

—Luego.

—Ahora.

—Pero ¿qué pasa?

—Tú míralo.

—Te llaman —dijo Fatima.

Llegaba un zumbido desde la cocina. Solveig siguió el ruido.

Cinco microondas y dos sandwicheras estaban en fila sobre una encimera. Solveig intentó descubrir de dónde venía el sonido. ¿Qué había hecho con el teléfono? Empezó a levantar cosas. Miró debajo de cubos y cuencos. El zumbido proseguía. Se hizo más intenso junto al carrito cromado. Levantó una tabla de cortar. Allí estaba.

El número no le era familiar.

¿Un lector?

La sensación le resultaba desconocida.

Solveig respondió como lo solía hacer en la redacción, con nombre y apellido.

—Me llamo Carina Leone —dijo una voz afónica de mujer.

—Hola.

—Soy la madre de Jennifer.

Solveig notó que se le calentaban las manos.

—Te... acompaño en el sentimiento —dijo.

—Gracias —dijo Carina Leone. Sonaba serena. Hablaba con una calma sorprendente.

—El artículo que has escrito.

—Em... ¿sí?

—Lo he leído.

—Entiendo que resulte difícil, tremendamente difícil. No puedo imaginarme cómo...

—No.

Se hizo silencio.

—Nada de lo que pone es cierto.

—Ahora no te entiendo... ¿puedes ponerme un ejemplo?

—Ese fotógrafo, intenté decirle a mi hija que no era buen hombre, que no era bueno para ella estar con él. Pero no me escuchaba.

—De acuerdo, pero ¿qué es lo que no es cierto?

—Jennifer iba como loca por tener un perro cuando era más pequeña, pero no podía ser.

—Ya...

—Era alérgica.

Ahora Solveig cayó en la cuenta.

—O sea que lo de la granja de caballos...

—Mi hija jamás se habría ido a vivir a una granja de caballos. Era alérgica —dijo Carina Leone.

—Entonces, Lennie miente —dijo Solveig.

—En todo —dijo la mujer.

—¿Por qué crees que lo hace?

—Jennifer no se ha suicidado —dijo Carina Leone.

—¿Has... te has puesto en contacto con la policía? —preguntó Solveig.

—Su muerte no ha sido ni un suicidio ni ningún accidente, digan lo que digan.

—Tendrás que disculparme, no quiero parecer insensible ni nada por el estilo, pero tengo que preguntarte cómo lo sabes, o cómo puedes estar tan segura de ello. No sé si me entiendes, me refiero a eso de que no ha sido...

—Ya se lo he dicho también a la policía, pero no parecen interesados. Han dicho que mi hija iba muy ebria.

—¿Ah sí?

Carina Leone se quedó callada.

—Mira, Solveig, Jennie vivía una vida diferente, se juntaba con personas con las que, en mi opinión, no debería haberse relacionado, hacía cosas contra sí misma y contra los demás, pero no se ha quitado la vida.

Otro silencio.

—Pero ¿cómo sabes que no ha sido un accidente?

—Tenía un blog, igual que tú. Supongo que lo has leído.

—Sí —dijo Solveig.

—Aunque yo no consiga entenderlo, ella quería estar con el fotógrafo ese. Pero él tenía a otra persona. Jennifer y yo hablamos ese mismo día, estaba muy alterada y dijo que le iba a dar un ultimátum.

Solveig recordó la última entrada de Jennifer. Donde decía que se encargaría de que las cosas fueran como ella quería.

—¿Crees que ella amenazó a Lennie con sacar a la luz su relación?

—Lo sé. Jennifer se negaba a ser la número dos.

16

Domingo 14 de mayo, media mañana

*L*ennie se ajustó la protección de plástico de un ojo. Olía a detergente y sudor, ese olor especial que tienen los solariums y que se te pega a la piel. Tanto Tropico Tan como Video, en la calle Högbergsgatan, carecían de encanto, les faltaba la capa de brillantez que tenían los sitios donde las chicas hacían sus sesiones de bronceado o el gimnasio del centro al que iba Lennie. Pero eran de los pocos sitios donde los usuarios lo dejaban en paz y los tubos eran buenos.

Lennie se retorció un poco. La cama de plástico crujió. Los picores no querían parar. En el cuero cabelludo. Por toda la espalda. ¿Podían ser piojos? ¿O estaba siendo el huésped de un pérfido parásito? ¿O acaso había más polen de lo normal?

Toda la noche, durante los breves intervalos de sueño, había tenido la misma pesadilla. Se había visto en distintos lugares, notando de pronto que tenía agua a ambos lados. Un torrente. Todos los lugares se convertían en un islote. Y Jennifer estaba allí. Lo provocaba hasta que él perdía el control. La perseguía, la empujaba. Ella caía al agua y era arrastrada por la corriente.

Para. Para. Para.

Concentración.

Ahora estaba despierto.

Debía aceptarlo.

Jennifer Leone se había ido.

No volvería a verla nunca más, ni a tocarla, ni a notar su cálido aliento de frambuesa en el cuello. Suicidio. Accidente. Niebla cerrada. ¿Por qué pensaba la policía que se había quitado la vida? Nadie ponía en duda que Jennifer Leone había tenido problemas serios. Hacía cualquier cosa con tal de hacerse notar. Querer. Odiar. Lo que fuera. Siempre y cuando despertara emociones con las entradas de su blog y sus fotos de Instagram, obtendría reconocimiento. Jennifer oscilaba entre el autodesprecio y la soberbia, y en el blog hablaba de su angustia. Los periodos de ansiedad. Los agujeros negros. Nunca conseguía tantos lectores como entonces.

Pero.

Lennie nunca había notado que estuviera realmente hundida. Era cierto que se le había ido un poco la mano con la fiesta, pero no estaba deprimida en absoluto.

El ventilador zurría. Sintió un calor por debajo de los omoplatos y Lennie volvió a retorcerse. Faltaban diez minutos. Había hablado con Hockey sobre la fiesta. Tal y como se había imaginado, el asistente se había ofrecido sin mencionar ni una palabra acerca del sueldo ni de las horas extra. Hockey se había puesto a reservar chicas de inmediato.

Esto iba a salir bien.

Todo iba a salir bien.

Lennie empezó a pensar en el verano, en el surf y en todas las posibilidades que tenía delante cuando de pronto sonó el teléfono. ¿Otra vez la periodista? Solveig. Le había dado el meñique y ahora la chica tiraba de él por todos lados.

El aparato seguía sonando.

También podría ser Jakob Adler.

Las protecciones de plástico ovaladas resbalaron y una luz azul penetró en los ojos de Lennie. Empujó la tapa y se estiró para alcanzar el montón de ropa que había dejado en el suelo. Pescó el móvil. Descolgó.

—Soy yo —dijo una voz familiar.

El finlandés. Kalju Saagim.

—Hola —dijo Lennie.

Recordó una de las primeras veces que hablaron. Fue unos meses después de que las fotos de Jakob Adler salieran publicadas. Kalju le había preguntado si se podía «alquilar» chicas para el casino de Jakob. Lennie había titubeado. A esas alturas, Jakob Adler y la red criminal que se afirmaba tenía a su servicio había comenzado a llenar las páginas de los periódicos. Se hablaba de maltrato, armas y drogas. Asesinatos por encargo. Lennie había pensado en la seguridad, no quería verse metido en nada si surgían problemas. Pero Jakob pagaba diez mil coronas. Por cada chica. Al final Lennie decidió mandar a Jennifer, Elina y Lily. No solo por el dinero. Era emocionante hacer negocios con Jakob Adler. Pronto hubo más encargos, y las chicas salían contentas. Hacían más o menos las mismas cosas que en los trabajos ordinarios de azafata: iban a fiestas, asistían a cenas, se sentaban a mesas de copas en la plaza de Stureplan, charlaban y se ocupaban de que hubiera buen clima. La única diferencia era que estos hombres eran más amables que los suecos, y directores en general.

—¿Sigues ahí? —preguntó Kalju Saagim con su pausada voz finlandesa.

—Estoy aquí —dijo Lennie.

—Jakob se pregunta un poco cómo va.

¿Cómo que se preguntaba un poco? O bien se preguntaba o no se preguntaba. Lennie detestaba la incapacidad de poder hablar claro. Kalju tenía una manera enervante de dar rodeos, esa vaguedad suya, una voz con conciencia, a pesar de trabajar para Jakob Adler y, probablemente, ser un cabrón. Qué hipócrita. ¿A quién creía que estaba engañando?

—Todo bien —dijo Lennie—. Dile a Jakob que…

—¿Dónde se va a celebrar la fiesta? —preguntó Kalju.

—Me alegro de que lo preguntes…

Como habían surgido imprevistos, Lennie todavía no había solucionado la parte del local. Pero una cosa había aprendido con los años: la inseguridad era la muerte. Bastaba con mirar la bolsa. La filosofía de éxito de Lennie era simple: habla como si supieras, aunque no tengas la menor idea. Da respuestas. Luego ya cambiarás. El verano pasado había ido a una boda fascinante de un amigo fotógrafo. La fiesta había estado francamente bien. El sitio, como hecho para eventos pomposos.

—Häringe —soltó Lennie.

Oyó que alguien echaba un espray desinfectante en el compartimento contiguo. El traqueteo del rollo de papel y el ruido de la ficha que ponía en marcha el solárium.

—¿Qué es eso?

—Un auténtico castillo. En las afueras de Västerhaninge.

—Y ¿el entretenimiento?

—Mmm.

—¿Eh?

—Estaba pensando en algo con clase pero potente. Tipo… guau. Aquí y ahora.

—Jakob Adler tiene grandes expectativas. No lo decepciones.

—Nadie se va a decepcionar —dijo Lennie.

—Hablamos.

17

Lunes 15 de mayo, mediodía

El asador Zink era un pequeño bistró francés en mitad de la calle Biblioteksgatan, frecuentado por turistas, publicistas y blogueros de moda. Solveig solo tenía pensado pedir un bocadillo y un café, pero el bocata acabó siendo una sopa de pescado, una bullabesa demasiado cara, que, además, exigía una copa de vino blanco bien frío.

Bebía y pensaba.

Jennifer Leone había estado publicando en el blog casi a diario durante seis años. Sobre dietas que eran una locura, consejos de moda y fiestas, todo mezclado con palabras sabias de pensadores conocidos y por conocer, decoración y Lindsay Lohan. A veces estaba sumida en su agujero negro, que era como se refería a su angustia. Entonces componía poemas, que a menudo eran sorprendentemente buenos. Tenían ritmo y sentimiento. Pero los periodos de ansiedad solo parecían durar unos días, después la vida volvía a ser genial. Lo que más había eran fotos suyas. Miles. Autorretratos. Fotos de estudio. Imágenes en bikini. Viajes a Ibiza, Dubái, Saint Tropez. Solveig había pasado la noche ojeándolo todo.

En ninguna parte hablaba de caballos.

Si soñabas con abrir un rancho, en algún momento habrías hablado de caballos. O hípica. Lo único que Solveig había encontrado era una vieja noticia en *Klick!*, «El fiasco plumífero de Jennifer Leone». Hablaba de que una vez la chica había hecho de canguro de la cacatúa de una amiga. Una especie de periquito. Por lo visto la modelo era tan alérgica que incluso le afectaban las plumas.

Carina Leone tenía razón.

Lennie mentía.

Solveig siguió con la mirada la corriente de personas que pasaba por fuera. Bolsos Louis Vuitton falsos y auténticos. Adolescentes que se habían disfrazado para ir de compras. Hombres con chalecos de caza acolchados. Mujeres que comían con vino y que llevaban bufandas de colores llamativos.

Pensó en sus fuentes.

Contactos que había cultivado con esmero, personas que podían dar datos valiosos y de vez en cuando filtrar alguna noticia. A veces Solveig conseguía cosas *off the record*, detalles, las teorías personales del investigador u otra cosa que la podía ayudar a avanzar en una historia, aunque no se pudiera poner por escrito. Eran personas clave. Gente con acceso. Sin sus fuentes, sin contexto, Solveig era un carpintero sin martillo. Un satélite fuera de órbita flotando a la deriva. Oscuridad periodística.

Así no podía continuar.

Las necesitaba.

El camarero pasó por su lado. Tez rojiza, bigote. Afable pero resoluto. Le recordaba al artista Alexander Bard.

—¿Desea otra copa de vino? —le preguntó.

Era pleno día.

No debería. No le sobraba el dinero.

—Me encantaría.

Vale, una copa. No entraba en el restaurante hasta la tarde del día siguiente. Podía pasarse el día aquí. Mirando a la gente. Pensando. Escribiendo un par de entradas en el blog. Los oficinistas no tardarían en levantarse con un amodorrado «bueno» o «pues eso» para volver rápidamente a sus escritorios. Era la ventaja de no tener horarios fijos. En cierto modo, Solveig lo tenía bastante bien montado.

Sacó el móvil.

Ahora que Dan Irén la había perdonado, sus antiguas fuentes también deberían pasar página. Los necesitaba de verdad. Ahora.

Esta historia de Jennifer Leone.

«No sabemos nada sobre la angustia del alma.»

¿Qué había querido decir?

¿Por qué Lennie mentía? Y ¿por qué le colgaba el teléfono cuando lo llamaba?

Esto debería ser de interés para la policía.

Sacó el número de su contacto en la Policía de Estocolmo. Icono verde.

—No hablaré contigo —dijo una voz cansada.

—Solo una cosa.

—Lo siento.

Clic.

Llamada finalizada.

Solveig suspiró. Se enjuagó la frustración con un poco más de vino. ¿Cuánto iba a durar?

Decidió llamar a su padre. Hacía más de una semana que no hablaban. Micke Berg sonaba contento, pero no tenía tiempo para hablar.

—Tengo una carrera. Podríamos cenar o hacer algo divertido juntos esta semana, ¿no?

—Genial. Hablamos —dijo Solveig.

Mujeres con ropa negra de Acne o alguna otra marca de moda sueca cara —pero no tanto como para que resultara vulgar— iban entrando en la cafetería vienesa de enfrente. La vieja pastelería de ancianitas había pasado a manos de una estrella de la hostelería. Ahora podías pedir *pastis* francés con las baguetes de masa madre y las pastitas. Llamó a Fatima. Contó los tonos. Colgó antes de que saltara el buzón de voz. Pensó que le apetecería comerse una tarta de queso. O algo con chocolate. Volvió a llamar. ¿Fatima no se lo estaba cogiendo adrede?

Solveig le mandó un mensaje.

«Pasa algo?»

Sin respuesta.

Escribió un mensaje para su siguiente fuente más importante. El hostelero Daniel Stiernstedt. «Cuánto tiempo! Te apetece tomar algo? Abrazo». Le dio a «enviar». Se arrepintió en el acto.

Se sentía aturdida. Aturdida y caliente.

No veía al camarero.

El móvil vibró una vez.

Solveig apostó a que era Fatima.

Pero cuando miró la pantalla le pareció extraño. Ponía «Número oculto» donde solía aparecer el número del remitente.

«Sé lo que estás haciendo. No sigas, zorra.»

18

Lunes 15 de mayo, tarde

Lennie no sabía qué decir. La nueva portada, la que sustituía a la de Jennifer, parecía una mezcla de revista porno y otra insensatamente pretenciosa de diseño y forma. Una foto de agencia de una chica desnuda, con labios aumentados, sentada en una butaca baja y que se hacía la dura. Carlos Palm estaba delante de la impresión colgada en la pared.

—Estoy jugando con nuevas formas de expresión —dijo.

Hockey se unió, miró a la pared.

—Un poco pálida. Si queréis mi opinión.

Carlos parecía incómodo.

—O sea, entiendo lo que buscas con eso —continuó Hockey—. Pero no es *Glam Magazine*.

Carlos frunció la frente.

—Cuando yo empecé aquí tú aún ibas al instituto.

Hockey chasqueó los dedos y señaló a Carlos.

—Exacto.

—Chicos. —Lennie alzó una mano diplomática.

Hockey tenía toda la razón. Como redactor, Carlos Palm estaba cada vez más cansado, había perdido la chispa. Y además, esta transformación que estaba sufriendo. Tenía un año menos que Lennie, iba a cumplir treinta y seis. Quizá se trataba de una crisis de los treinta que venía con retraso. O una crisis de vida más difusa y sigilosa. Jack Moy & Glöden, la nueva bicicleta con sillín de cuero trenzado y macuto en el portapaquetes. Las chips de hoja de col. Mientras la mayoría se relajaba con los años, Carlos estaba cada vez más tenso. Costaba imaginar que hubo un tiempo en el que fueron inseparables. Tantas risas y canalladas. Como cuando para el lanzamiento del primer número soltaron a diez chicas en bikini en paracaídas sobre el Foro Feminista que se celebraba en Gärdet. ¡La que se armó!

Y ahora esto.

—Tenemos que tomarnos en serio lo que contamos —dijo Carlos—. Todo lo que publicamos tiene que enganchar a los lectores. Las mujeres, los reportajes. La menor noticia, el menor pie de foto tiene que despertar emoción. Eso es *Glam Magazine*.

Lennie ahogó un suspiro.

No tenía tiempo para las cantilenas de Carlos. En cuanto acabó la conversación con Kalju Saagim, Lennie había llamado para reservar Häringe. Problemas. Justo ese día todo el castillo estaba alquilado. En cambio, el Museo Nórdico estaba libre. Más caro, pero como mínimo igual de bueno. Lennie le había mandado satisfecho un mensaje a Kalju diciéndole que el local para la fiesta había subido de nivel.

—Lo difícil no es llenar la revista con cosas buenas. Quiero decir, mira tu portada. Cojonuda. Pan comido para nosotros. Lo difícil es llenarla de anuncios —dijo Lennie.

—Exacto —dijo Hockey.

Lennie estaba cada vez más contento con el asistente. A diferencia de Carlos, era alegre y apasionado al mismo tiempo. Le chocó ver lo que Hockey se parecía a él de joven. El fulgor, la pulsión. Este chaval de veintitrés años salido de Stureby no era como el resto de mequetrefes que querían hacer las prácticas con él con la creencia de que podrían pasearse con modelos la mitad del tiempo. Hockey era distinto. El chico ardía: se dejaba la espalda y trabajaba casi gratis. Ya tenía la mitad de las modelos para la fiesta.

—Haz una portada nueva —dijo Lennie.

—Pero esta mola —dijo Carlos.

Le picaba debajo de la piel. Era irritante y escocía como si le hubiera salido un eccema por dentro del cuerpo. De pronto vio la luz. Le vino con fuerza. Una visión. Lennie vio un rótulo de neón parpadeando ante sus ojos. «Carlos tiene que irse», ponía. Luces rojas. Rótulo con mensaje rotativo.

«Carlos tiene que irse.»

—Podrías diseñar una portada nueva, ¿no? —le dijo Lennie al asistente.

—¿Yo?

—Sí.

Sus ojos claros se colmaron de entusiasmo.

—Veo a una diva que sostiene una carga de dinamita, la mecha está encendida… *fssshh*. Se le ha prendido fuego en el pelo sin que ella se dé cuenta, porque lo único en lo que puede pensar es…

—*On fire!*

—No —dijo Carlos.

—Me gusta —dijo Lennie.

—Pero yo soy redactor. Y director artístico. Y escritor.

—Hockey —dijo Lennie—. Haz un esbozo.

Carlos guardó silencio. Al cabo de un momento negó con la cabeza y dijo mosqueado:

—Pues buena suerte.

El asistente estaba desconcertado.

Lennie se arañaba la nuca.

El texto en neón se deslizaba cada vez más deprisa.

«Carlos tiene que irse. Carlos tiene que irse. Carlos tiene que irse.»

A Lennie le vino una idea a la cabeza.

La periodista. Solveig Berg. La que estaba haciendo un reportaje sobre las chicas. La que los había estado persiguiendo a él y a Jennifer. La que se había creído lo de los caballos. Ella.

Lennie juntó las palmas de las manos y sonrió.

Se quitaría de encima a su redactor sin armar demasiado jaleo.

Con la ayuda de Solveig.

—Escuchad. Esta tarde hacemos fotos nuevas —dijo.

19

Lunes 15 de mayo, primera hora de la tarde

Solveig se desabrochó el sujetador y trató de pensar en Günter Wallraff. Se miró en el gran espejo del baño. Aspiró vapores de colonia de hombre y de velas perfumadas.

¿De verdad esto la haría avanzar?

Apenas hacía diez minutos que había llamado a la puerta de un ático en la calle Strandvägen. Lennie Lee había abierto y le había dado un gran abrazo.

—¡Bienvenida!

Lo primero que le había llamado la atención era lo blanco que era todo. Las paredes inclinadas, los muebles y los cuadros al óleo. Incluso el terrier, que estaba durmiendo en una cesta en el suelo, era blanco. En la cocina había seis hombres de unos treinta años bebiendo alcohol en vasos de los Dallas.

Lennie se aclaró la garganta.

El perro abrió medio ojo.

—Chicos, dejad que os presente a nuestra modelo. Solveig Berg, periodista.

Le pusieron una copa de champán en la mano.

—¿Periodista? Pues habrá que comportarse —dijo uno de los hombres. Era el único que no llevaba traje y pajarita, sino camiseta con las figuras que se empleaban para designar los lavabos de hombre y mujer. Pero aquí eran una novia y un novio con el texto «Game over» debajo.

Se había plantado en una despedida de soltero.

—Aquí Musse Girani, quien va a...

El asistente de Lennie entró en la sala sin aliento.

—El flash se había quedado en la redacción.

—¡Hombre, qué tal! —exclamó Hockey al verla—. Qué bien que puedas trabajar gratis. Sonaba como si pretendiera hacer una broma, pero Solveig percibió algo forzado en su voz. Un poco como un vendedor que intentaba sonar natural.

—Hola, Hockey —respondió ella.

Lennie le pasó una cámara réflex a Musse Girani y le enseñó cómo se ajustaba el objetivo. Los hombres guardaban un silencio sepulcral mientras él explicaba cómo se hacía una toma. Solveig intentaba memorizar todo lo que decía. Deseaba haber tenido una libreta a mano. O haber puesto en marcha la grabadora del móvil.

—Podemos preguntarle a la chica hasta dónde está dispuesta a llegar. Para Solveig el bikini no supone ningún problema, ¿verdad?

El sujetador cayó al suelo. Solveig se ató el bikini triangular detrás de la nuca y pensó que los mejores periodistas de investigación del mundo hacían cualquier cosa con tal de acercarse a la noticia. A ella le tocaba meterse en este mundillo de modelos.

Un mundillo que había sido el de Jennifer Leone.

El mensaje le había llegado al mediodía. Lennie Lee le decía que no había visto su llamada perdida, que le encantaría darle la imagen entera. El mundo del glamur sin censura. ¿Estaba interesada? Le dio una hora y la dirección del piso en la calle Strandvägen.

Los hombres se habían desplazado al salón y estaban sentados en un sofá rinconero.

Recibieron a Solveig con un aplauso.

El perro se había despertado y fue corriendo a su encuentro. Aullaba y daba vueltas. Solveig lo acarició y miró a Lennie. Las palabras de Carina Leone se le repetían en la cabeza: «De pequeña, Jennifer se moría de ganas por tener un perro».

Musse Girani lo llamó.

—¡*Gina*! ¡Ven aquí!

Lennie miró a Solveig y señaló con la mano.

—Ponte ahí.

Solveig cruzó la sala.

La pared estaba fría al contacto con su espalda. Hockey sujetaba en alto una pantalla curvada de aluminio y la dirigía hacia ella. Lennie tomó unas cuantas fotos rápidas. Las observó en la cámara y parecía que fuera a comentarlas, pero en vez de eso dijo:

—Como ya sabrás, *Glam Magazine* es la obra de mi vida. Pero la revista está sangrando.

La voz de Lennie era concentrada, como si hubiera memorizado lo que iba a decir.

—¿A qué te refieres? —preguntó Solveig mientras seguía mirando a la cámara.

—La voluntad de pago entre los hombres jóvenes es extremadamente baja. Nuestros lectores juegan a juegos *online* y navegan con el móvil. Leen blogs sobre cachivaches y miran páginas porno. No invierten dinero en una revista cuando pueden encontrar el mismo contenido en internet de forma gratuita.

—¿Cuánto ha caído la tirada? —preguntó Solveig.

—Un montón.

—Sobre todo si lo comparas con cómo era antes. En los días dorados —infirió Hockey.

Solveig observó que el asistente miraba de reojo a Lennie cada vez que abría la boca. Saltaba a la vista que admiraba a su jefe.

—¿Piensas cerrar la revista? —preguntó.

—Igual deberías quitártelas. —Lennie señaló las zapatillas Converse de Solveig—. O da igual, pensemos sexy deportiva. Déjatelas puestas.

—¿Lo vas a dejar?

—Monada. Lennie Lee nunca lo deja.

Continuó instruyendo y gesticulando. Le pidió que se colocara en posturas que él llamaba la Arquera, la Venus y la Huldra del bosque. Al mismo tiempo seguía hablando de la crisis de la revista y las preocupaciones de *Glam Magazine*.

Los brazos detrás de la cabeza, la mano en la cintura. Fuga de anunciantes. Mirada por encima del hombro. Tirada mínima. Mano por el pelo. Muerte de la revista. El ayudante de Lennie, incluso él mismo, pronto todos tendrían que trabajar gratis. Ella se estiraba y encorvaba, al mismo tiempo que intentaba salir guapa. Era difícil. Como practicar yoga avanzado, pero más porno.

Lennie calló y bajó la cámara.

—Eh, diamante, sé que lo llevas dentro. Así que enséñamelo, dame una buena sonrisa.

El perro ladró.

Solveig lo llamó para que fuera con ella y miró a Lennie.

—Jennifer Leone deseaba un cachorro de pequeña —dijo—. A lo mejor uno como este. —El terrier intentó lamerle la mano mientras ella le acariciaba la nuca.

Lennie la apuntó con el objetivo.

La cámara chasqueó varias veces.

—Pero nunca tuvo perro —continuó Solveig.

—¿Hola? ¿Eres de piedra? A ver esa sonrisa.

Solveig giró la cabeza en otro ángulo y sonrió todo lo que pudo.

—¡Presencia, energía! Levanta un poco la barbilla. Así, ¡guapa! Sí, joder, qué guapa eres —dijo Lennie Lee y miró a Musse.

—Ahora te toca a ti.

Solveig continuó arrullando al perro.

—Jennifer nunca tuvo uno de estos.

Miró a Lennie:

—Porque era alérgica.

Él hizo como que no la había oído y le pasó la cámara a Musse.

—Superalérgica —dijo Solveig más alto.

Lennie se le acercó.

La cogió por la muñeca. Fuerte. Le susurró.

—Oye. No tengo ni idea de qué coño estás haciendo. Pero déjalo ya.

—Suéltame.

Apretó más fuerte.

—Ahora mismo —espetó él.

Luego se volvió hacia los hombres en el sofá y juntó las manos con una palmada para ser él mismo otra vez.

—¡Vamos a ello!

Su corazón palpitaba.

Musse se puso de rodillas delante de Solveig. Sacó un par de fotos.

—Bien, una luz muy bonita, mantén el reflector ahí —le dijo Lennie a Hockey—. Se pueden arreglar muchas cosas con retoques. Irregularidades en la piel y manchas raras. Pero la luz es decisiva. Una luz mala es difícil de arreglar a posteriori.

—Muy difícil —dijo Hockey e inclinó un poco más la pantalla.

Lennie enchufó el móvil a los grandes altavoces.

—Una cosa en la que no se piensa pero que sirve un montón es la música. La mejor manera de hacer que la modelo se relaje.

El ático se llenó de Rihanna.

—Buen tema, ¿no, Solveig?

Musse le pidió que se diera la vuelta y mirara por encima del hombro.

—Algo así, es bastante sexy.

Lennie se metió.

—Tu trabajo es dirigir a la modelo. Ayúdala a entender la imagen que tienes en tu cabeza. Por ejemplo, ahora opino que le puedes pedir a Solveig que se cambie. Y a partir de ahí vais probando.

Le hizo una señal a Hockey con la cabeza. El asistente salió al pasillo y volvió con un ventilador y una gran bolsa de nylon.

—Si esto fuera una sesión comercial habría una estilista ocupándose de los cambios de ropa, pero he pensado que podrías llevarlo tú, Musse. —Lennie sostuvo en alto un *body* de encaje rojo—. Este me parece bonito.

Musse Girani se acercó a la bolsa. Encontró algo minúsculo, de color pastel. Y un par de botas de piel sintética brillante y blanca como la leche, que le llegarían hasta el muslo.

—Buena elección —dijo Lennie.

—Va bien con todo el blanco de fondo —dijo Hockey.

Solveig volvió al cuarto de baño para cambiarse.

Cerró la puerta y echó el cerrojo.

A diferencia del resto del piso, el lavabo estaba decorado completamente en negro. Azulejos de Versace. Toallas de al-

godón gruesas y enrolladas sobre la lavadora de diseño.
Nada de sujetador…, las bragas de caramelitos de Musse estaban hechas de pastillitas. De esas que los niños suelen tener en forma de collar. No quedaba claro cuál era la parte de
delante y cuál la de detrás. Las botas, del treinta y seis, le
iban casi dos tallas pequeñas, pero consiguió meter los pies a
presión.

El móvil seguía encima del lavabo.

Lo cogió y se sentó sobre la tapa del retrete, una bola fu-
turista de porcelana incrustada en la pared.

Desde el primer momento, le había parecido que la situación tenía algo de peculiar.

Pero cuando Lennie la había agarrado, había pasado de
peculiar a desagradable.

Su cháchara era poco natural. Su asistente también parecía forzado, lo imitaba como un loro. Ambos estaban exageradamente ansiosos por contar lo mal que iba la revista. Pero
los datos en sí eran interesantes. Le darían para una nueva
entrada en el blog.

Se oyeron risas y ruidos en la sala de estar. Una nueva
canción. Más graves. Lennie no parecía un tipo que hiciera
las cosas sin un objetivo. Aparentaba desenfado, pero Solveig intuía una pulsión irrefrenable por debajo. Y cruel-
dad.

¿Qué quería de ella?

Olía fuerte a vainilla y almizcle. Leyó la etiqueta de una
de las velas aromáticas. «*Deep midnight soul saver.*»

Soul saver. Angustia del alma.

«No sabemos nada sobre la angustia del alma.»

—¿Solveig? —gritó Lennie.

No contestó. Escribió «No sabemos nada sobre la angustia del alma» en la casilla de búsqueda del móvil. 620 resultados. Uno exacto.

**NO SABEMOS NADA SOBRE LA ANGUSTIA DEL ALMA.
PERO SI CÓMO EVITAR UNA MUERTE A DESHORA.**

Madam Zandra
Adivina y médium — Resultados garantizados

Se le aceleró el pulso. No podía ser pura casualidad. Las palabras de Jennifer Leone significaban algo. ¿Cómo había podido pasar por alto comprobarlo?

Los golpes en la puerta le hicieron dar un respingo.

La voz del Lennie al otro lado.

—¿Estás cagando?

Cuando volvió a la sala de estar, los demás habían desaparecido. Estaba a solas con Lennie Lee. Este hizo girar el objetivo de la cámara. Miró el visor y luego a ella.

—Ahora, haz lo que yo te diga —dijo.

20

Martes 16 de mayo, mediodía

*E*ran las tres de la tarde, pero con la oscura iluminación del Club Kino de la calle Döbelnsgatan daba la sensación de que estuviera cayendo la noche. Los almuerzos con *stripper* eran una tradición que se había mantenido en *Glam Magazine* a lo largo de los años. Ahora la comida se ingería en Vapiano o alguna otra cadena de restaurantes más barato en lugar de Sturehof, pero la posterior visita a alguno de los pocos puticlubs que había en la ciudad era inamovible. Por supuesto. Puede que Lennie no fuera de esos que les monta una cesta de fruta a los chicos que trabajaban para él, y puede que tampoco les pague un sueldo regular, pero tenía su manera de tenerlos contentos. Un gasto, aunque barato en comparación con todo lo que luego recibía a cambio.

Carlos estaba relajado. A Lennie incluso le pareció vislumbrar cierto atisbo de su antiguo ser. El Carlos sencillo, sin complicaciones. El Carlos que encaraba el día según venía. El que se reía con las bromas divertidas. El *surfer*. Carlos, su eterno correligionario y amigo más íntimo. Carlos, que ahora estaba tomando cerveza sin dar la lata con antiguos reportajes de Truman Capote ni nueva música alternativa. Ese Carlos.

Una punzada de nostalgia se abrió paso por dentro de Lennie.

«Córtate. No te pongas sentimental. Tú solo hazlo.»

Una de las *strippers*, que parecía provenir de algún país báltico, estaba sentada en el bar mirando el móvil con cara de aburrimiento.

Lennie pensó una vez más en la sesión de fotos del día anterior. ¿Se había pasado de la raya? Cuando se quedó a solas con Solveig, ella había seguido haciéndole preguntas sobre Jennifer. Fue entonces cuando se le colmó el vaso. Lennie se había encendido. La cogió del brazo y la zarandeó. Sin miramientos. Por suerte, se había tranquilizado enseguida y se había inventado una buena excusa para su reacción desmesurada. Estaba sometido a una tremenda presión debido a la revista. Organizar despedidas de soltero era uno de los pocos trabajos paralelos que le quedaban. Solveig no debía ponerle palos en las ruedas. ¿Lo entendía?

Parecía haber funcionado. Solveig Berg había escrito en el blog. Pero la entrada no hablaba de la sesión de fotos. Ni de Jennifer Leone. Era un texto largo y sin tapujos sobre los problemas de las revistas para hombres y la inminente caída de *Glam Magazine*. Justo lo que él había deseado.

La mujer en el escenario se movía dcidida alrededor de la barra. Su rostro se mantenía inexpresivo. Debía de estar cruzando los dedos para vender un número privado.

Lennie le dedicó una mirada de ánimo. Y preguntó a Carlos:

—¿Has mirado *Sthlm Confidential*?

Le había mandado el enlace a toda la redacción.

—Sí. —Carlos sonaba como siempre.

—Qué triste —dijo Hockey.

—Sí —dijo Lennie con voz alicaída—. El cambio ya va a toda prisa.

Carlos no respondió.

—Tú te las arreglarías bien como *freelance*, Carlos. Con tus ideas y tu experiencia —dijo Lennie.

—¿Estás intentando decirme algo?

—Eres una persona dinámica.

Carlos negó con la cabeza. Conocía a Lennie demasiado bien. Veía más allá de la cháchara.

—Como ya sabes, hemos dejado de vender anuncios. Apenas vendemos revistas.

—Puede cambiar —dijo Carlos.

—Y apostar por reportajes largos queda descartado, por una mera cuestión de gastos.

—Tendremos que desarrollar más los negocios paralelos, como tú ya has sugerido.

—Sin duda.

—*Nueva Tecnología* está buscando jefe de redacción —dijo Hockey.

—Avisa si necesitas una carta de recomendación —dijo Carlos.

Hockey y Lennie intercambiaron una mirada.

Había llegado el momento de subir un poco el tono.

—La situación es la siguiente —dijo Lennie—. Solveig Berg escribe muy en consonancia con las formas de hoy. Nuestro mercado está desierto. La competencia hace tiempo que se ha esfumado. Eso nos sitúa como un fósil viviente.

—¿Qué significa eso? —dijo Carlos.

Glam Magazine no era el lugar de trabajo que seguía los convenios colectivos, pero Lennie no podía echar a Carlos Palm de cualquier manera. Tenían demasiado pasado en común. Tenía que irse por su propia voluntad. Lennie no podía arriesgarse a que Carlos se enfadara y le diera por largar públicamente. Su secreto no podía salir del sobre rojo. Recordó el nuevo piso de Carlos en Aspudden. Los intereses eran el punto débil del redactor.

—A partir de ahora todos debemos trabajar gratis —dijo Lennie, y estudió la cara de Carlos en la penumbra.

Ninguna reacción.

—No me refiero a algún sueldo mensual de vez en cuando. Sino totalmente gratis —repitió Lennie.

Carlos Palm se encogió de hombros. Le dio un trago a la cerveza a falta de algo más fuerte, puesto que los puticlubs en Suecia carecían de permiso de venta de alcohol de alta graduación.

—Ya —se limitó a decir Carlos.

—Pero tu piso y tal. ¿Te llega para los créditos?

—Ya nos inventaremos algo. Puede ser divertido. Un poco de sensación de *start-up* —dijo Carlos.

Lennie pensó un segundo. ¿Cuál era la tarea más fastidiosa que cabría imaginar? Algo realmente tedioso. Una labor tan correosa que ni siquiera los ayudantes más diligentes serían capaces de soportarla.

—Había pensado que podrías hacer una base de datos con todas las fotos viejas. Etiquetarlas, cambiar el nombre de los archivos.

—Claro.

—Sin cobrar.

—Ya lo has dicho.

—Estamos hablando de decenas de miles de archivos.

—Ya.

Lennie no lo entendía. ¿Por qué se aferraba Carlos a su empleo? Ninguna persona por encima de los veinte en su sano juicio estaría dispuesta a hacer algo tan poco cualificado sin cobrar. ¿Era posible que Carlos se hubiera enterado, de alguna manera, de la fiesta de Jakob Adler?

A Lennie no se le ocurría ninguna otra explicación.

El móvil sonó en su bolsillo.

Se levantó y dobló la esquina del escenario. La *stripper* parecía tener como mínimo treinta y cinco, bailaba con movimientos parsimoniosos. Se dirigió a la salida, pasó junto a una vitrina con látigos, correas de cuero y dildos.

—¿Sí? —dijo Lennie.

—Hay un problema —dijo Kalju Saagim.

—¿Cómo que un problema?

—Jakob Adler quiere Häringe. No un museo.

—El Museo Nórdico es un sitio fenomenal para una fiesta.

—Primero dijiste que iba a ser en el castillo ese, ahora él ya se ha hecho a la idea.

—Con todo el respeto, Kalju, pero como organizador de la fiesta tengo que decir que el Nórdico es mejor elección. Los Jardines Reales de Djurgården son mucho más guapos que la localidad de Västerhaning, solo por mencionar algo… O sea, no me malinterpretes, no estoy diciendo que las preferencias de Jakob tengan nada de malo, para nada, solo que…

—Tiene que poder atracar con su barco.

—En el Museo Nórdico no va a tener ningún problema.

—Häringe.

Lennie maldijo por dentro. Tendría que solucionar aquello de algún modo.

—Te entiendo. Dile a Jakob que será Häringe —dijo.

Una nueva mujer había ocupado el escenario. Más joven y vestida con ropa interior transparente. Había llevado puesta la peluca castaño rojizo demasiado tiempo, por lo que las tiras de adhesivo se habían retirado varios centímetros del nacimiento del pelo. Sexy a su manera andrajosa. Raro, ¿no? Que Lennie, quien había construido su carrera a base de retratar la perfección femenina, adorara los fallos. Las fisuras. Laca de uñas desconchada y pintalabios corrido.

Lennie vio que alguien le había metido un billete de cien en la goma de las braguitas. Miró a Carlos.

—Te pago la indemnización. ¿Cuánto quieres?

El redactor negó con la cabeza.

—Buen intento, Lennie.

21

Martes 16 de mayo, tarde

Solveig ya casi había llegado al puente que llevaba al cruce de Fridhemsplan cuando vio el papel escrito a mano. Un papel sencillo metido en una funda de plástico en una puerta verde de madera.

MADAM ZANDRA

Adivina y médium con poder de la visión. Madam Zandra te ayuda con tus problemas. Amor, salud, angustia del alma, conflictos familiares, negocios, cuestiones jurídicas, transacciones financieras, reducción de peso. Sabrás cómo protegerte a ti y a tus allegados del enemigo. Solo con cita previa.

Tres escalones bajaban al lúgubre local. Olía a especias y pegamento. El suelo estaba cubierto por una alfombra redonda. En la librería de caña había barajas de cartas con figuras del tarot, una bola de cristal y tarros con hierbas secas.

Una mujer apareció de detrás de una gruesa cortina.

—¿Te puedo ayudar? —Su edad era difícil de adivinar, pero Solveig quiso creer que rondaba los cuarenta. Llevaba pantalones holgados tipo harén, zapatillas deportivas y una hilera de finos aros de oro en cada oreja.

—¿Eres Zandra?

La mujer examinó a Solveig.

—¿Tenías hora reservada?

—Estoy aquí ahora y me gustaría preguntar algunas cosas sobre Jennifer Leone.

Se cruzaron sus miradas y la mujer arqueó las cejas. Solveig continuó:

—La modelo de fotos. La que se ahogó, a lo mejor sabes…

—Sé quién es. ¿Cómo me has encontrado?

—No sabemos nada de la angustia del alma. Jennifer decía eso, lo repetía como un mantra. Cuando vi tu página web entendí de dónde venía.

—¿Y?

—¿Estuvo aquí?

—Si quieres hablar tendrás que reservar hora. A las cinco puedo ayudarte.

Faltaba casi una hora. Además, Solveig entraba a trabajar a las cinco y media.

—¿No podrías, simplemente, decirme si Jennifer estuvo aquí?

—Serás bienvenida a las cinco.

22

Martes 16 de mayo, tarde

*L*ennie aparcó sobre la acera, delante del Folkets Kebab en la calle Folkungagatan. Al principio de su carrera solía venir aquí varias veces a la semana. Ahora lo hacía únicamente cuando necesitaba estar solo y pensar. Marika se negaba a hacerle compañía, decía que un kebab contenía la misma cantidad de grasa que medio vaso de mantequilla derretida. Lennie no tenía nada en contra ni de la mantequilla derretida ni de cenar solo.

Los cascabeles que colgaban de un cordel junto a la puerta tintinearon.

Aspiró los vapores de la fritura y leyó la pantalla luminosa con el menú mientras un taxista pedía «uno con pan». Lennie prefirió el plato más grande que tenían.

—Con todo, ¿no?

—Sin duda, y con extra de *onion*.

El hombre con delantal blanco se quedó quieto con las pinzas de la verdura en la mano.

—Cebolla, se llama cebolla.

—Montones. Y una cola.

Le sirvieron la comida, cogió un puñado de servilletas y se sentó a una mesa al lado de una ventana. La salsa blanca le dejó una película en el paladar. La carne era jugosa y tierna, tal como debía ser. La comida le brindaba una calma especial y cierta sensación de libertad. Su infancia había sido un ansia eterna sin esperanza de comer comida rápida. Jamás olvidaría el día de su noveno cumpleaños, en el que había pedido ir a cenar a Träffen, el chiringuito de Tranås. Su madre había alimentado las expectativas:

—Esta noche, Martin, habrá una cosa que te gustará.

A las seis menos cuarto él ya estaba preparado en el recibidor. Entonces oyó el trasteo de ollas en la cocina. Su madre había hecho filetes rusos y los llamaba hamburguesas.

Los pósteres en la pared se agitaban cada vez que la puerta se abría. Todos parecían representar la misma mezquita desde diferentes ángulos y en distintos momentos del día. Por la calle pasaron unas adolescentes con pantalones y tops ajustados de Abercrombie & Fitch. Lennie las siguió con mirada profesional. La cantera que subía era buena, pensó y apartó el plato.

La mochila con el portátil colgaba de la silla.

El Macbook estaba en el bolsillo central.

Lo sacó e introdujo la contraseña. Pantiedropper3000. Las carpetas e iconos aparecieron sobre los pechos en bikini de Marika.

Doscientos doce mails sin leer en la bandeja de entrada. Lennie paseó velozmente la mirada por el alud de correo basura y fotos de chicas feas que querían ser modelo. Respuesta del agente de Magnus Uggla, el cantante pop. El artista agradecía la propuesta pero rechazaba actuar en la fiesta de Jakob Adler. Sin más explicaciones. Uggla podría haberse dignado contestar en persona, habían coincidido en varios cócteles. Rancio.

Lennie, en cambio, decía que sí a todo.

Entrevistas para revistas, fiestas de lanzamiento y concursos de pacotilla de la tele. Salía tres o cuatro noches por semana, siempre en compañía de varias chicas. Eso le servía de marketing para la revista, una estrategia que le había robado a Hugh Hefner. Más correo basura. Algo sobre la portada de Carlos que no tenía ganas de leer ahora. Un recordatorio de un productor de Kanal 5. Ah, sí. El sábado iba a participar en un programa de humor en directo en Berns.

Carlos. ¿Qué estaba pasando? Carlos Palm era tacaño, o económico, según a quién le preguntaras. Pero aun así estaba dispuesto a trabajar gratis. No cuadraba. La libreta escolar con el cálculo, ingresos menos gastos, la planificación que había esbozado. Lennie lo había dejado sobre el escritorio. ¿Acaso Carlos había…? Espera, espera. Cada cosa a su tiempo.

Lennie empezó a pensar un mail de piénsatelo para Magnus Uggla cuando vio que había obtenido respuesta de la representante de Lena Philipsson:

«Lena tiene un hueco. Sus honorarios son 96.000 más impuestos».

Perfecto.

El espectáculo estaba listo y podía tacharse de la lista.

Lennie se reclinó en la silla.

Quedaba por resolver el tema del local. Debería poderse arreglar. Seduciendo. Lennie sabía hacerlo. Pero ¿cómo deshacerse de Carlos? Se quedó mirando a través de la ventana. Quizás alguna forma de psicología inversa. Tenía que haber trucos. Entró en Facebook y buscó a Dan Irén entre sus amistades. La foto de perfil era nueva. Las manos entrelazadas sobre las rodillas, mirada atenta. Obviamente, la americana era de última moda, pero por lo demás Dan Irén estaba igual que la primera vez que se vieron, casi quince años atrás. Dan había pinchado en Kharma, el bar musical donde todo el mundo quería entrar a finales de los noventa. Cuando Lennie le había pedido un tema se habían puesto a conversar. Dan Irén estudiaba psicología y aseguraba que su punto fuerte era saber leer las emociones de la pista de baile. Llevaba una vida que pocos estudiantes se podían permitir. Ropa de marca cara, ático en la calle Rörstrandsgatan. Un día que estaban dando vueltas por las calles de Estocolmo en el Porsche descapotable de Dan, Lennie le preguntó cómo se lo podía pagar. Le había contestado que vivía de su capital humano. Los créditos no suponían ningún problema teniendo en cuenta los cuantiosos ingresos de los que sabía iba a disponer más adelante. Cuando hubiera terminado la carrera de psicología.

Lennie vio que Dan estaba conectado y le mandó un mensaje de chat.

Pregunta rápida:

«¿Cómo haces para que una persona renuncie a su trabajo?»

Respuesta inmediata.

«¿Quién?», preguntó Dan.

«Carlos.»

«Si te rodeas de huevos podridos, te acabarás pudriendo.»

«¿Qué?», escribió Lennie.

«La alegoría del cartón de huevos. Da que pensar», escribió Dan.

Puede que la charlatanería críptica sin sentido funcionara con las tías en el bar cuando Dan quería hacerse el interesante, pero debería saber que Lennie prefería hablar claro.

«Intento quitármelo de encima.»

Lennie esperó.

«¿Dan? ¿Estás?»

Actualizó la página de Facebook una y otra vez. No pasó nada.

La tienda de moda de hombre del otro lado de la calle tenía carteles de liquidación. Papel marrón y banderolas de color rojo chillón en los escaparates. Gracias a todos los clientes por cinco hermosos años. Cambiamos de dueños.

Lennie tuvo una idea. Aquí no se necesitaba psicología barata. Haría como la tienda de ropa.

Tenía el número guardado en una tecla de marcado rápido.

Udo Christensen sonaba como si ya se hubiera metido un par de cervezas entre pecho y espalda. El contable juró en danés, estaba a punto de ponerse a hablar de su tema preferido, Olof Palme. Lennie le paró los pies a tiempo:

—Estoy intentando deshacerme de Carlos, pero él se niega a retirarse. ¿Puedes hacer algo?

—Maldita sea, Lennie. Ya podrías cerrarlo todo.

23

Martes 16 de mayo, última hora de la tarde

Solveig estaba sentada en posición de loto frente a Madam Zandra, en la alfombra. La túnica de la adivina tenía el mismo color verde que sus ojos. Los anillos en los dedos y las pulseras estaban ornamentados con piedras verdes. Solveig sospechaba que debía de ser una de esas personas «que tienen un color», como una especie de hilo rojo en la vida. Pero verde, en este caso. Madam Zandra tomó la mano derecha de Solveig entre las suyas. Estaban calientes y suaves. Le estudió la palma y fue diciendo palabras como «vale», «mmm» y un «ooh» de sorpresa.

—Luchas contra una gran tristeza. Veo agujeros. Agujeros que estás tratando de tapar. Has elegido un oficio creativo.

—Soy periodista.

Madam Zandra la hizo callar.

—No digas nada. Las imágenes deben llegar a mí.

La habitación era cálida. El olor a incienso le penetraba en la nariz. Solveig se sentía impaciente. No solo eso. La situación se le hacía pesada. Estaba aquí para preguntar por Jennifer. No para escuchar verdades vacías sobre sí misma.

La mujer habló del monte de Saturno y la relación que guardaban los dedos entre sí.

Al cabo de un rato, Solveig preguntó:

—¿Le adivinaste la mano a Jennifer?

—Leer —dijo Zandra—. Se dice leer.

—¿Le leíste la mano?

—Tu meñique es largo y está un poco apartado del anular. Eso indica inteligencia y audacia, pero también dificultades en las relaciones con otras personas. Eres suspicaz. ¿Puede ser que hayas sido abandonada por alguien que era importante para ti?

Una punzada en el pecho.

Solveig jamás olvidaría el silencio del día en que su madre desapareció. Tenía diez años. Era un silencio particular, se había filtrado hasta el rellano cuando ella llegó a casa de la escuela, hacía que el aire costara de respirar. Delante de la puerta de su casa pudo percibir con todo el cuerpo que algo no iba bien. Cuando su padre abrió, a primera hora de la tarde de un jueves cualquiera, Solveig sabía que había pasado algo.

—Mamá se ha ido de viaje —dijo él, sin más explicaciones.

No la había vuelto a ver desde entonces. La única señal de vida era alguna que otra felicitación de Navidad que había llegado de lugares como Londres, Río de Janeiro o San Francisco a lo largo de los años. Ahora hacía mucho tiempo desde la última vez.

Zandra la observó y continuó con la mano. Pellizcaba y asentía con la cabeza. Solveig se repuso. Escuchaba a medias mientras la adivina hablaba de la línea del corazón y el anillo de Venus.

—Ahora quiero saber si Jennifer Leone ha estado aquí.

—Sí, ha estado.

—¿Cuándo?

Zandra frunció la frente como si pensara. Contó con los dedos.

—La última vez, el jueves.

—O sea, ¿el jueves pasado? El mismo día que murió —dijo Solveig—. ¿Qué te dijo Jennifer?

Madam Zandra le soltó la mano.

—Guardo el secreto profesional. Como los psicólogos y médicos. No hablo de mis clientes de buenas a primeras.

—Estoy intentando descubrir qué ha pasado.

Zandra juntó los dedos formando un triángulo. Cerró los ojos.

—Uhmm, uhmm. —Se mecía hacia delante y hacia atrás.

—Algo podrás decir —dijo Solveig.

Zandra abrió los ojos.

—Sigo las directrices éticas de los homeópatas suecos —dijo—. Hay muchos estafadores en mi sector, pero yo soy seria.

—Claro, claro. Pero a lo mejor puedes hacer una excepción.

—Jennifer Leone era muy compleja. Una de las sesiones de tarot más interesantes que he experimentado fue con ella.

Le brillaban los ojos.

—Nunca rompo mi secreto profesional. Esto es una excepción. Así que piensa muy bien lo que quieres saber, porque solo te daré una verdad, no más.

Una verdad, Solveig se quedó pensando. Ahora se trataba de afanarse, formular una pregunta cuya respuesta fuera lo más fructífera posible.

—¿Podrías resumir todo lo que le dijiste el jueves pasado?

Zandra le lanzó una mirada a Solveig. ¿Estás segura? ¿Eso es lo que quieres saber? Solveig asintió brevemente con la cabeza. No, no. Espera. Quería cambiar. Sin duda, Jennifer había acudido a Zandra porque necesitaba ayuda con algo.

—¿Qué te preguntó Jennifer?

—Se te da bien pensar, Solveig.

24

Martes 16 de mayo, primera hora de la tarde

El escritorio estaba despejado. Las revistas estaban colocadas en una pila ordenada y todos los papeles sueltos, clasifi-
cados en archivadores. Lennie tamborileaba con un lápiz en
la mesa, pensando en la mejor manera de exponer la noticia:
Glam Magazine iba a cerrar sus puertas. La revista que él y
Carlos habían llevado juntos durante diez años pronto sería
historia.

Lennie viajó al pasado.

Todos los recuerdos. Las fiestas locas. Las barrabasadas.

Durante los primeros años del nuevo milenio habían sido
imparables. Sí, inmortales. Él y Carlos juntos. Como hermanos. Grabbarna Grus. Starsky y Hutch. No preguntes nada,
no digas nada. El dinero entraba, había prosperidad y a los
patrocinadores les encantaba la revista. Les encantaba todo
lo que hacían. Lluvia de oro era el concepto que le venía a
Lennie a la cabeza cuando pensaba en aquella época. Un Jeep
nuevecito. Mil litros de jabón de ducha. ¿Queréis sortear
una vuelta al mundo? Si os va bien, id vosotros también y
llevad a vuestras novias. Vale, nueve novias. Por supuesto.
¿Hemos mencionado que hay minibar gratuito?

Qué agridulce.

En los últimos años, a Lennie le habían empezado a gus-
tar los documentales de guerra de la tele. Sabía que cuando
se escribía la Historia, un acontecimiento particular podía
simbolizar un suceso más grande. Las balas de Sarajevo desen-
cadenaron la Primera Guerra Mundial. Del mismo modo,
Lennie podía señalar con el dedo la noche concreta, el minuto

exacto, en el que le pasó a él. Fue en agosto de 2009, durante una fiesta después de un estreno cinematográfico. Lennie se estaba acercando a Mikael Persbrandt para intercambiar algunas palabras y quizá reírse un poco juntos. Se acercó con la mano en alto para saludar.

Entonces Persbrandt le había vuelto la espalda.

Poco después, la tirada comenzó a patinar. Para en breve caer en picado.

Descenso, pérdida, declive.

Lennie había oído tantas veces esas palabras en los últimos años, que le producían llagas en los oídos.

Veinte minutos para la reunión.

Había llegado a la conclusión de que lo mejor era hacerla al final del día.

Después todos podrían querer tomar un trago en la fiesta funeraria.

Había tomado la decisión entre los vapores de fritura del Folkets Kebab. Cuando Udo Christensen lo mencionó, a Lennie le había parecido lo cosa más obvia. Iba a cerrarlo todo. Así no se libraría tan solo de Carlos. Se libraría también de parecer el perdedor que se aferra irremediablemente al pasado. Aquello que ya nadie quería.

Quince minutos.

El silencio de la diligencia se cernía sobre la redacción. Marika se estaba limando las uñas y respondiendo mails. Hockey ultimaba cosas con máxima concentración.

Al redactor no lo veía por ninguna parte.

—¿Qué está haciendo Carlos? —preguntó Lennie.

Marika siguió dándole a la lima sin levantar la cabeza.

—Carlos está en el estudio —dijo Hockey.

Lennie releyó la nota de prensa una última vez.

Se lo iba a mandar exclusivamente a Solveig Berg en cuanto hubieran terminado, después no pasaría mucho tiempo hasta que las revistas del sector, *Resumé* y *Dagens Media*, empezaran a llamar. Quizás incluso la prensa de la tarde y la agencia TT, que solía proveer a las revistas más distinguidas con noticias y cosas que, por lo general, no estaban a la altura de las mismas. Igual que pensaba hacer con su propia redacción, en un primer momento Lennie les vendería la maniobra como una apuesta ofensiva hacia delante más que un cierre; algo que también dejaría caer cuando estuviera de invitado en el show de humor en Berns.

Se oyeron unos ruidos extraños que venían de abajo. Ajetreo y jadeos. Ramas que se partían. ¿Estaba Carlos sacando fotos de animales? Sonaba como una auténtica selva.

Lennie había hablado con Udo Christensen y llegado a la conclusión de que era mejor seguir con Carlos y Hockey un par de semanas más. Iba a dejar que etiquetaran fotos antiguas y hacer que se pudieran buscar en internet. Todo iba a quedar colgado en la red. Una vez el material estuviera circulando, los costes de explotación serían mínimos. Lennie podría estar tirado en una playa en Tailandia y dejar que los clics de las búsquedas se fueran acumulando. Podría pensar tranquilamente en cómo iba a capitalizar el tesoro fotográfico que era suyo. Todo lo que debería hacer luego era pegarle un telefonazo al danés.

Lennie podría empezar de cero, sin ninguna deuda.

O, simplemente, pasar de todo.

Hacer otra cosa. Vivir con la millonada de la fiesta.

Tres minutos.

Sería mejor que bajara.

La escalera crujió bajo los pies de Lennie.

La puerta del estudio estaba cerrada. Llamó con los nudillos.

Al no obtener respuesta, abrió.

Oyó pájaros trinando y grillos chirriando. Primero solo vio los animales. Un búho disecado, flamencos acrílicos, serpientes de juguete.

—¿Qué cojones...? ¿Carlos?

El hombre estaba tumbado bocarriba debajo de una planta de plástico. Su cuerpo, en una postura antinatural. Un brazo por encima de la cabeza. El otro, relajadamente estirado en un costado. Las piernas un poco separadas.

Lennie cerró la puerta rápidamente.

Se acercó y se agachó junto a Carlos. Este tenía una enorme chichón en la frente, con una marca como si se hubiera quemado con una plancha de gofres. Y puntitos rojos en las mejillas, la barbilla y el cuello.

Lennie lo zarandeó. Primero con cuidado. Después más fuerte.

—¿Carlos?

»Para. ¡No tiene gracia!

»¡Carlos, joder!

Dos dedos en la yugular. No había pulso.

Carlos Palm estaba muerto.

A Lennie se le taparon los oídos.

Sufrió un ataque de picor extremo. La piel le ardía, mientras que el aire que respiraba le parecía hielo puro. Le dio unas palmadas al redactor, lo golpeó y meneó, como si eso le fuera a servir de algo.

El móvil de Carlos estaba en el suelo y era el origen de los sonidos selváticos.

Lennie lo cogió. Entró en Facebook con la cuenta de Carlos Palm.

La mano le temblaba cuando introdujo una actualización de su estado:

«Deadline. Mandando a imprenta. Semana de locos».

Martes 16 de mayo, anochecer

*E*l metro se zarandeaba y gemía. El metal chirriaba. Los viejos vagones con asientos de color naranja parduzco eran más agradables que los nuevos, que parecían pasillos de hospital con iluminación fría. Solveig miró por la ventana. El aparcamiento del supermercado Ica Bea estaba lleno de coches, la gran nave de comida en Svedmyra donde los habitantes de Enske se abastecían de jamón pata negra y gruyère para saborearlos en casa.

«¿Cómo recupero a Elina?»

Esa era la pregunta que Jennifer le había hecho a Madam Zandra.

«¿Cómo recupero a Elina?»

Solveig no entendía.

Elina.

Carina Leone no le había dicho ni una palabra sobre Elina. Solveig había partido de la base de que Jennifer había recurrido a la adivina para pedir consejo sobre su relación con Lennie. Que se había cansado de ser amante. Quería más. Pero según Zandra, todas las lecturas giraban en torno a Elina. La adivina había sido parca en palabras, pero Solveig había sido persuasiva.

—¿Jennifer y Elina eran enemigas? —le preguntó Solveig.

—Jennifer no tenía amigas —respondió Zandra.

—¿Por qué no?

—Era demasiado hermosa.

—Entonces, ¿en qué sentido quería recuperar a Elina?

Ahí la vidente había puesto el freno. Solveig le había pagado la sesión y ya salía por la puerta cuando la mujer la detuvo:

—Ten cuidado con acercarte demasiado —le había advertido Zandra.

¿Qué había querido decir?

El tren pasó junto a las casas unifamiliares de Stureby. Dejó atrás Bandhagen, con su bloque de pisos amarillos y su centro adormilado. Elina Olsson. Solveig recordó la noche en el Café Opera. La inquieta preocupación de Elina. El agitador. Era muy raro.

Högdalen.

Solveig se apeó.

Arte público en el andén: unos tulipanes grandes de color rojo. Nueva biblioteca encima de las taquillas de billetes. Cogió las escaleras mecánicas y giró a la derecha en cuanto salió. Pasó por delante del puesto de hamburguesas, ahora convertido en uno de comida tailandesa. La piscina, de donde siempre brotaba olor a cloro caliente. Los alcohólicos debajo del sauce en su parte de atrás.

Un poco más tarde ya estaba en casa.

El portal aún no estaba cerrado con llave y pudo abrir con un chasquido. Subió a pie las dos escaleras, sacó la llave del bolso y la metió en la cerradura. Intentó girarla. No pudo. Solveig apretó y bajó la manija.

El cerrojo no estaba echado.

Dio un respingo.

Un estruendo en el interior del piso. Objetos que se volcaban.

Al instante siguiente, la puerta se abrió.

Con fuerza desmedida.

Solveig salió despedida hacia atrás.

Notó un destello en la cabeza y, acto seguido, yacía tirada en el suelo.

—Zorra —espetó una voz grave.

Pasos rápidos bajando por la escalera. Una cosa le dio tiempo a ver: su bata de las mañanas.

Alguien había desaparecido con su bata en la cabeza.

26

Martes 16 de mayo, noche

Jakob Adler había alquilado los exclusivos baños turcos de Sturebadet, una planta privada con sauna de vapor y piscina fría. Kalju estaba sentado en una tumbona al lado de la piscinita. Envuelto en un albornoz grueso con bordados dorados en el pecho. Era una sala bonita. Techos decorados, paredes de color ocre y bóveda y columnas de mármol. En el aire flotaba un fuerte aroma a aceites corporales y jabón.

Jakob se agarró a la escalerilla del extremo corto y se metió lentamente en el agua gélida. Resopló y dio unas pocas brazadas agitadas.

—¡Joder, qué fría!

Pronto estuvo fuera otra vez y se dejó caer en la butaca de mimbre al lado de Kalju. Se señaló la entrepierna del bañador y sonrió con la boca torcida.

—Menos mal que no hay compañía femenina.

—Iba a meterme en la sauna —dijo Kalju.

—Yo también necesito calentarme después de meterme en ese hoyo polar —dijo Jakob y se puso en pie.

El aire era denso por el vapor de agua, la puerta de cristal estaba empañada. Jakob se estiró en uno de los bancos de mosaico, Kalju en el otro.

—Temo que le pueda haber pasado algo a Inna —dijo Kalju.

Jakob Adler soltó aire.

—Más vapor —dijo.

—No logro localizarla, el número ha dejado de existir. Tengo la sensación de que algo…

—Más vapor, he dicho.

Kalju giró el termostato. Las paredes fueron soltando suspiros de aire caliente y húmedo.

—Tú ya sabes por todo lo que ha pasado. Ese hombre, si la encuentra, matará a mi hermana.

—No la va a encontrar. ¿Cómo coño la va a encontrar? Y aunque así lo hiciera, jamás se atrevería a hacerle nada.

—No sé.

—¿No se puede poner más caliente?

—Algo le ha pasado —dijo Kalju.

—Para ya con eso. Tu preocupación es ridícula.

Jakob se tapó la nariz y la boca con las manos. Se quitó las gotas de agua de la cara.

—Casi cuarenta, quién lo iba a decir —dijo Jakob.

—Bueno —dijo Kalju, más que nada por decir algo.

—¿Has hablado con Lennie?

Kalju jamás se lo perdonaría a sí mismo si a Inna le hubiera pasado algo. Su hermana tenía treinta y uno, seis menos que él. Adulta e independiente, pero él siempre se sentiría responsable.

—¿Hola? —dijo Jakob Adler—. Te he hecho una pregunta. ¿Has hablado con Lennie Lee?

A Kalju nunca le había gustado Lennie Lee. No solía tener dificultades con la gente, incluso aguantaba a Jakob Adler cuando estaba de un humor de perros. Pero tenía algo con ese fotógrafo. La química. Eran como el aceite y el agua, no se mezclaban. Lennie no era de fiar. No tenía agallas.

Jakob suspiró y exigió aún más vapor.

Kalju se levantó.

—Dile a Lennie que quiero compañía *premium* —dijo Jakob.

—¿Qué significa eso? —preguntó Kalju.

Jakob Adler se rio.

—Cortejo.

27

Martes 16 de mayo, anochecer

Solveig no sabía decir si había estado tirada en el rellano una hora o un minuto. Fue la vecina, Lisen Sjödin, quien la encontró. La afable mujer le había preparado un té y ahora Solveig estaba sentada en la cocina de Lisen, una planta más arriba, envuelta en una manta que olía a tienda de segunda mano. En el sofá de la cocina había tres gatos siameses arrellanados.

Le dolía la cabeza. Había caído de espaldas sin poder evitar el golpe. Solveig bebía despacio de la taza humeante mientras esperaba la llegada de la policía.

—¿Dónde puedes estar a salvo si no es en tu propia casa? —dijo Lisen—. Es una locura. Que las puertas sean tan delgadas que no haga falta ni romperlas. No se veía ninguna marca, ¿no?

—A lo mejor me olvidé de cerrar con llave —dijo Solveig.

—Qué mala pata —dijo Lisen—. ¿Quieres una hamburguesa de zanahoria? He hecho una montaña entera para cenar, así que hay de sobras.

Solveig aceptó. Podía sentarle bien algo caliente en el estómago. Además, no tenía ni idea de cuánto tardaría la policía en llegar. Los allanamientos no debían de ser su mayor prioridad.

—Seguro que era un drogadicto —continuó Lisen y metió un plato en el microondas.

Solveig escuchaba solo a medias, asentía de vez en cuando mientras Lisen Sjödin le contaba que le había cambiado la pila a su reloj de pulsera, qué película había visto en el cine la semana anterior y que habían abierto una nueva tienda de ropa en el centro.

Eran casi las once cuando llamaron a la puerta.

La patrulla había inspeccionado todo el piso. No faltaba nada. El anillo de oro que Solveig había heredado de su abuela materna seguía en el joyero en el estante del baño. El ordenador, debajo de la cama. Todo estaba en su sitio.

Solveig estaba sentada en una silla en la cocina, respondiendo a las preguntas del inspector Andreas Pihl mientras el compañero de este se paseaba cepillando manijas y marcos con polvitos y algo que parecía una borla de maquillar.

—La puerta no estaba forzada. ¿Alguien, aparte de ti, ha tenido acceso a tus llaves?

—No —dijo Solveig.

—¿Puedes haberte olvidado de echar el cerrojo?

—No lo creo. Pero no lo sé seguro.

—Hay varias bandas actuando en la zona, están organizadas. Por eso es especialmente importante que cojamos muestras de ADN —dijo Andreas Pihl—. Tarde o temprano los cogeremos, y entonces podremos vincularlos con varios delitos.

—Mmm —dijo Solveig.

—Vienen de Europa del Este y Sudamérica, y vacían los pisos de joyas, electrónica y dinero en efectivo.

A Solveig le sorprendió que el policía se lo tomara tan en serio. Ella apenas creía que todavía hubiera robos en las casas. Y aún menos que actuaran por la tarde.

—Entonces, ¿no parece faltar nada? —continuó Andreas Pihl y se la quedó mirando.

—No, la tele y el ordenador están aquí. Y las joyas, que estaban a la vista.

—¿Algo que haya cambiado de sitio?

Solveig pensó un momento. Las toallas con motivos en zigzag habían estado dobladas encima de la cesta de la ropa sucia. Ahora estaban esparcidas por el suelo.

—El cesto de la ropa sucia estaba volcado, pero también puedo haber sido yo.

—Muchos esconden objetos de valor entre la ropa sucia. Un clásico. Es uno de los primeros sitios donde miran los ladrones. Probablemente ha empezado por ahí y se ha asustado cuando has llegado a casa —dijo Andreas Pihl y se pasó una mano por el corto pelo.

—Bueno, hay una cosa que sí que falta —dijo Solveig—. Mi bata. La llevaba en la cabeza cuando salió corriendo.

—¿Cómo es?

—Blanca con delfines azules.

Andreas Pihl asintió con la cabeza.

—Te arrolló con la puerta, haciéndote caer. Te sugiero que pongas una denuncia por agresión.

—Vale.

—Una última cosa antes de terminar. ¿Has visto si había alguien en la calle cuando has llegado a casa? ¿O si había algún coche aparcado?

—No, que yo haya observado.

—La razón por la que te lo pregunto es que a menudo trabajan así. Hay uno haciendo guardia y otro que entra. Y se comunican por móvil.

—Ya.

—Si surgiera algo, aquí tienes mi número —dijo Andreas Pihl.

Le entregó una tarjeta y se levantó para marcharse.

28

Miércoles 17 de mayo, mañana

Lennie había reunido a la redacción —Hockey y Marika— en la isla de la cocina. Carlos estaba tapado con porexpán y helado proteico en el arcón congelador de VitalMan en la habitación contigua, cerrada con un candado. Tras el macabro hallazgo en el estudio no se había visto capaz de celebrar la reunión que tenía planeada, sino que había mandado a casa al asistente y había pedido un taxi para Marika. La noche había sido silenciosa y sin sueños. Se había sumido en un profundo letargo gracias al Stilnoct de su novia. Lennie procuraba mantenerse alejado de las pastillas para dormir, porque le espesaban la mente, pero esta vez no había tenido más remedio.

Se aclaró la garganta.

Le sorprendía lo despejada que notaba la cabeza.

El asistente daba vueltas en un taburete de bar, Marika se afilaba las uñas a la espera de... bueno, ¿de qué? Lennie estaba de pie a un lado, sus manos dejaban huellas húmedas en la superficie de piedra.

Marika le lanzó una mirada de impaciencia.

Él se desperezó.

Llenó los pulmones de aire.

—Tengo algo que contaros —dijo.

¿Debería haberse puesto en contacto con la policía?

—La revista que pronto irá a imprenta no solo es cojonuda, también es histórica.

A Hockey se lo veía orgulloso y también un poco desconcertado.

—Ve al grano —dijo Marika.

—Vamos a redistribuir nuestros recursos.

Las ideas se le arremolinaban. La policía. Aún estaba a tiempo de decir la verdad, que había encontrado a Carlos y había actuado en shock.

—¿Qué quieres decir? —Marika siguió limando.

Pero entonces se vería metido en el caso, tendría los ojos de la policía puestos en él y con eso pondría en riesgo el mayor encargo de su carrera. Carlos Palm era soltero, no tenía hermanos, sus padres eran mayores y jugaban al golf en España. Los colegas sabían que a menudo se dejaba engullir por el trabajo en épocas de entrega. Nadie se preguntaría nada ni lo buscaría en toda la semana siguiente. La posibilidad de que alguien abriera ese arcón congelador era mínima. En realidad, inexistente. Marika no tomaba helados. Hockey era intolerante a la lactosa. Y cuando a alguien le diera por hacerlo, bueno, entonces Lennie estaría muy lejos de allí.

Se envalentonó.

—A partir de ahora iremos *online* con todo.

Lennie se acercó a la nevera, donde había metido un par de botellas de espumoso rosado que habían sobrado en alguna fiesta. Las copas tintinearon cuando las bajó del armarito.

—Nuestros lectores están en el móvil, en la red, allí es donde nosotros debemos estar.

Hockey enderezó tanto la espalda que la camiseta se le subió hasta dejar la barriga al descubierto. Se golpeó el pecho como un gorila.

—Un trago mañanero, ahora nos entendemos. —El mismo entusiasmo de siempre.

—¿Dónde está Carlos? —preguntó Marika.

Lennie se rascó la nuca.

—A eso iba ahora. —Oyó que su voz cambiaba de tono. Tosió una vez y prosiguió:

—Carlos… o sea, cuando le conté cómo estaban las cosas, se decepcionó tanto que… bueno, renunció. Con efecto inmediato. Dijo algo de reservar un billete solo de ida a Argentina. Por lo visto el reportaje largo se aprecia más allí.

Marika lo miró desconfiada.

—Es lo que dijo —aseguró Lennie y se volvió hacia Hockey—. Tendrás que terminar la portada. Sácale unas fotos a lo que Carlos estaba haciendo y consigue algo bueno. Lo demás ya está.

El asistente asintió con la cabeza.

—Me encargo.

A Marika se le hizo una arruguita en la frente lisa.

—Y ¿cómo piensas hacerlo rentable en la red? Quiero decir, si ni siquiera la industria del porno lo consigue. ¿Cómo vamos nosotros a…?

Barrió el aire con la mano en dirección a la máquina del millón que tintineaba en el rincón.

—Vendemos un estilo de vida. *Lad life*. Los tíos, nuestro público, en el fondo no han cambiado, solo la tecnología. *Online* no hay mercado para las revistas, pero hay millones de posibilidades.

—¿Podrías mencionar una? —dijo Marika.

—No lo digo yo. Son palabras de un gran publicista de la red que son dignas de considerar.

—Pero ¿cómo vamos a ganar dinero? —preguntó Marika.

—Udo Christensen está trabajando veinticuatro horas al día, cómo decirlo, resolviendo los detalles técnicos.

—Solo para que lo sepas, Lennie, vamos a seguir viviendo en nuestro piso. Ni por un día pienso… Parto de la base de que sabes lo que estás haciendo —dijo Marika.

—Créeme, Udo es un tipo realmente ingenioso —dijo Lennie.

—Quiero que nos casemos.

Hockey imitó un dibujo animado que salía corriendo.

Marika le lanzó una mirada oscura.

—Un inversor de capital de riesgo islandés se ha metido con financiación completa los tres primeros años —mintió Lennie.

Sirvió el espumoso y alzó la copa.

—¡Por el futuro!

El arcón congelador emitió un zumbido.

29

Miércoles 17 de mayo, mediodía

*L*a ropa del trabajo estaba empapada. El olor a comida había impregnado el jersey, y el chaleco de colores vivos olía aún peor. No tenía tiempo de buscar ropa limpia. Solveig tenía que haber estado en el tajo hacía cinco minutos.

Un vistazo rápido a Facebook.

Escribió Elina Olsson en el recuadro de búsqueda.

Obtuvo cien personas con ese nombre, pero ninguna era la Elina que ella estaba buscando.

¿Lo habría escrito mal?

¿El apellido iba con h?

A Elina Olsson no la lograba encontrar. Tampoco entre las amistades de Lennie. Ni de Lily. Qué raro. El perfil había desaparecido. Elina debía de haber cancelado su cuenta recientemente.

Solveig metió la chaqueta y el bolso en la taquilla.

Arriba, en el restaurante, todo iba como de costumbre. Jefes cansados, camareras estresadas e invitados en vaqueros o pantalones de pinzas y jerséis de lana. Solveig relevó a la chica que había hecho el turno de día. Era nueva y se la vio infinitamente agradecida mientras la ponía en situación. Cinco números cuatro marchando. Solveig estaba a punto de atender a una pareja cuando Ullis Asp la detuvo.

—Necesito hablar contigo —dijo—. Sanna, querida, ¿puedes hacer quince minutos más?

La camarera nueva asintió con la cabeza. Ullis se volvió de nuevo hacia Solveig.

—Vamos a la oficina.

Solveig se olía problemas.

Ningún asunto que se hablara en la oficina era nunca bueno.

El cuartucho estaba en el sótano. Paredes amarillentas, un escritorio, caja fuerte y una yuca medio muerta metida en un rincón. Ullis Asp se sentó en una silla de oficina azul, juntó las manos sobre las rodillas y cogió aire con un silbido.

—No sé muy bien por dónde empezar... debo decirte que estoy decepcionada contigo. Muy decepcionada.

—¿Qué ha pasado?

—O sea, no es aceptable que tus compañeros se vean todos obligados a cubrirte cada dos por tres.

—Lo siento, últimamente lo he tenido un poco difícil.

—El otro día te escondiste toda la tarde en la lavandería. ¡Toda la tarde! Y ayer llegaste media hora tarde.

—No volverá a pasar.

—¿Cómo puedo confiar en ello? Si solo fuera yo la afectada habría sido diferente. Pero hay otros que también tienen sus puntos de vista.

—¿Quién?

—En la cocina piensan que eres una engreída.

—¿La cocina?

Ullis Asp frunció la frente.

—Me gustaría no tener que decir esto. Pero tu actitud... aquí no tiene cabida. Somos un equipo.

Solveig permanecía en silencio junto al marco de la puerta.

Ullis Asp hizo crujir los dedos en las rodillas y procuró sonar condescendiente.

—Todos cometemos errores. Eso lo sé. Howdy Burger es un lugar de trabajo comprensivo, está claro que todos podemos tener un mal día de vez en cuando. Pero en tu caso se trata de negligencia, te da igual todo lo que te diga, Solveig. Ha habido veces que has tenido a los clientes diez minutos esperando la cuenta. No puede ser. Y tampoco puede ser no mencionar la Oferta del Día. Nunca te he oído mencionar la Oferta del Día.

—La semana pasada...

—Si todo el mundo hiciera como tú tendría que tirar diez kilos de filetes.

—Habrá cambios.

—No, Solveig, terminas aquí. Siento que sea de esta manera.

Solveig pensó en el alquiler. En las facturas que había que pagar. En la inundación que había dejado manchas oscuras en el suelo de la cocina y lo había abombado.

La entrada sobre la muerte de las revistas para hombres había sido compartida una veintena de veces en Facebook, era un récord, pero la bandeja de entrada para anuncios y colaboraciones, sales@sthlmconfidential.se, estaba desoladamente vacía. Ni siquiera el *spam* sabía meterse allí. Dependía de aquel trabajo, necesitaba el dinero.

—Haré turnos dobles, con gusto. Y fines de semana —dijo Solveig.

Ullis Asp sacó un archivador negro de la cajonera. Se lamió el dedo y fue pasando hojas.

—Obviamente, es mejor si renuncias por tu propia cuenta. Un despido nunca se ve con buenos ojos. O sea, de cara a futuros trabajos. A ningún empleador le impresionan esas cosas.

Solveig notó que se le aceleraba el pulso.

Ya estaba saliendo de la oficina cuando oyó a Ullis Asp que la llamaba a sus espaldas.

—¡Solveig! ¿Oye?

Se dirigió rápidamente al vestuario. Abrió la taquilla, cogió sus cosas y subió los escalones de dos en dos.

Johan Skoglund silbó por la ventanilla. Aplausos desde la cocina.

—¡Noticia de última hora! —gritó.

30

Miércoles 17 de mayo, mediodía

*L*ennie aumentó la velocidad. Miró de reojo a la mujer que corría en la cinta de al lado. Llevaba el pelo recogido en una trenza que le colgaba por la espalda. Respiraciones cortas y rápidas. El cuerpo era perfecto. Se imaginaba haciéndole una sesión de fotos, cualquier día. A Balance, en la calle Lästmakargatan, venía la gente guapa a entrenar, y el personal te saludaba por tu nombre de pila.

Lennie se secó la frente con la toalla.

Debía mantenerse firme.

La fiesta de Jakob Adler.

Las ideas se agolpaban en su cabeza.

Jennifer y Carlos. Muertos sin explicación en menos de una semana. ¿Casualidad? Quería pensar que sí. Un accidente seguido de otro trágico accidente. Carlos solo tenía treinta y cinco, pero podría haber sido el corazón. A veces pasaba: personas jóvenes, aparentemente sanas, que se desplomaban y estiraban la pata. Muerte súbita. Un problema oculto de corazón. Eso explicaría el chichón en la cabeza. Carlos Palm no solo había parecido especialmente estresado con las cifras de los últimos tiempos. También se había sumido aún más en su transformación. Se había gastado un dineral en un bolso de cáñamo ecológico. Había pasado de escuchar bandas raras suecas a prestar atención a los peculiares cambios de humor de un islandés. Quizá todo eso había acelerado el proceso.

Lennie aumentó el ritmo todavía más. Miró fijamente el monitor de la tele. Imágenes mudas sin significado. El mundo real quedó a una agradable distancia.

Al menos el problema del local estaba resuelto.

Tras la notificación de Kalju Saagim de que Jakob exigía que la fiesta se celebrara en Häringe y no en otro sitio, Lennie había llamado varias veces. Lo había intentado con acoso, como un baboso *metefichas*. Por favor, por favor. La jefa del restaurante, una solterona en toda regla, se había negado a cambiar la fecha de la boda que tenía el castillo reservado para ese día, pero Lennie había sido pertinaz y al final había logrado sacarle el nombre de la pareja que se iba a casar.

La novia era Linda Åhs.

Esa Linda Åhs.

La chica que había sido la más guapa del instituto en Tranås, la primera a la que le crecieron los pechos y se pintó los labios en color claro y con los bordes oscuros. La última vez que había coincidido con Linda fue en el Spy Bar, algunos años después de mudarse a Estocolmo. Al principio no la había reconocido. Sus facciones habían cambiado y estaba más pálida. Aun así, había sido toda una revancha cuando logró llevársela a casa.

El sudor le caía por la frente. Sabor salado en la lengua.

Linda Åhs. Lennie pensaba que no había llegado a terminar el bachillerato, pero aquella vez, cuando se vieron en el Spy, la chica estaba a punto de hacerse agente inmobiliaria. Había cambiado los vaqueros con rajas bajo las nalgas por pantalones de vestir y chaqueta. Se vieron durante unas cuantas semanas calurosas de verano, y él la trató como si aún fuera la tía más atractiva del mundo. Le soltaba todos los cumplidos imaginables y se inventó unos cuantos más.

A ella debía de gustarle más de lo que reconocía, pensó Lennie y soltó tal risotada que la mujer de la trenza en la cinta de al lado giró la cabeza. Lennie aceleró un poquito más. Sensación apremiante. Vigor.

Tras una noche entera de fiesta, Linda Åhs había aceptado que él los grabara mientras se acostaban. En el sofá del piso de una sola habitación de Lennie, con envoltorios de hamburguesas y latas de refresco tirados por el suelo. Eso, y la videocámara temblorosa, le habían dado a la grabación el encuadre sucio perfecto.

Lennie había buscado como loco.

Y al final había encontrado el USB en una caja de cartón en el sótano.

Los pasos golpeaban rítmicamente la cinta bajo las zapatillas. En el espejo vio a dos hombres que se acercaban el uno al otro.

De pronto se quedó helado.

La barba. El pelo. Los labios finos.

Carlos.

Uno de ellos era Carlos Palm.

Volvió a mirar. No. Ahora vio que ni siquiera se parecían demasiado. Fuerte apretón de manos, golpes en la espalda, abrazo con empujón y «¡Joder, cuánto tiempo!». Una promesa de empezar a entrenar juntos, intercambio de números.

Lennie hiperventilaba.

Siempre había tenido una fantasía desbordante.

En general era un punto fuerte. Como con el local.

Había llamado a Linda Åhs mientras miraba el vídeo casero en su ordenador. Le había felicitado por la inminente boda y le había preguntado si no podría plantearse avanzarla un par de días días, al sábado, que estaba libre. Al principio ella se había negado. Las inmobiliarias trabajan los fines de semana. Pero cuando Lennie subió el volumen del vídeo todo había sido muy fácil.

Tres minutos más, parpadeaba la pantallita.

Lennie subió al máximo.

Corrió hasta que le escocieron los pulmones. Cuando la cinta por fin pitó y comenzó a frenar, tuvo la sensación de que iba a caer redondo al suelo.

31

Miércoles 17 de mayo, tarde

Solveig se abrió paso a empujones entre los que hacían cola en la entrada para comer hamburguesas de mala calidad. «Ten cuidado», oyó que alguien murmuraba a su paso, lo bastante fuerte como para que ella lo oyera, pero no tanto como para que se supiera quién lo había dicho. Qué típico sueco.

Alguien sujetó la puerta de cristal.

—¿Solveig?

Era Kalju, su cliente preferido.

Solveig se apresuró a salir a la calle. Por el rabillo del ojo vio que él daba media vuelta para seguirla. Ella aceleró la marcha. Delante del McDonald's, él la alcanzó. Un ruido rasgado ascendía rebotando en el hormigón de debajo del viaducto de Klaraberg. Eran unos chavales haciendo piruetas con el *skate*. Una bandada de palomas picoteaba un pegote de puré de patata que se le había caído a alguien.

—¿Qué ha pasado? —preguntó Kalju mirándola. Sus ojos eran afables.

—Nada.

—Espero no haber sido inoportuno al seguirte.

—No, no. —Hizo ver que se quitaba una porquería del ojo.

—¿Alguien te ha tratado mal?

—O sea…

¿Por dónde empezar?

¿Por el error con el que había lanzado por la borda su carrera como periodista? ¿Por que la acababan de despedir otra vez? ¿O por que se acababa de convertir en una especie de detective privada fracasada?

—¡Cuidado! —Kalju tiró de ella hacia sí.

Un monopatín apareció volando. La mano de Kalju era suave pero aun así firme. Olía bien, como a cuero. Un preadolescente apareció dando zancadas tras el *skate* y dijo algo que a lo mejor era una suerte de disculpa. Kalju la soltó y retrocedió un paso.

Empezaron a caminar. Pasaron por delante de tiendas de ropa fea para hombre, teléfonos móviles y cambio de divisas. Todas las personas con las que se cruzaban parecían llevar gafas de sol de diseñadores exclusivos. A Solveig le habría gustado tener unas. Baratas o caras, algo tras lo que esconderse.

—¿Tomamos un café? —le preguntó a Kalju.

—Me encantaría —dijo él.

Se sintió más animada.

Giraron a la izquierda por la calle Kungsgatan. El casino intentaba atraer a nuevos jugadores con una escuela de póker y almuerzo al estilo de Las Vegas. Enfrente había gente sentada en la terraza del asador Teaterbrasseriet tomando café que, probablemente, estaría hecho por un camarero que se tomaba su trabajo muy en serio, quizás incluso participaba en campeonatos de baristas.

—Pero busquemos un sitio más tranquilo —dijo ella.

El puente los hizo dejar atrás la Centralstationen y pasaron por encima de Kungsholmen.

Caminaron en silencio.

Kalju iba echando vistazos constantemente a izquierda y derecha, hacia los tejados y los bloques de cemento que colgaban de una grúa. Era como si estuviera contemplando el paisaje urbano, como un agente en un entorno desconocido.

—¿En qué trabajas? —le preguntó Solveig.

Él la miró con asombro. Solveig se sintió banal, como alguien que necesitaba meter a las personas en un rol para poder hacerse una imagen de ellas. Al mismo tiempo, sentía curiosidad.

—Comida —dijo él al cabo de un rato.

—¿Estás en hostelería?

—Más o menos.

—¿De qué manera?

—Trabajo con carne.

¿En el matadero? ¿O era ganadero? No tenía pinta de campesino. Solveig estudió a Kalju, le llamó la atención su forma de caminar, un tanto inclinado hacia delante. Caminaba deprisa. Igual que ella. Pensó que eso era bueno. Una señal de que encajaban.

—¿Dónde? —preguntó Solveig.

—Negocio propio. Soy distribuidor.

Un motorista aceleró a fondo y toda la calle Fleminggatan retumbó. Solveig no dijo nada con la esperanza de que Kalju le contara más, pero este guardó silencio.

Continuaron por la calle Scheelegatan. El ayuntamiento quedaba a la derecha, la plaza de Kungsholmstorg, un poco más adelante. Había obras en la calzada que levantaban polvo y gravilla. Toda la ciudad estaba llena de hoyos que asfaltaban para abrirlos de nuevo.

—Hace un momento parecías alterada —dijo Kalju—. ¿Ha pasado algo?

Casi se había olvidado; su mente estaba concentrada en él: un hombre que parecía una estrella de cine disfrazada para no ser reconocida. El hombre cuyo contacto todavía le ardía y hacía cosquillas. ¿Quién era?

—Me han despedido —dijo Solveig.

—¿Por qué?

—Por no mencionar nuestras ofertas.

Kalju la cogió del hombro.

—Suena muy duro.

—En cierto modo los puedo entender, he tenido la cabeza en otra parte, últimamente.

El agua titilaba en el paseo marítimo de Norr Mälarstrand. Ciclistas vestidos con ropa elástica y patinadores se precipitaban por el carril bici. Los corredores adelantaban a los peatones como si se tratara de una maratón. Un hombre bajito y corpulento, vestido con un elegante traje claro y gafas de sol negras, les sonrió. ¿Se conocían?

Por lo visto, no.

—Vaya, vaya. Compañía femenina, hay que ver —le dijo a Kalju.

Se dieron la mano. Solveig se volvió hacia el hombre y esperó que Kalju los presentara, pero Kalju no mostró la menor intención. Más bien parecía querer irse de allí lo antes posible. El hombre examinó a Solveig sin decir nada más.

—¿Quién era? —preguntó ella cuando el hombre ya no los oía.

—Un conocido. ¿Qué te parece si entramos aquí?

El Mälarpaviljongen. Mesas y sillas repartidas en la grava, una barra y más mesas en el pantalán.

—Es muy bonito. Si tú coges sitio, yo voy a pedir —dijo Solveig.

El móvil empezó a sonar en su bolso, pero ella no se molestó en responder.

—Déjame a mí —dijo Kalju y se dirigió a la barra.

El pontón se mecía suavemente. Todos los presentes parecían estar tomando vino rosado. La banda de agentes inmobiliarios, las ejecutivas, las madres de baja por maternidad. Dos hombres jóvenes iban de la mano. Quizás acababan de encontrarse. Algunas chicas con bolsos caros y grandes joyas recogían sus cosas en la mejor mesa del rincón. Solveig no tardó en plantarse allí.

El teléfono siguió sonando.

32

Miércoles 17 de mayo, tarde

Vamos, contesta. Lennie iba contando los tonos de pie en el vestuario, con la toalla alrededor de la cintura. Había pasado por la sauna y por la ducha; olía bien, a jabón de baño de Ole Henriksen. Tardó un rato en encontrarla en su agenda telefónica. En ella había más de tres mil nombres, pero su red de contactos era también su mayor recurso. Eso era por lo que Jakob Adler le pagaba. Una fiesta normal y corriente la podía preparar una agencia cualquiera.

Al final se oyó un carraspeo al otro lado.

—¿Eres Solveig?

—Sí, ¿hola?

—Buenas, aquí Lennie. —Oyó bullicio de fondo—. ¿Estás ocupada?

—Estoy en una terraza con… un amigo.

—Gracias por lo del otro día, estuviste radiante. Y qué entrada más buena colgaste en el blog.

—Me alegro de que te gustara.

—Sí, pero ¡tus fotos! Nada mal para ser la primera vez. Supongo que te gustaría verlas, ¿no?

—Ja ja, no son tan importantes, gracias.

—¿Qué tal va con el reportaje?

—Bien. Pero aún necesito socializar un poco más para conseguir información. Carlos Palm dijo un par de cosas interesantes cuando nos vimos. ¿Tienes su número?

¿Qué era esto?

A Lennie no le gustó oír el nombre de Carlos.

—¿Hola? —dijo Solveig.

Lennie trató de cambiar el rumbo de la conversación.

—¿Estás en Sandhamn? —preguntó.

—No, ¿por?

—Oigo gaviotas —dijo Lennie.

—Kungsholmen. ¿Tienes el número de Carlos?

—Tenemos entrega mañana, y está muy estresado porque va a ser la última publicación. La cosa tiene mucha carga para él, a nivel personal…

—Ya…

—Bueno, de hecho te llamaba para decirte eso, que este número es el último que vamos a publicar. Cerramos.

Buen giro. Se autofelicitó. Escuchó el silencio de Solveig mientras se desplazaba hasta el espejo donde admiró el reflejo de los hombros y los abdominales; todo en su sitio. Quizá podría pasar un poco más por el solárium.

—¿Cuándo lo habéis decidido?

—He informado a la redacción esta mañana.

—¿Ya se ha publicado algo al respecto?

—Adelante, te doy la exclusiva, antes de la prensa de la tarde y las revistas del sector.

—Gracias, la cojo. ¿Cuándo saldrá publicado el último número?

Lennie se quedó callado. Pensó rápidamente.

—Dentro de una semana —dijo Lennie.

—¿Qué harás luego? Y ¿qué pasará con la redacción? Me gustaría mucho hablar con Carlos. Podrías pedirle que me llame en cuanto tenga tiempo.

—Lo que te decía, está en mitad de la entrega. Mañana tenemos *deadline* y está muy estresado porque es el último número de todos. Mucha carga para él, a nivel personal.

—Pues le mando un mail —dijo Solveig.

¿Ahora la periodista se iba a poner a perseguir a Carlos? Lennie debía cortarlo.

—Quieres hablar con Carlos. ¿Y si te digo que mañana hay una gran fiesta? Estate libre por la tarde y tendrás un buen artículo.

33

Miércoles 17 de mayo, tarde

Solveig colgó. Su mano descendió hasta la mesa redonda de madera. Así que *Glam Magazine* iba a cerrar. Una buena noticia, sobre todo si ella era la primera en darla. Carlos tenía entrega. El último número saldría en una semana. Podía escribir sobre el cierre ahora. Cuando su gran reportaje saliera a la luz, la revista ya no existiría, pero no importaba. Al contrario. El reportaje sería el capítulo final de un libro. Ya lo estaba viendo. «Las últimas *top models.*»

Kalju paseó la mirada.

Solveig agitó la mano en el aire.

Él se acercó con una botella de *sauvignon blanc* y dos copas que dejó en la mesa. Sus miradas se cruzaron unos segundos.

—Espero que tomes vino —dijo Kalju.

—Maravilloso —respondió ella.

Kalju arrastró la silla para acercarse a la mesa y le rozó la pierna a Solveig. Ninguno de los dos se movió. Luego levantó la botella y le llenó primero la copa a ella, él se sirvió después.

—Salud —dijo Kalju, y esta vez le aguantó la mirada.

—¡Salud! —dijo Solveig.

—Has dicho que últimamente has tenido muchas cosas en la cabeza —dijo Kalju.

—Sí, bastantes.

Estuvo a punto de contarle la historia de por qué la habían echado de Newsfeed24, de la muerte de Jennifer Leone y el reportaje que estaba haciendo ahora. Pero no dijo nada. Era agradable desconectar de todo por un rato y solo contemplar sus ojos. El vino estaba fresco y sabía ligeramente a grosella. Solveig observó su cara. La nariz se torcía un poco en el centro, y en la perilla asomaban algunas cicatrices. Aun así, sus facciones eran bellas.

¿Qué querría decirle aquel día que Ullis Asp la mandó a la lavandería?

—¿Te puedo preguntar una cosa? —dijo Solveig.

—Lo que quieras.

—¿Por qué siempre te dejas cosas en el restaurante?

—No lo hago.

—Sí...

—No, no siempre.

—Pero cuando lo haces, ¿es por alguna razón en concreto?

—Todo lo que hacemos lo hacemos por alguna razón. Si no, no seríamos personas.

—¿Un libro sobre cambiar el mundo?

—¿Lo has leído?

—Lo cierto es que estoy en ello.

Kalju le contó que creía en el equilibrio de la vida. Era como una ecuación, si levantabas algo de uno de los cuencos, la balanza se desbarataba. Si añadías algo, ocurría lo mismo. El equilibrio de la vida. La fortuna y la desdicha siempre debían ser compensadas. De manera incondicional.

—Si gano en el juego, si tengo éxito en el trabajo o si me encuentro un billete de cien en la calle, sé que tiene que haber consecuencias —dijo.

Solveig tomó un sorbo de vino.

—¿Cómo puedes saber que las cosas están conectadas? —le preguntó.

—El éxito no lo puedes coger así sin más, hay que compensar. Si no, puede que se te quite algo que es más importante.

—Suena supersticioso.

—Pero también puede funcionar en la dirección contraria. Como para ti, hace un momento. Has perdido el trabajo. Y ahora está pasando algo bueno.

Sonrió.

—Se puede ver así.

Una gran lancha motora cruzó el agua. Las olas mecieron el pantalán y la mesa.

—Tienes un ángel detrás de la oreja —dijo Kalju con una leve sonrisa—. ¿Lo sabías?

Solveig soltó una carcajada. Kalju era difícil de leer, su mímica no revelaba si estaba hablando en serio o no.

—¿Qué significa eso? —preguntó Solveig.

—Que eres especial.

Kalju continuó sonriendo con la mirada, unas líneas discretas corrían desde sus ojos hasta las sienes.

—¿Había pasado algo el otro día, cuando estuviste en el restaurante?

Kalju titubeó. Parecía pensar la respuesta.

—Me entró un trabajo bueno. Jakob…

Se interrumpió.

—Un cliente habitual necesitaba ayuda con una gran recepción. Algunos de sus invitados hablaban ruso, y yo también.

Solveig aún no sabía decir de dónde venía exactamente. Su acento era diferente.

—¿Eres de Finlandia o de Rusia?

—Soy estonio.

Hablaron de la vida y la ciudad y la música y un poco de todo, y de pronto, cuando Solveig iba a llenar las copas otra vez, el vino se había terminado. La mano de Kalju descansaba sobre la mesa. Ella se inclinó y la tocó.

—Estaba pensando en otra botella de vino —dijo Solveig.

Él le acarició con suavidad el reverso de la mano.

El cielo había cambiado de color, la tarde se había convertido en crepúsculo. Solveig se levantó para ir a la barra cuando una idea mejor le vino a la cabeza.

En casa tenía una botella de Bacardi.

—A menos que te apetezca seguir con ron.

34

Miércoles 17 de mayo, madrugada

La bolsa de patatas fritas se había terminado y Marika se había ido a dormir. Lennie estaba tumbado en el sofá, con el cuenco en la barriga y lamiéndose la sal de los dedos. La puerta del balcón estaba entreabierta. La tele repetía en silencio capítulos antiguos de *Paradise Hotel*. A Lennie le gustaba tenerla puesta incluso cuando no la miraba. La calma absoluta lo ponía nervioso.

Repasó la fiesta mentalmente.

La fiesta de verdad.

Lena Philipsson estaba confirmada y lista. Iba a empezar haciendo algo sexy con el palo del micrófono y el tema *Duele*. La sorpresa vendría al final. Había tenido que intercambiar unos cuantos mails, pero al final su secretaria personal le había comunicado que Philipsson estaba dispuesta a interpretar *Teach me Tiger* —con Jakob Adler en el puesto de Sven Wollter— por un plus de veinticinco mil coronas.

La comida estaba encargada. ¿Y la bebida? La pregunta era si, a pesar de todo, no debería bajar a Copenhague y Rödby, coger el ferri a Puttgarden, en Alemania, y cargar allí el coche. Contando gasolina y billete se ahorraría una tercera parte. Lo más barato era el alcohol de contrabando, sin duda, pero lo necesitaba de la mejor calidad, y champán, litros de champán, y los contrabandistas no daban ninguna garantía. El encargo era «aproximativo», como solía decir su contacto cuando el barco de Polonia atracaba en Frihamnen. Claro que si Lennie bajaba a Alemania, ya solo el viaje podía ser bastante divertido.

Había contratado a una decoradora que le iba a dar al castillo una ambientación *burlesque*. La mujer había pensado en usar *chaise longues*, telas pesadas, borlas y plumeros. Una especie de fuente de bebida. Todo sonaba bien. Pero como de costumbre, él era el que había aportado la mejor idea.

Un polispasto para bajar colgado desde el techo.

Desde hacía un par de años, Lennie había incorporado a su agenda a un director de circo. Una gran empresa sueca quería invitar a sus trabajadores a un circo navideño y querían cambiar al payaso mago por algo más… adulto. El director había llamado a Lennie y le había preguntado por «damas exuberantes que pudieran columpiarse, ser cortadas en trozos y pasearse con un sombrero de copa lleno de conejos». Ahora Lennie le había pedido un sistema de cuerdas y poleas, más o menos como el que el cómico Björn Gustafsson usó para convertirse en una estrella en el intermedio del Melodifestivalen. El contacto circense de Lennie se ocuparía de ello y le echaría una mano con la instalación.

De fondo se oyó la sirena de un coche patrulla. Desde la calle llegaban voces gritonas de jóvenes caminando.

No había sabido nada de Hockey en todo el día. Lo más probable era que las reservas estuvieran yendo viento en popa. Si hubiesen surgido problemas, él habría dado señales. «Pero será mejor comprobarlo», se dijo Lennie.

Lo llamó y puso el altavoz.

—*Hawkie talkie*.

—¿Estabas durmiendo? —preguntó Lennie.

—No. —Su voz sonaba algo difusa.

—Bien —dijo Lennie y por un segundo olvidó el motivo de la llamada. Un vistazo a la tele. Tres chicas en bikini corrían por una playa con los pechos brincando.

—¿Cómo va con las chicas? —preguntó Lennie.

Hockey carraspeó un poco.

—He pillado cacho.

—Las anfitrionas —aclaró Lennie cuando vio que el asistente había malentendido la pregunta—. Para la fiesta.

—Ah, vale, o sea, bien. Veinte listas. Elina, Lily y Adina. Con la nueva, Solveig, pensaba hablar mañana.

—Vale, pero pasa de ella —dijo Lennie.

—Por cierto, la imprenta tuvo un hueco y entramos en máquinas ayer.

—Vale. Siento haberte despertado, pero no me creo que tengas un ligue.

Lennie colgó y sonrió. Hockey era como él, salvo por una cosa: era un auténtico desastre con las chicas.

—¿De qué iba eso?

Lennie dio un respingo. Marika lo estaba mirando desde el umbral de la puerta. Llevaba el pelo suelto y la bata de seda dejaba un hombro al descubierto. Se preguntó cuánto tiempo llevaría allí.

—¿De qué iba eso? —repitió ella.

—Nada en especial —dijo Lennie.

—Te he oído hablar de una fiesta —dijo Marika.

Lennie guardó silencio.

—¿De qué fiesta se trata? —preguntó ella.

Lennie la acarició con la mirada, que deslizó por todo su cuerpo. Los brazos, los pechos, la barriga. Las piernas largas, morenas gracias a un falso bronceado, y depiladas a la perfección.

—Qué guapa estás —dijo.

—He tenido una pesadilla —dijo Marika.

Lennie dio unas palmadas en el sofá.

—Ven y cuéntame.

Al sentarse, la bata destapó sus rodillas. Él la besó en la nuca y aspiró el aroma de una crema de marca, cara. Los delicados hombros se relajaron en cuanto comenzó a masajearlos. Marika suspiró.

—Salía Jennifer. Nada del otro mundo. Solo estábamos en el cine, ella llevaba un vestido largo. Dijo que quería revelarme un secreto.

Lennie apartó las manos.

—Qué cosa tan desagradable que haya muerto —continuó Marika.

—Yo he elegido no pensar en ello —dijo él.

—Si llevas el ritmo que llevaba ella casi que te mereces algo así —dijo Marika.

—No digas eso.

Su novia se encogió de hombros. Después se marchó de nuevo al dormitorio.

Lennie salió al balcón y se apoyó en la barandilla. Se aferró a ella. El cielo había empezado a clarear. «Un día menos para la fiesta», pensó y se miró las manos.

Temblaban.

35

Jueves 18 de mayo, mañana

Solveig estaba sentada a la mesa de la cocina. Llevaba su batín más cómodo. La tela de lunares estaba raída y llena de agujeros acumulados con los años de fiel servicio. Podía sentir el cansancio en todo el cuerpo. Llevaba despierta casi veinticuatro horas, pero ahora estaba de tan buen humor que de nada le serviría acostarse. No valía la pena ni intentarlo, sabía que no se quedaría dormida.

La entrada en el blog sobre el cierre de *Glam Magazine* estaba casi terminada, la estaba revisando en el ordenador mientras esperaba a Fatima, que iba a pasar por su casa con el desayuno. Solveig afinó algunos enunciados y dividió el texto en varios párrafos para darle aire y claridad. Le costaba concentrarse, las ideas se disipaban y huían. Empezó a leer, solo para percatarse de que sus pensamientos salían disparados en otra dirección. En la de Kalju Saagim. Solveig sonrió.

Se habían marchado de Mälarpaviljongen. Habían caminado por el paseo marítimo de Norr Mälarstrand, habían cruzado el puente de Västerbron y continuado recto hacia Tantolunden, para allí coger el metro en dirección sur a Skanstull, a casa de Solveig. En algún punto cerca de Eriksdalsbadet se habían detenido junto a un pantalán flotante. Solveig se había acercado al agua de Årstaviken para saber cómo estaba. Fría. Demasiado fría para bañarse. Pero había un banco. Se sentaron. Al principio con un buen espacio entre los dos, pero la distancia fue menguando hasta que quedaron uno pegado junto al otro. Kalju continuaba mostrándose enigmático. Solveig tenía los sentimientos entremezclados. Una parte de su ser quería descubrir cosas. ¿Quién era ese hombre? ¿A qué se dedicaba, exactamente? La otra, solo quería besarlo. Sabía que comerciaba con materia prima. Sobre todo con carne. Que compraba barata y se la vendía más cara a comercios y restaurantes. Que vivía en la calle Hornsgatan, cerca del hotel Zinkensdamm, con un gato llamado *Jussi*. Una noche, mientras Kalju esperaba una entrega en el muelle de Värtahamn, se le había acercado restregándose, tenía heridas en las orejas y calvas en el cuerpo. Lo vio tan abandonado y desgraciado que se sintió obligado a cuidarlo. El equilibrio de la vida. Más o menos en ese punto Solveig se había vuelto hacia él. Se habían besado.

Hizo un esfuerzo por concentrarse.

Activó el modo de revisión de Wordpress y subió fotos de antiguas portadas y de Lennie Lee. Luego estudió el texto. Tenía buena pinta.

EL CIERRE DE *GLAM MAGAZINE*

La revista masculina fue fundada por Lennie Lee en 2004 y durante un par de años fue la publicación para hombres más vendida en toda Suecia. Pero diez años después, la cosa se acaba para *Glam Magazine*.

Una tirada en declive combinada con cambios en los hábitos mediáticos están detrás de la decisión de cerrar sus puertas. Según la última medición de Orvesto, *Glam Magazine* contaba con 33 000 lectores, lo cual es una reducción del 46% respecto al año anterior.

«Ha sido un viaje fantástico. A pesar de un increíble apoyo por parte de fieles lectores y leales colaboradores, nos vemos obligados a cerrar; lamentablemente, la revista ya no resulta rentable», comenta Lennie Lee.

El último número de *Glam Magazine* saldrá la semana que viene. El redactor Carlos Palm, que ha participado desde el principio, la está terminando en estos momentos.

«Está muy estresado y conmovido —dice Lennie Lee—. Es muy turbador para él.»

El analista de moda Ola Nygårds ve más motivos detrás del cierre.

«Lo varonil está dejando de ser moderno. Creo que los hombres, en la medida en que compran revistas en papel, prefieren textos largos bien redactados sobre temas muy específicos.»

Solveig Berg, 18 de mayo, 2014, @ 09:19
Compartir Comentar Denunciar

Poco después de publicar la entrada, Fatima llamó a su puerta. Entre las dos prepararon el desayuno. Batido de frutas, pan de molde y mermelada de naranja. Café y té. Y cómo no, cruasanes de limón de Altovalle. Fatima volvía a estar como siempre. O casi como siempre. Había algo en su forma de mirar a Solveig. Esta ahogó un estornudo en el antebrazo. El olor de Kalju permanecía en su piel. Sonrió.

—Has conocido a alguien —dijo Fatima.

La sonrisa se agrandó.

Hacía solo un día la vida le parecía una sarta de acontecimientos pesados. Era asombroso lo rápido que podía cambiar todo.

—¿A que sí? Se te nota —dijo la amiga.

—Ayer fue tan raro…

Solveig se untó una gruesa capa de mermelada en las tostadas y empezó a explicárselo. Primero el despido del restaurante y luego el encuentro con Kalju y después… la tarde que terminó en el pantalán de Årstaviken. Solveig volvió a aspirar el aroma de Kalju.

—Esta noche vendrá a Sturecompagniet —dijo.

Al despedirse, ella lo había invitado.

—¿Qué hay? —preguntó Fatima.

—¿Mermelada? —Solveig le pasó el tarro.

—Gracias —dijo Fatima—. ¿Qué hay en Sturecompagniet?

—*Glam Magazine* ha organizado algo. Creo que es una fiesta de despedida o algo así.

—Ya. —Fatima sonaba escéptica.

—¿No podrías venir? —preguntó Solveig.

La amiga dio un bocado a la tostada.

—Dios, qué hambre tengo.

—Sería muy guay que conocieras a Kalju. Es especial, en sentido positivo.

—¿Guapo?

—Guapísimo, y él ni siquiera lo sabe. Y divertido. Pero sabe pensar.

—¿Edad?

—Treinta y siete.

—¿Tienes foto?

—Espera.

Solveig cogió el móvil y buscó imágenes en Google. Nada. Quizá había escrito mal el nombre. Lo intentó en Hitta y Eniro. No podía buscar con el número de móvil, no se lo había dado, ni ella se lo había pedido.

—No encuentro ninguna foto, tampoco parece tener Facebook —dio Solveig.

—Y ¿a qué se dedica? —preguntó Fatima.

—Trabaja con carne, o algo así.

—¿Cómo que carne?

—No dijo gran cosa.

—¿No le preguntaste?

—Sí.

—¿Tiene hijos?

—No, solo a *Jussi*.

—¿*Jussi*?

—Un gato.

Silencio.

—¿No es un poco raro que alguien no quiera explicar a qué se dedica? —dijo Fatima—. En general, la gente suele tener dificultades para dejar de hablar de su propio trabajo. Sinceramente… ¿un tío de treinta y siete que vive solo con un gato y que, difusamente, se dedica a algo relacionado con la carne?

—Yo no he dicho que no lo quisiera explicar.

—Ya, pero aun así.

—¿Vendrás esta noche? —preguntó Solveig.

—Vale —dijo Fatima—. Pero tengo que preguntarte una cosa.

—¿Sí?

—¿Qué piensas hacer con *Glam*?

—¿A qué te refieres?

—Lo único que digo es que deberías pensártelo bien. Para que no vuelva a… salir mal, ¿sabes?

Fatima se acercó a la encimera de la cocina y sacó algo de la bolsa del súper Konsum.

—¿De verdad estabas de acuerdo con esto?

La amiga dejó caer la revista sobre la mesa delante de Solveig.

Glam Magazine.

Era ella. En bikini de caramelos en la portada del último número. El título estaba escrito en mayúsculas y color rosa fucsia.

¡VAYA PRIMICIA!

La periodista de escándalos Solveig Berg en cueros

—¿Qué es esto? —exclamó Solveig.

Fatima la miró con cara de obviedad y dijo, con cierto alivio en la voz:

—Bueno, eso era un poco lo que yo me preguntaba. Debo decir que me sorprendió entrar en Konsum y verte en la portada.

Solveig la hojeó apresuradamente. Las páginas eran tan finas que se arrugaban; papel barato, del que usan las grandes superficies de bricolaje y construcción para la publicidad. Leyó en voz alta, con asombro creciente en el tono.

«No necesito adelgazar, pero me gusta la pizza y la cerveza.»

«Suelo ver hockey sobre hielo en ropa interior.»

«Me gusta el sexo mañanero.»

Solveig no sabía qué pensar. Quizás eso último fuera cierto. Pero desde luego, ella no lo había dicho. Ni eso, ni el resto. Toda la entrevista era una invención de principio a fin. De Hockey. Pero no fue eso lo que la dejó helada.

Carlos Palm no estaba acabando la entrega.

El último número ya estaba impreso.

Lennie había vuelto a mentir.

36

Jueves 18 de mayo, media tarde

Lennie estaba de pie en el balcón contemplando el parque de Humlegården. Los jubilados del barrio de Östermalm paseaban a sus perros salchicha, spitz y caniches reales. Había estudiantes con gorras blancas de graduación, sentados en círculo bebiendo vino de *bag-in-box*, el envase de moda de los últimos tiempos. El futuro era de ellos.

Pronto sería también de Lennie.

Siete días para la fiesta.

Después no había nada escrito. Podría empezar de cero en otro sitio y dejar que las cosas aquí, en casa, siguieran su propio rumbo. El tiempo trabajaría por él. Empresario en el exilio. Un destino que solía afectar a los emprendedores que desafiaban a la industria del entretenimiento. Conocía a muchos que no podían poner un pie en sus países de origen ni viajar a los EE.UU., pues corrían el riesgo de ser demandados por sumas millonarias. Encarcelados. Enviados a Guantánamo o cualquier otro sitio.

Oyó a Marika trasteando con algo dentro.

Lennie cerró los ojos.

Cuando regresara a Suecia, todo habría cambiado. Se hablaría de él como del emprendedor que había sido. Su nombre saldría en las conversaciones adecuadas, ganaría premios y daría discursos en las galas.

Una mujer rubia pasó por la acera de abajo. Pecho generoso. Seguro que la conocía.

Lennie pensó en el último número. Él y Hockey solían coincidir en casi todo, tenían el mismo punto de vista, pero a veces el asistente era un misterio. Que hubiera puesto a Solveig Berg en portada y lo hubiese mandado así a imprenta, sin antes consultarlo con Lennie, era algo incomprensible. Vale, había ocurrido bajo la presión de la cuenta atrás, pero estaban a tiempo de terminar con una auténtica bomba. O un desfile de recuerdos. Una imagen icónica de Lennie rodeado de las tías buenas más escandalosas de cada momento. Pero bueno. Pensó en el consejo de Dan Irén. No merecía la pena gastar energía en algo que pertenecía al pasado. Hockey era diestro con el Photoshop: la portada de Solveig no era ninguna catástrofe. Y la chica no parecía haberse molestado. Y había escrito sobre el cierre en su blog. Una buena entrada, quitando el hecho de que había hablado con el cazador de tendencias Ola Nygårds, que había salido con las mismas tonterías que Carlos Palm sobre los artículos largos. Pero era un ínfimo detalle.

Más estrépito en el piso.

Marika salió al balcón.

—Mira qué nos he preparado.

Llevaba una bandeja en las manos. Con una cafetera de émbolo y una botella de Diadema. Champán de lujo con brillantes Swarovski en la etiqueta. En Systembolaget costaba más de mil coronas.

—Así es como deberíamos vivir siempre —dijo ella.

Lennie le dio un beso. Se sentaron en sendas tumbonas.

—Y ¿sabes qué más?

—No.

—He pasado por la librería esotérica Vattumannen y he encontrado amuletos de la verdad para ponerlos debajo de la almohada mientras dormimos —dijo Marika y sirvió café y espumoso.

—Duendes y troles —dijo Lennie.

—Los amuletos liman las asperezas de los sueños.

Lennie negó con la cabeza y alzó los ojos.

—Tú nunca soñarías con nadie más, ¿verdad? —dijo Marika.

—Deja eso —respondió él.

—Pero sabes que hablas en sueños, ¿no? —dijo Marika.

Él no respondió.

—Lo haces.

—Buen café.

—No logro decidir qué ponerme para esta noche —dijo Marika.

—Cuanto menos, mejor.

Marika limpió las líneas marrones en el exterior de su taza, por lo visto, el bótox en el labio superior tenía ese efecto secundario. Los músculos se adormecían momentáneamente, no podía colocar los labios debidamente, no podía ni beber de forma eficaz ni soplar velas. A Lennie se le escapaba la risa cuando la veía apagar sus velas aromáticas a base de respirar fuerte sobre ellas.

—Mi vestido de Marni, quizá.

—Mmm.

Acababa de empezar el verano, pero el aire era cálido incluso cuando el sol quedaba oculto tras alguna nube solitaria. Lennie bajó el respaldo de la tumbona.

Limar sueños. Sacar la verdad. ¿Qué verdad? ¿Cuánto sabía, en realidad, Marika? Había estado en el Café Opera. Y estaba presente en la redacción cuando él encontró a Carlos. La puerta de la calle estaba siempre cerrada con llave, también aquel día, Lennie lo había comprobado. Solo los colaboradores —y Jennifer— tenían tarjeta para entrar.

Suicidio. Problemas de corazón.

¿Y si no fueran accidentes?

¿Y si su propia novia estuviera involucrada?

No lo había pensado hasta ese momento. Lennie la miró.

Marika se tomó el champán de un trago y se inclinó hacia él, que se echó hacia atrás en un acto reflejo.

—¿Verdad o acción? —susurró ella.

—Ahora no —dijo él y se levantó.

Ella lo tomó de la mano.

—¿Adónde vas?

—A buscar agua. Me ha entrado sed.

—Primero una verdad.

Marika no le soltaba la mano, y él decidió que era mejor seguirle el juego.

—Vale. Una pregunta.

—¿Seremos tú y yo dentro de diez años?

Él le dio un beso, murmuró un sí y se apresuró a meterse en casa.

Pasos rápidos en dirección al dormitorio. Cerró la puerta y llamó a la empresa de vigilancia responsable de la alarma de la redacción. Le pasaron con una mujer que tenía el tema controlado. Podía sacar listas con las entradas y salidas efectuadas con las tarjetas. Lennie le explicó quién era y le pidió que le dijera quién había entrado o salido las horas anteriores al momento en que halló a Carlos Palm muerto en el estudio, el martes 16 de mayo.

La mujer asintió con un sonido gutural al otro extremo de la línea.

—Por lo que puedo ver, solo hay una persona que usó su pase un momento por la tarde. Fue utilizado a las 16:47 h y a las 16:52 h.

—¿Quién? —preguntó Lennie.

El corazón le palpitaba en el pecho.

—Jennifer Leone —contestó la mujer.

Jueves 18 de mayo, noche

*L*os requisitos para poder entrar eran duros: rico, famoso o sobradamente guapo. Desde la mesa de la esquina, Solveig vio cómo la noche se iba cerrando en V, uno de los clubs nocturnos vinculados a la sala Sturecompagniet. Desconocidos acercándose unos a otros, parejas separándose. Lennie les sirvió champán Pol Roger, a ella y a Fatima.

—Estás radiante esta noche —le dijo a Solveig.

—Qué bien —dijo ella y esbozó una sonrisa alegre y de cierto asombro, tal como había visto hacer a las demás chicas. Tenía que acercarse más todavía. Debía obtener más piezas del rompecabezas. Fatima asintió. Hockey también.

—Prueba a decir gracias —dijo Marika Glans—. Una mujer de verdad tiene que saber cómo recibir un cumplido.

—¿Por qué? —preguntó Fatima.

Marika hizo como que no la había oído. Entró en Instagram para ver a cuántos les había gustado su último autorretrato.

—¿Qué hacemos aquí? —le susurró Fatima a Solveig al oído.

—Ni idea, esperemos, a ver qué pasa.

Cuando Lennie le dijo «gran fiesta», Solveig se había imaginado otra cosa. Un montón de gente. *Top models*. Canapés, o incluso un convite. Esto daba más la sensación de responder a una presencia obligada, pero al estilo de Lennie. A Carlos Palm no se lo veía por ninguna parte.

La música cesó.

Las luces relampaguearon.

Entonces comenzó a sonar el tema principal de *La guerra*

de las galaxias. Chisporroteo de bengalas. Por un breve instante, la gente del club se detuvo. Todas las miradas se dirigieron a donde estaban ellos. Un camarero se acercó con una botella mágnum de champán.

Y todo se tornó aún más peculiar. Solveig no entendía nada. Tanta ostentación después de aquellas disertaciones sobre lo mal que iba la economía. El cierre de la revista. El último número, con el que Lennie aseguraba que Carlos se estaba estresando, cuando en verdad ya estaba impreso.

—Salud, señoritas —dijo Lennie—. Y salud, Hockey.

—¿Por qué brindamos? —preguntó Solveig.

—Por ti —dijo Lennie—. La última chica de la portada. La última de todas.

—Pensaba que Carlos estaría aquí —dijo Solveig.

Lennie la miró como si hubiera dicho una grosería o algo de lo más inapropiado.

—Se ha mudado a Chile —dijo Lennie.

Marika levantó los ojos del móvil. Un atisbo de sorpresa pudo intuirse en su rígida cara.

—¿No era Argentina? —replicó.

—La misma puta cosa —dijo Lennie.

—Para nada —dijo Fatima.

—No lo menciona en Facebook —dijo Solveig.

Lo había mirado. Un montón de enlaces a música nueva, una receta con col y unas pocas líneas diciendo que iba a tope en el trabajo. Nada más.

—Es un tema bastante importante, lo de mudarse. Sobre todo si es al extranjero —continuó Solveig al ver que nadie respondía.

Marika Glans la miró molesta.

—¿Tienes que ser siempre tan crítica? No es femenino, cero *grace.*

—¿*Grace*? —dijo Solveig.

—¿Verdad que estabas haciendo un reportaje?

—Sí.

—El glamur es teatro. Si quieres tener éxito, tienes que interpretar tu papel jodidamente bien. Debes ser como la seda. Cara, agradable, maleable. Puedes citarme con eso.

—Yo soy periodista, no modelo —dijo Solveig.

—Oye, ya lo veo.

—Marika... —dijo Lennie.

Solveig lo miró.

—No pasa nada. La razón por la que pregunto es...

Solveig se quedó callada. Había visto a un hombre que se parecía a Kalju. Pero cuando se acercó, pudo ver que no se trataba de él. Por cierto, ¿dónde estaba? Él también iba a venir. Eran más de las doce de la noche.

—¿Cuándo se ha mudado Carlos? —preguntó.

—Eres realmente un bicho raro —le dijo Marika a Solveig.

—Bueno. ¿Quién se viene a bailar? —Lennie se puso en pie y agitó los brazos y el cuerpo.

Luego desapareció con su novia y el asistente.

Solveig y Fatima se quedaron sentadas. Solveig se preguntó qué debía de estar pasando. ¿Por qué Lennie la había invitado? No parecía especialmente contento, sino más bien irritado con su presencia. Y Marika era abiertamente antipática. En la mesa vecina, un joven vertió una botella de alcohol por encima de su amigo, mientras intentaba cazar el chorro con la boca. Los dos se reían. El vodka le rezumaba por la barbilla y la camisa blanca.

Fatima bostezó.

—Creo que me voy a casa —dijo la amiga.

—¿No quieres conocer a Kalju? —dijo Solveig.

—Estoy destrozada —dijo Fatima.

¿Por qué no podía hacer un esfuerzo? Durante años, Solveig había asistido a sus estrenos y había acompañado al grupo de teatro a bares aburridos en los que la única atracción era comentar lo bien que había salido la obra. Incluso había asistido a ensayos en los que se pasaban una hora practicando cara de sorpresa.

—Quédate un poquito más.

—Tengo novedades —dijo Fatima al cabo de un rato.

—Cuenta.

—He entrado en la Escuela de Policía.

—¿Qué? ¿En serio?

Fatima parecía más contenta de lo que había estado en toda la noche.

—¡Sí, por fin! Me llegó la carta anteayer —dijo.

Solveig le dio un beso en la mejilla.

—¡Felicidades, qué alegría! Pero ¿por qué no me habías dicho nada?

De nuevo, silencio.

—No has preguntado.

Solveig sintió vergüenza. ¿Era ese el motivo por el que Fatima había estado mosqueada? Cayó en la cuenta de que se había pasado los últimos días quejándose, autocompadeciéndose y hablando de Jennifer Leone y esa historia que a lo mejor nunca llegaría a ser un reportaje. Pero al mismo tiempo, toda su vida se había puesto del revés. Normalmente Fatima hablaba tanto como ella, o casi tanto, de sus cosas. El teatro, crímenes sobre los que había leído y cómo los habían resuelto.

—Espera aquí. Conseguiré algo para beber —dijo Solveig.

La barra estaba en la sala contigua.

Abarrotada, sudorosa y estridente.

—Solveig Berg.

Una voz afónica la detuvo.

Elina Olsson llevaba una americana corta, vaqueros elásticos y una blusa blanca de seda. El cabello, recogido en un moño despreocupado, como los que las auténticas modelos y las estrellas de cine podían llevar cuando los paparazzis las fotografiaban en su vida cotidiana. La afección de su piel tenía pinta de haber empeorado. Ningún maquillaje en el mundo podría ocultar los granos que se abrían paso entre sus sienes y el nacimiento del pelo. Debajo de los ojos le asomaban unas bolsas oscuras.

—Hola —dijo Solveig.

—¿Conoces a Lily y Dan?

Detrás de Elina estaban Dan Irén y Lily Hallqvist. El psicólogo sonrió. Solveig no había sabido nada de él desde que había salido por la puerta de su piso en el casco antiguo de Gamla Stan, hacía exactamente una semana. Solveig decidió hacer como que no había pasado nada y les dio un abrazo a cada uno.

Dan Irén levantó la mano en un gesto para indicar que lo

acompañaran a la barra. Navegó entre la muchedumbre, enseguida consiguió captar la atención del camarero y, con otro gesto de lo más natural, las invitó a decir lo que querían tomar.

—Bellini —dijo Lily.

—Agua mineral —dijo Elina.

—Champán —dijo Solveig—. Dos copas.

—Vaya —dijo Dan.

Él pidió una copa que no estaba en la lista y entregó una tarjeta de American Express plateada.

—Mmm —dijo después de brindar y mojarse los labios con la copa—. Cocaína líquida. ¿Quieres probar?

—Gracias, no me apetece —dijo Solveig. Kalju aparecería de un momento a otro. Debía guardar las distancias con Dan.

—Vodka, champán y Red Bull. Lo llaman así.

—Sí, ya lo había entendido.

Elina y Lily hablaban de los zapatos de Elina, unas sandalias transparentes de plataforma. Hallazgo *vintage*. La anterior dueña era una *stripper* londinense.

Dan observaba a Solveig. Sus ojos castaños se cruzaron con los de ella.

—Cuéntame quién eres —dijo él.

—Ya nos conocemos.

—Me refiero a la persona Solveig. ¿Quién es?

Vaya preguntita. Solveig pensó en Kalju, ¿por qué no venía? Y en Elina. Tenía que sonsacarle algo. Hacerse dueña de la situación. ¿Iba directa al grano o mejor charlaba y trataba de conducir sutilmente la conversación hacia Jennifer? Aguzó el oído. Ahora decían algo sobre rellenos. Y bótox. Elina había estado en una Botoxparty.

—Estás callada esta noche —dijo Dan.

Sus ojos se entornaron bajo las largas pestañas. Solveig se apoyó en un pie y no paraba de vigilar la puerta.

—Estoy esperando a alguien —dijo.

—¿A quién?

—A alguien.

—Solveig, me tienes fascinado. Puedo ver que hay más, ahí detrás, como un campo de fuerza interior. Puedo ver…

Solveig se volvió hacia Elina y Lily.

—Jennifer… lo lamento de verdad.

Silencio. Elina no hizo ni una mueca. Lily bebió de su bellini.

—¿Qué creéis que pasó?

Silencio.

—A lo mejor la empujaron.

—¿Tú crees? —Elina dirigió su atención a Solveig—. ¿Quién iba a hacer eso?

—No sé. Pero Lennie tenía una historia con ella, y Marika Glans estaba celosa.

Dan estiró la espalda y se llenó los pulmones hasta que se le tensaron los botones de la camisa Paul Smith.

—Está muy bien airear los sentimientos y hablar. No temáis hacerlo —dijo con voz tranquila.

Solveig observó a Elina.

—La última vez me clavaste un agitador. ¿Por qué lo hiciste?

—¿Estás borracha? —Dos arrugas asomaron entre los ojos de Elina. Su brazo derecho dio una pequeña sacudida.

—Aquí —dijo Solveig señalando el lugar en la baja espalda.

Elina apartó la mirada.

—Jennifer estaba a punto de revelar lo suyo con Lennie, ¿verdad? Antes de morir.

—Mira, bonita, no deberías hablar de cosas de las que no tienes ni idea. Sinceramente, es una falta de respeto.

—Sé que ellos…

—¿No me has oído? —dijo Elina.

Lily hizo una mueca dramática. Sus cejas, meticulosamente depiladas, formaron dos puntas de flecha.

Dan Irén se interpuso.

—Lo dicho, lo que ha pasado es difícil, y Solveig hace bien expresándose. Tú también deberías hacerlo.

—¿Tú qué coño sabes? —dijo Elina.

Se colocó el bolso bajo el brazo. Se metió entre la multitud y desapareció.

Dan Irén soltó un silbido y extendió los brazos.

—Es hora de pedir más copas.

«Fatima», pensó Solveig. Seguro que había pasado como media hora.

—Mi amiga está… ahora vuelvo.

¿Cómo se había podido olvidar? Se abrió paso a empujones entre la masa de cuerpos danzantes, derramó por lo menos la mitad del champán. Le pediría mil veces perdón. Cuando llegó a la mesa en la que estaban no conocía a nadie.

Fatima se había ido a casa.

Jueves 18 de mayo, madrugada

La tenue luz hacía que los dientes parecieran más blancos, los labios más gruesos y los pechos más grandes. Estaban solos en la mesa. Lennie sacó la botella de vodka de la cubitera y llenó la copa de Lily Hallqvist. El hielo crepitó. Ella se rio y se le acercó un poco más; él pudo percibir su perfume dulzón. Empalagoso de una manera barata. Eróticamente sugerente.

Ella le dio un beso en el cuello.

A un conocido artista de pop sueco, que en verdad no sabía cantar, se le cayó una copa de vino. Tres jugadores de hockey sobre hielo del equipo nacional se habían acomodado en la zona de sofás, donde tenían reservada una mesa; no se habían sentado todavía y un enjambre de chicas ya mariposeaba alrededor.

A Marika no se la veía por ninguna parte.

Lily acarició el muslo de Lennie. Esto era una estupidez. Peligrosísimo. Debería levantarse, buscar a los demás y volver a casa a tiempo, para mañana tener la cabeza despejada. Pero su pelo era tan rubio, tan grueso, tan artificial. Lennie se lo agarró por la nuca. Forzó su cabeza hacia atrás. Lily se resistió, Lennie dio un tirón y ella jadeó. Después la besó. Los labios, la lengua.

La visión de estar ahí, con la cabeza entre sus piernas abiertas, lo volvía loco.

«Para —se dijo a sí mismo—. No lo hagas.» Dios, su piel. Tan fina al tacto de sus manos.

—Ven conmigo —le susurró.

Había una sala secreta en el garaje que los clientes vip, las estrellas del mundo del cine, la moda o la música usaban cuando estaban allí, pero primero tenía que encontrar al gerente del local, que probablemente estaría demasiado estresado como para ayudarle. Pensó en los lavabos, eran unisex pero siempre estaban llenos.

—Toca —dijo Lily.

La chica cogió la mano de Lennie y se la metió por debajo del vestido. Marika podía aparecer en cualquier momento. Insensatez. Maravilloso. Caliente y resbaladizo. Lily no llevaba bragas.

—Ven, vamos —susurró él.

—No, quédate. Solo un poco más…

—Te voy a dar, cielo. Te prometo que vas a tener…

Lennie la levantó del sofá.

Lennie se apoyó en la única pared vacía; una mano en el lavabo, la otra en el pelo de Lily. Ella trajinaba con el cinturón de sus pantalones. El picaporte bajó de golpe, pero Lennie ya estaba muy lejos. Alguien había entrado en la redacción con el pase de Jennifer Leone. Y había asesinado a Carlos, su amigo más íntimo. Apartó el pensamiento. Miró a Lily. Lily de rodillas en el sucio suelo. Manchas de meados, bebida derramada y papel higiénico. Qué guarro. Qué excitante. No se percató de los golpes y las patadas en la puerta. Unos escalofríos de placer le recorrieron todo el cuerpo cuando ella le bajó los pantalones y se introdujo la polla en la boca.

Lennie la amaba.

Amaba a todas las mujeres.

En su cabeza resonaba el ruido de arañazos desgarrando una puerta. Bullicio. Nada que le importara. Lo único que existía era aquel espacio diminuto y guarro. Aquí y ahora. Él y Lily.

Metal contra metal. ¿Qué coño era eso?

Mierda.

La cerradura estaba girando.

—¡Para! —Lennie se quitó a Lily de encima. Se subió los pantalones al mismo tiempo que el picaporte cedía.

La puerta dio un bandazo.

Marika Glans se quedó mirándoles. Unas tijeras brillaban en su mano.

—Zorra asquerosa —gritó.

Lily alzó un brazo, pero el escupitajo le acertó en la frente.

—Tranquilízate —intentó Lennie.

Se acercó a su novia mientras Lily se ponía de pie a sus espaldas.

—¡Tú! No me toques.

—Marika, escucha. Por favor.

Sus ojos lo asustaban, eran dos hoyos sin fondo. Nunca la había visto así. Las tijeras temblaban en su mano. La piel de la frente estaba pálida. Lennie retrocedió un paso.

—Dame eso —dijo Lennie tan tranquilo como pudo.

Marika se rio en falsete.

—Cariño, no es lo que piensas. Te lo puedo explicar.

—¿El qué? ¿Qué es exactamente lo que no entiendo? ¿Que tengo a un puto por novio? ¿Que me has mentido todo el tiempo? ¿Que has…?

Hockey apareció detrás del hombro de Marika. Lennie buscó la mirada del asistente. Contacto visual. Asintió con la cabeza. Con cuidado, Hockey le pasó el brazo por el hombro a Marika. Ella se dio la vuelta con un enérgico movimiento, pero el asistente fue más rápido y le cazó la mano. Las tijeras aterrizaron a los pies de Lennie.

—¿Hay algún problema aquí?

El hombre que lo preguntaba llevaba traje negro y un cablecito detrás de la oreja. La plaquita dorada en el pecho indicaba que era guardia de seguridad.

—Pregúntale a él —espetó Marika señalando a Lennie—. A lo mejor puede explicar qué estaba haciendo la semana pasada. Con la que…

Hockey se enderezó, extendió los hombros hacia atrás. Estaba igual de borracho que Marika, pero aun así logró sonar sobrio.

—Solo un malentendido, va todo bien —dijo con una autoridad que sorprendió a Lennie.

—¿De quién son las tijeras?

Nadie respondió. El guardia las recogió del suelo.

—Esto es un cuarto para el personal. Os tengo que pedir que salgáis de aquí.

Lily salió a toda prisa.

Marika bajó la voz.

—No quiero volver a verte —le dijo a Lennie.

—Marika, puedo...

—Asesino.

39

Jueves 18 de mayo, madrugada

Solveig bebía champán sin burbujas con una pajita. La música golpeaba el ambiente de forma monótona. Eran más de las dos de la madrugada. Kalju no se había presentado. No iba a venir. Solveig había defraudado a Fatima, había cabreado a Elina, había perdido de vista a Lennie y de alguna manera había vuelto a terminar con Dan Irén, cuya presencia se le antojaba una especie de planta trepadora que se le adhería al cuerpo. Sintió que un brazo se deslizaba por sus hombros.

—Ya sabes que estoy casado, ¿no? —dijo él.

Solveig no respondió.

—Mi mujer no es mucho mayor que tú. Ha desfilado en Milán, París y Tokio, ha salido en las portadas de las grandes revistas. Lo que te quiero decir, Solveig, es que como mujer es completa. Perfecta. Pero...

Hizo una breve pausa.

—Yo estoy aquí contigo.

—Mmm.

—Aunque podría estar tumbado al lado de alguien con quien todos los hombres fantasean. Mi esposa es una mujer sexy y atractiva. ¿Entiendes? Pero yo estoy aquí contigo.

Solveig sacó el móvil para ver si se le había escapado alguna llamada. Había recibido un mensaje. Pero no era ni de Fatima ni de Kalju.

«Tú no me ves. Pero yo a ti sí. ¡Furcia!»

El teléfono se le escurrió de la mano y acabó en el suelo.

«Número oculto.» Igual que la otra vez. Dan se agachó. Buscó entre jadeos debajo de la mesa, encontró el teléfono debajo del sofá y se lo devolvió a Solveig. Se había quedado sin fuerzas, movía torpemente las manos.

—¿Algo interesante?

—Un mensaje anónimo.

—¿Con contenido sexual? —Dan parecía hablar en serio. La cabeza un poco ladeada.

—Con contenido estúpido.

—Más común de lo que crees, lamentablemente. Una de cada dos mujeres ha sufrido acoso sexual por escrito. Con tu exposición eres especialmente vulnerable. No es que eso lo haga menos inaceptable, pero…

Solveig no encontró nada en que fijar la mirada.

—Disculpa que te pregunte, pero ese chico al que estabas esperando…

—No —lo interrumpió—. No es suyo.

—¿Estás segura?

Solveig no respondió. Su estado de ánimo había caído a lo más hondo.

—Propongo que cojamos un taxi y nos vayamos de aquí —dijo Dan Irén.

Jueves 18 de mayo, madrugada

El alcohol lo mantenía caliente, sedado. Lo envolvía. Lennie y Hockey estaban en la barra tomando vodka.

—Joder —dijo Lennie—. Joder, joder, joder.

—*Bros before hoes* —dijo Hockey.

—No hables en inglés.

—*Whatever*.

—Cuando Marika se enfada empieza a soltar gilipolleces. Se vuelve histérica y pierde el sentido de la realidad —dijo Lennie.

—No sabe nada —dijo Hockey.

—¿No sabe nada de qué?

El asistente vació el vasito. Su cara se estremeció en una sonrisa de lobo.

—Dime si puedo hacer algo por ti.

Lennie se pasó la mano por la nariz y la boca. Tenía picores. Cosquilleos. Como un perro pulgoso. ¿Habría cogido sarna? Seguro que la había cogido. Tenía que mirarse esa jodida picazón. No era normal.

El asistente le dio un abrazo con zarandeo incluido.

—No te preocupes. Ya me estoy encargando de la situación en *Glam*. Acabo de ordenar que vengan a por el arcón. Mierda de empresas. Buscaremos patrocinadores mejores, ahora que empezamos de cero.

Lennie notó que toda la sangre le bajaba a los pies.

—¿Qué has dicho?

—El arcón congelador. Les pedí a los de VitalMan que pasaran a recogerlo.

Jueves 18 de mayo, madrugada

*L*os dados traquetearon en el cubilete cuando Kalju los lanzó. Iba en taxi, de camino a la fiesta en la que estaba Solveig, cuando a Jakob Adler se le antojó comida mexicana a domicilio y jugar al backgammon. Ahora estaban sentados en torno a la mesa de centro en el salón de Jakob. Kalju, Jakob y tres hombres más. El chalé quedaba en la avenida Slumnäsvägen, en el distrito de Tyresö Strand. Nueve habitaciones repartidas en trescientos cuarenta metros cuadrados. Cocina americana, hogar de piedra de diseño minimalista y grandes ventanales que daban al lago de Öringesjön. Las estancias estaban austeramente amuebladas y, a pesar de los lujosos materiales, la casa se veía vacía y lúgubre. Una vivienda familiar sin familia.

Todos guardaban silencio, concentrados en la siguiente jugada de Jakob. Kalju llevaba ventaja después de una buena apertura. Normalmente le gustaba jugar al backgammon, incluso aplicaban el protocolo de puntuación y contaban ganancias, pero ahora movía al tuntún; tenía la cabeza en otra parte.

Los hombres bebían whisky con grandes trozos de hielo, cortado a mano para ajustarse a la perfección a las formas del vaso, cosa que Jakob nunca se olvidaba de subrayar. Los vasos Tumbler venían de Orrefors y aún conservaban la etiqueta del fabricante. Kalju toqueteó la pegatina. Tenía el móvil en el bolsillo, no le había podido explicar a Solveig que estaba atrapado. Ni siquiera había podido disculparse.

Jakob eliminó dos piezas de Kalju en un mismo movimiento.

Los hombres asintieron en concordancia. Bien jugado.

—Buena —dijo Arvo Kolk.

El más joven, de apenas veinticinco, también venía de Estonia. Llevaba cosa de un año en Suecia, pero había aprendido el idioma tan bien que cualquiera pensaría que llevaba mucho más tiempo aquí. Gesticulaba de manera agitada y era vivaracho. Los otros dos eran suecos, taciturnos y serios. Hermanos. Nicklas y Noah solo habían dicho alguna que otra palabra durante toda la velada, se comunicaban más bien con sonidos guturales y miradas.

A Jakob se le iluminó la cara en una gran sonrisa.

—¿Sabías que Kalju tiene un romance?

—Enseña fotos —exclamó Arvo Kolk y a punto estuvo de volcar el vaso.

Kalju ni se inmutó. Estaba mirando fijamente la solitaria escultura de bronce que había en un rincón. Un cuerpo de hombre alargado, pretendía representar a un masái con lanza y largos pendientes.

—No —dijo—. No estoy saliendo con nadie.

—Ahora no te hagas el tímido —dijo Jakob—. Me crucé con vosotros, una auténtica *donna*.

Nicklas y Noah asintieron con un murmullo.

—¡Foto, foto! —empezó Arvo.

A Kalju le entraron ganas de zurrarle.

—Disculpadme —dijo y se levantó.

El lavabo más próximo quedaba en el pasillo, pero Kalju se dirigió a la escalera que llevaba a la planta superior. Pasó por la cocina con sus armarios grises y lisas y sus encimeras brillantes de granito negro. Los taburetes altos alrededor de la isla de cocina eran de plástico, pero muy caros.

La escalera estaba construida de manera que parecía que los peldaños flotaran.

Llegó arriba y giró a la derecha.

Una de las paredes de cristal daba a una terraza iluminada, con una enorme barbacoa de gas y un conjunto de sofás de ratán. En una maceta de barro con jeroglíficos y grabados de faraones crecía una hiedra. El jardín se extendía hasta la orilla del lago, estaba protegido de las miradas de los curiosos y contaba con embarcadero propio. Aun así, Kalju nunca había entendido por qué Jakob había escogido vivir allí.

Todas esas superficies. Todas las habitaciones. ¿Por qué no había formado una familia?

Continuó por un pasillo con ventanas redondas y llegó al cuarto de baño. Suelo y paredes en piedra clara de río. Lavamanos doble, *jacuzzi* y una ducha con mamparas llena de mandos.

Kalju se estiró en el suelo. Perdió la mirada en el techo.

¿Qué estaría haciendo Solveig en este momento?

¿Estaría enfadada? ¿O ya se habría olvidado de él?

No podía dejar de pensar en ella. Pero no podían tener nada juntos. No tal y como estaban ahora las cosas. No quería arriesgarse a exponerla a nada, ahora que Jakob Adler se había enterado. Kalju comenzó a teclear un mensaje de texto. Se quedó así casi un cuarto de hora. Escribía mucho y borraba. Volvía a escribir. Borraba. Al final solo quedaron seis palabras.

«No puedo verte más. Lo siento.»

La risa de Jakob Adler sonaba como un leve murmullo a través del suelo.

—¡Kalju!

La voz impaciente de Jakob.

Hizo una respiración profunda y se puso en pie. Bajó las escaleras y se sentó en el sofá de cuero de anchos apoyabrazos. Un vistazo rápido al tablero, lanzó los dados y jugó de tal modo que le bloqueó el paso a Jakob.

—Ahora cuenta, Kalju. ¿Quién es?

Se encogió de hombros.

—Nadie.

—Danos alguna pista —dijo Jakob.

Al mandar el mensaje había sentido escozor y quemazón por dentro, pero ahora se alegraba de haberlo hecho. Kalju hizo girar el vaso para que el cubito de hielo cortado a mano diera vueltas. Tomó un trago y volvió a toquetear la pegatina, que se despegó.

—No pago por vasos de lujo porque sí —dijo Jakob.

—Disculpa.

Nicklas emitió un nuevo murmullo. Noah asintió con la cabeza. Kalju decidió perder la partida. Dejar ganar a Jakob.

Eran casi las tres de la madrugada cuando por fin consiguió liberarse. Jakob le estrechó la mano, le dio las gracias por la buena partida y le acompañó a la puerta.

—¿Cómo va la fiesta?

—Todo saldrá como tú quieres.

—Habla mañana con el fotógrafo. Pídele fotos.

—¿Fotos?

—Lennie sabe a qué me refiero.

42

Jueves 18 de mayo, madrugada

Solveig se subió al taxi. Dan le dio la dirección al conductor: calle Själagårdsgatan 6, en Gamla Stan.

Estuvieron callados en el asiento de atrás.

Solveig pensaba en el mensaje de Kalju. ¿Por qué no quería verla? ¿Era por algo que había dicho? ¿Era por ella?

—¿Soy aburrida? —le preguntó a Dan.

El taxi frenó en seco para no arrollar a una chica que salía del Riche tambaleándose. Por lo demás, la noche era singularmente tranquila, dijo el taxista para sí. Subió el volumen cuando el programa Favoritos Tranquilos puso a Johnny Logan.

«Hold me now, don't say a word, just hold me now.»

Las llaves tintinearon cuando Dan abrió la puerta del piso. Estaba diferente de como Solveig lo recordaba. Más grande. Él la invitó a pasar y le cogió la chaqueta. El cuadro que colgaba encima de la cómoda del recibidor representaba a un hombre con sombrero alto y bastón que se estaba metiendo en una oreja.

—Lo ha pintado mi madre —dijo Dan.

—¿Es artista?

—Terapeuta *gestalt* en Säter. ¿No te ruge un poco el estómago?

—Algo de comer estaría genial.

La cocina era lujosa. En la pared de detrás de los fogones el revoque estaba picado, dejando al descubierto los ladrillos de debajo. La mirada de Solveig se detuvo en el gran mueble de la esquina. Parecía una silla de dentista muy antigua de metal azul, con el asiento marrón de cuero lleno de grietas y marcas. En los apoyabrazos y en el lugar donde debían descansar los pies había correas del mismo cuero ajado.

—En los sesenta estaba en Lǻngbro, una clínica mental abandonada en Alvsjö. Tiene su punto, ¿no te parece? —dijo Dan.

—Sí.

Se acercó a la silla y deslizó la mano sobre el reposabrazos.

—¿Puedo probar?

Dan asintió con la cabeza.

—Comes pollo, ¿verdad?

—Sí.

El cuero crujió bajo el peso de su cuerpo. Solveig se dejó caer y quedó semiestirada. ¿Por qué Kalju no quería verla más? ¿Se había abierto Solveig demasiado deprisa? ¿Le estaba pidiendo demasiado? Quizás él era un hombre que necesitaba sentir que tomaba la iniciativa. Un hombre de los años cincuenta. Un hombre con valores del siglo XIX. Un hombre de las cavernas. Solveig se esforzó por pensar en todas las posibles carencias que él podía tener. No se sintió en absoluto más animada.

—¿Te gusto? —preguntó Solveig.

Dan la miró desde la otra punta de la cocina.

—Sí.

—¿Por qué?

—Puedo atarte, si quieres.

—No, gracias.

La sartén llenó la cocina de olor a comida. Dan apretó un botón en la pared y el extractor se puso suavemente en marcha. Abrió el cajón más ancho que Solveig había visto en su vida y sacó unas pinzas cromadas.

—Hay que tener los instrumentos bien afinados.

—¿Dónde está tu mujer?

—¿Por?

—Nada, solo curiosidad.

Se oyó un chisporroteo en la sartén cuando Dan echó dos pechugas.

—Vivimos en Värmdö. Este es el piso en el que duermo cuando empiezo temprano. Si el programa es de mañana hay que estar allí sobre las cinco de la mañana. Ya sabes, ponerse el maquillaje, leerse el guion.

—¿Tienes hijos?

—Tres chicos. ¿Y tú, Solveig? ¿Qué tal va tu vida amorosa?

Dan vertió una lata de leche de coco en la sartén y se liberó una nube de vapor. La cocina se inundó de un aroma dulce. Solveig se fijó en un cuadro de líneas y círculos de diferentes colores. Uno de los círculos formaba un ojo.

—Cuéntame, el que te ha puesto triste esta noche. ¿Lleváis tiempo viéndoos?

—Sí. Bueno, no. Solía comer en el restaurante en el que yo trabajaba. Y una noche salimos, era como si nos hubiésemos encontrado el uno al otro y… es un poco difícil de describir.

—Experimentaste resonancia emocional.

—¿Qué es eso?

—Que sentiste que os habíais abierto la puerta del paisaje interior el uno al otro. Que lo que tú decías encajaba con lo que él decía, y al revés. Imagínate una trenza. Encontrasteis un lenguaje común.

Solveig suspiró por dentro por su cháchara de psicólogo.

—Puede que fuera así. Pero también estábamos callados.

¿Había hablado demasiado poco? ¿Era ese el problema?

—Durante largos ratos estuvimos en silencio, pero no se hizo pesado. En aquel momento.

—Exacto, os encontrasteis en un plano emocional. No hacía falta llenar el silencio, no lo sentíais vacío ni forzado.

—Todo estaba tan bien…

—Y ¿ahora él no da señales?

—Exacto.

—Parece que tenga problemas con el compromiso. No es raro entre hombres jóvenes —dijo Dan.

—Tenéis más o menos la misma edad —dijo Solveig.

—Puede durar hasta bien entrados los cincuenta, y algunos nunca entran en razón. Estos hombres son tan poco conscientes de su miedo a ser abandonados que no se atreven a meterse en una relación.

Dan sirvió la comida en dos platos cuadrados y sacó un par de botellas de cerveza Singha. El pollo nadaba en una salsa cremosa entre pimiento rojo, cebolla y chili picado.

—Las especias siempre las compro en Bangkok, en Suecia no hay forma de conseguirlas.

Solveig llenó el tenedor por completo.

—Rico.

—Me alegro de que te guste el pollo al coco. Es mi plato favorito. A veces lo hago con capón.

Dan le acarició suavemente el brazo. Ella se estiró para coger la cerveza.

—¿Habláis tú y Elina?

—A veces —dijo Dan y engulló lo que tenía en la boca—. Una chica muy maja.

—¿Cuánto la conoces?

—Tenemos amigos en común.

—¿Qué pasó entre ella y Jennifer?

Dan dejó los cubiertos en la mesa y apartó el plato, como si se le hubiese quitado el hambre. Recorrió la espalda de Solveig con la mano.

—¿Puedo enseñarte mi colección de vinos?

Estaba intentando evitar el tema. Otra vez.

—¡Por favor, Dan, Jennifer está muerta! ¡Tienes que contármelo!

A Dan pareció invadirle una grave seriedad.

—Esto tiene que quedar entre nosotros. No quiero líos, ¿de acuerdo? —dijo Dan y miró a Solveig.

Ella asintió en silencio.

—Elina odia a Lennie. Cuando su mejor amiga se enamoró de él, todo su mundo se desmoronó.

—Así que fue Elina la que rompió el contacto con Jennifer.

—Quédate aquí —dijo Dan. Quitó la mesa y puso música. *Hurricane* de Bob Dylan. La luz de la cocina se volvió más tenue. Dan le apartó el pelo de la nuca y comenzó a hacerle un masaje en los hombros.

Solveig se levantó.

—Es tarde. Tengo que irme a casa —dijo.

Dan se quedó de piedra. Pasó un segundo. Luego esbozó su sonrisa de costumbre.

—Claro. Pediré un taxi.

43

Viernes 19 de mayo, mañana

Se le había dormido el brazo. Tenía la piel llena de marcas y le dolía el cuello. Se había quedado dormido en el sofá de la redacción, el móvil estaba en el suelo, se le debía de haber caído de la mano. Lennie se incorporó.

Marika lo había echado de casa.

El reloj en la pared estaba borroso, le pareció que marcaba las ocho.

No valía la pena llamarla ahora, había pasado poco tiempo desde la crisis y contactar con ella antes de las doce solo empeoraría las cosas. Intentaba evitar la bronca a cualquier precio: cada discusión era como abrir una presa de mierda. Ella salía con cosas que habían pasado años atrás, algunas antes siquiera de haberse conocido, y las usaba como pruebas en su contra, siguiendo la lógica especial de Marika:

—Lennie, fuiste infiel conmigo cuando nos conocimos. ¿Cómo puedo estar segura de que esa fue la última vez?

—Lennie, te despidieron porque te acostaste con la novia del jefe.

—Lennie, corren rumores de un sobre rojo.

En general, él solía darle la vuelta a la discusión y salir con que el problema eran los celos de Marika, para que fuera ella la que tuviera que defenderse.

Ahora era distinto. Lo había pillado in fraganti.

La voz de Marika resonaba en su cabeza:

«Asesino».

Lennie estiró la espalda hasta que le crujieron las vértebras. Necesitaba comida. Montones de comida. Montañas de huevos revueltos. ¿Urban Deli ya habría abierto? Podía pasar a buscar unos bocatas, un café largo con leche, una *baguette*, zumo de naranja y un...

La ropa estaba esparcida por el suelo. Los calcetines, justo debajo de él. Los pantalones, colgados sobre un flamenco de plástico. ¿Y la chaqueta? De camino al pasillo notó una presión en el pecho, se llenó de un mal presentimiento tan fuerte que le dio un vahído.

El estudio.

Primero se quedó de pie como apático junto al marco de la puerta. Luego bramó a viva voz, desde lo más hondo de sus pulmones. De desesperación. De rabia.

Y por último, de pánico.

Se puso a andar en un pequeño círculo. Las manos en la cabeza.

Mierda.

Mierda, mierda, mierda.

El arcón congelador. VitalMan.

No estaba.

La voz de Hockey:

«Les pedí a los de VitalMan que pasaran a recogerlo».

Arrancó el papel del rollo que había en el techo. Dio varias fuertes patadas en la pared.

Después se desplomó en el suelo.

Temblando.

Cuando se hubo recobrado un poco llamó al asistente.

—¿Dónde coño está el arcón?

Hockey tenía la voz grumosa.

—Eh...

—¿DÓNDE ESTÁ EL ARCÓN? —gritó.

—En la redacción, diría yo.

—¿Eres tonto del culo? Estoy aquí ahora.

—Qué raro.

—«Tú» les pediste a los de VitalMan que vinieran.

—Sí, pero no podían pasar a recogerlo hasta después del fin de semana.

Lennie colgó.

Con la mano temblorosa buscó entre los nombres de su agenda. Ahí estaba. Encontró a su contacto de la empresa.

Lennie lo llamó.

El hombre respondió.

Lennie se lo explicó.

El hombre no acababa de entender.

—Hay que ver lo mal que se te oye. Estoy en Malta. ¿Qué dices? No, todo el equipo. Conferencia de ventas. ¿Que si hemos ido a recoger un arcón? No, te he dicho que estamos en Malta. Conferencia de...

Lennie arrojó el teléfono al suelo.

44

Viernes 19 de mayo, media mañana

La fuente con bollos junto a la caja estaba a rebosar. Solveig barrió los granos de azúcar perlado que habían quedado en el mostrador. Fatima estaba de espaldas.

—¡Hola! —dijo Solveig.

—Hola —respondió Fatima sin darse la vuelta.

—¿Qué tal?

—Estresada.

No había ningún cliente en el local. Las mesas estaban limpias. En la ventana, los periódicos estaban colocados en pilas impecables. Fatima estaba recolocando el género en las fuentes de pastitas sin decir nada.

—Ahora se ve bastante tranquilo —dijo Solveig.

—Puede ser.

—Oye… perdona por lo de ayer.

Silencio.

—Me crucé con Elina en la barra.

—Ya.

—Y se me pasó el tiempo.

—Ya me di cuenta.

Fatima se apretó el delantal.

—Lo siento.

Más silencio. Solveig se retorció.

—Por favor, di algo.

—Tienes tus cosas, el blog y todo eso. Lo entiendo, no hace falta que me estés cogiendo de la mano.

—Intenté llamarte.

—Ya estaba en el metro.

—No sé cómo se me pudo…

Fatima dio un golpe con la mano abierta en el mostrador.

—¿Te has fijado en que todo trata siempre de ti? Siempre es «yo», cada vez que nos vemos. Yo, Solveig, he conocido a un chico. Yo, Solveig, tengo problemas. Yo, Solveig, he vuelto a beber demasiado vino. ¡Yo, Solveig, todo!

Solveig agachó la cabeza y se miró las zapatillas de básquet.

—Como si lo único interesante en la vida es lo que te pase a ti. Lo que haces, opinas, piensas y sientes. Cuando yo, o alguna otra persona, explica algo, tú no tienes el menor interés.

—Eso no es así.

—Sí, es exactamente así. Pasa medio segundo, después te pones a toquetearte las uñas, o cambias de tema. Para que vuelva a tratarse de ti. ¡Ni siquiera fuiste a ver mi obra!

—¿Qué obra?

—¡Lo ves!

Los remordimientos crecieron hasta formarle una bola en el pecho.

—El drama que llevo toda la primavera ensayando. *La persona consciente*.

—No entiendo cómo se me puede haber pasado…

—¿No?

—En cualquier caso, quería preguntarte si te puedo invitar a cenar, para celebrar lo de la Escuela de Policía.

—Lo siento, no tengo tiempo.

—¿La semana que viene, quizá?

—Solveig, no lo sé.

—Perdón.

Dos chicas de instituto entraron en el local. Vaqueros cortos, joyas de plata que tintineaban. Miraron la pizarra con el menú, se preguntaron qué pensaban la una a la otra, decidieron partirse un bocadillo caliente de pan de *baguette*, para luego darse cuenta de que no tenían hambre.

La puerta se volvió a cerrar.

Fatima abrió dos botellines de limonada con naranja y los sirvió. El ambiente se volvió más ligero.

—Bueno. Cuenta. ¿Qué dijo Elina?

—Se alteró cuando quise hablar de Jennifer.

—¿En qué sentido?

—Hice un par de preguntas, ella empezó a resoplar, se puso como una mona y se largó.

—Qué raro.

—Elina rompió el contacto con Jennifer cuando se enamoró de Lennie. Por lo visto eso había hecho mella en Jennifer, le pidió ayuda a una adivina para intentar recuperar a Elina.

—Vale —dijo Fatima.

—Tú llevas años leyendo libros de psicología y criminología. ¿Qué crees que ha pasado?

—Cuando una mujer es asesinada, normalmente hay celos detrás. Poder y control. Lo más frecuente es que el homicida sea un hombre. Pero si fuera por celos, la novia de Lennie también tendría un móvil. ¿Cómo se llamaba? ¿Erika?

—Marika. Sí, yo también lo he pensado.

Solveig guardó silencio un momento. No cabía duda de que Marika tenía unas formas un tanto bruscas. Significara lo que significara eso.

Fatima vertió agua para el té en una taza.

—Tienes que empezar a tomar café, ahora que vas a ser policía —dijo Solveig.

—¿Por qué?

—Porque es así. Lo peor que puedes hacer en una entrevista de trabajo es pedir té. O chocolate caliente. Bueno, a menos que estés buscando curro de bibliotecaria.

—¿Quién lo dice?

—Dan Irén.

—¿Qué pasa, has hablado con él?

—Sí, o sea, aquello ya está olvidado. De verdad. Lo cierto es que nos hemos…

Dio unas pinceladas rápidas de sus encuentros.

—No parece nada enfadado, aunque ayer se puso un poco raro cuando le dije que me iba a casa.

—¿De qué manera?

—Difícil de explicar. O sea, no es que hiciera nada, más bien fue una expresión en su cara que cambió; la mirada.

—A lo mejor es un narcisista.

—¿A qué te refieres?

—Es mucho más habitual entre famosos y jefes de cargo

elevado. Tienen una imagen de sí mismos muy sensible. Cuando tú te quisiste ir, él se sintió humillado.

Solveig pensó en los mensajes desagradables que había recibido. Y en Kalju. Suspiró. A lo mejor había fracasado a la hora de leer las señales de Kalju porque había estado demasiado ocupada consigo misma.

—Por lo que parece, tengo un efecto negativo sobre todos los hombres de Estocolmo —dijo.

45

Viernes 19 de mayo, media mañana

*L*ennie estaba sentado en la cocina de Kalju Saagim, en un piso sin reformar de dos habitaciones, en la planta baja de una finca con jardín, cerca de Zinkensdamm. Tres neveras de acero inoxidable contrastaban con los azulejos cobrizos de los años setenta y los armaritos deslucidos. La mesa, una tabla plegable instalada en la pared, se abombó cuando apoyó los codos. Había un gato horrible de color gris jaspeado que no paraba de restregarse contra sus piernas.

—*Jussi*. —Antes de sentarse, Kalju lo atrajo con unos trocitos de carne cruda que parecían demasiado caros.

—Bueno. ¿Cómo va?

—Como te decía por teléfono...

Lennie se rascó la cara. Tomó conciencia de sí mismo, se comportaba como un yonqui de la plaza de Sergels Torg. ¿Quién había usado el pase de Jennifer? ¿Quién se había llevado el arcón? «Para. Ahora no pienses en ello.» Le crujieron los dedos cuando se los apretó.

—Como te decía... el local. Si empezamos por ahí. Será el castillo de Häringe.

—¿Y la temática? —preguntó Kalju.

—Estaba pensando en decadencia pecaminosa —dijo—. Los setenta. La Riviera francesa.

Sonaba bien y era lo bastante vago.

—La comida.

—Lista. Ostras, bogavante, solomillo de buey y solomillo de cordero. Piensa en un mar y montaña con el mejor género.

—Bien —dijo Kalju—. Pero la carne la pongo yo.

—El hostelero con el que trabajo solo utiliza a los mejores distribuidores. Su carne es como morder mantequilla.

—No importa. La carne la pongo yo.

—Creo que será más sencillo si…

—No —dijo Kalju.

—Claro, mientras Jakob quede contento —dijo.

El gato estaba de vuelta entre las piernas de Lennie. Había empezado a moquear. Intentó apartarlo con el pie, esta vez un poco más fuerte.

—*Jussi*. —Kalju Saagim cogió al animal y le rascó la nuca.

—¿Qué música habrá?

—Estaba pensando en algo moderno, bailable.

—Vale.

—Y luego están las chicas —dijo Lennie con una sonrisa. Tanteó con la mano para coger la mochila, donde tenía la carpeta que Hockey le había preparado. Se la había dejado en el pasillo.

—Un segundo. —Se levantó.

Incomprensible. ¿Por qué trabajaba Jakob con aquel tipo? ¿Quién era? El salón lo desconcertó todavía más. A un lado: equipo de música de marca, sistema de altavoces sofisticado y un delgado portátil último modelo. Al otro: sofá desgastado lleno de arañazos. Una estructura para que el mierda del gato pudiera trepar, con tablillas de madera forradas de peluche y que llegaba hasta el techo. Al lado de la ventana había una nevera que parecía sacada de una cocina industrial. Lennie se detuvo por mera curiosidad. Abrió con cuidado.

La nevera estaba llena de bistecs envasados al vacío.

La presentación de Hockey era realmente buena. Impresiones en hoja completa en cuatricromía, los nombres de las chicas y sus medidas en texto dorado sobre recuadro de fondo negro. Kalju Saagim fue pasando hojas. La sonrisa que Lennie se había esperado, la que las fotos de mujeres bonitas siempre conseguía sonsacar, no llegaba. Ni siquiera un atisbo de ella. La expresión de su cara era la de alguien que estaba leyendo anuncios publicitarios de una revista de pesca.

De pronto Kalju se detuvo.

—Ella no —dijo el finés.

«Joder, no», pensó Lennie.

Riiitsch.

Arrancó la página entera.

—Ha habido un error —dijo Lennie—. Solveig no iba a participar.

Solveig Berg. Bajo ninguna circunstancia. Costaba imaginarse una idea peor que dejar suelta a una periodista desesperada. Menos mal que el finés estaba de acuerdo en eso.

—Ehm… luego había otra cosa —dijo Kalju.

Lennie estaba preparado. Había contado con que «la pregunta» iba a ser puesta sobre la mesa. Pocas veces era formulada abiertamente, lo normal era expresarla en forma de insinuaciones, deseos entre líneas, o como una broma burda, entre tíos. Kalju Saagim bajó la mirada.

—Tiene que haber una mujer cerca de Jakob toda la noche —dijo Kalju.

—¿Qué quieres decir?

—Sabes lo que quiero decir.

Lennie era profesional, tenía su forma de aparentar y asentir de manera prometedora. Si a las chicas les parecía que los hombres tenían buena pinta o su punto interesante, como Jakob Adler, las cosas casi siempre se acababan resolviendo. Estarían dispuestas a llegar hasta el final. Sin embargo, Lennie siempre se cuidaba mucho de no ir haciendo promesas, no era un proxeneta. El cliente casi siempre se quedaba contento de todos modos, y él tenía las espaldas cubiertas. Todo era voluntario.

—Tienes que garantizar que Jakob sea cortejado.

Lennie hizo una mueca exagerada de incomprensión ante el arcaico término que Kalju había empleado.

—No trabajo así —dijo—. Ya lo sabes. Jakob lo sabe. Esto no son tías de pago.

—¿Me estás escuchando? Lo único que he dicho es que Jakob sea cortejado.

Lennie cerró la carpeta y se puso de pie. Un bufido se oyó debajo de la mesa. Le había pisado la cola al gato.

—Tu jefe quedará más que contento —dijo Lennie.

46

Sábado 20 de mayo, primera hora de la tarde

$\mathcal{H}$abía bullicio en la pastelería Konditoriet, en el centro comercial Sturegallerian. Solveig estaba sentada con su ordenador tomando café en una taza de porcelana fina de color blanco. Era lo último. Pocas ciudades absorbían tendencias a la velocidad con que lo hacía Estocolmo.

Buscó a Elina Olsson en Google.

Constató que su perfil de Facebook había desaparecido, definitivamente. Entró y leyó el hilo sobre Elina en el foro Flashback para ver si había pasado algo por alto. Fue saltando los típicos resultados de cotilleo y fotos y al final acabó en un hilo sobre ninfomanía. Hizo una nueva búsqueda entre las trescientas cuarenta entradas.

Bingo.

Un usuario que se hacía llamar Soulopia escribía que Elina Olsson era una prueba de que las ninfómanas existen de verdad.

«… Elina nunca le dice no a nadie ni a nada… una ninfómana no puede ser violada. Es imposible por definición. Un oxímoron. El rumor de que Lennie Lee la hubiera sometido a una violación/sexo sorpresa es, precisamente, eso… un rumor. Quizás ella sea incluso mitómana…»

Solveig se quedó atónita.

Si el rumor tuviera un mínimo de verosimilitud, explicaría la ruptura de la amistad entre Elina y Jennifer. Explicaría el odio que Elina le profería a Lennie. Sobre todo, explicaría

la visita de Jennifer a Madam Zandra. Jennifer estaba enamorada del mismo hombre que había violado a su mejor
amiga. Probablemente, echaba de menos a Elina pero no era
capaz de renunciar a Lennie. Los quería a los dos.

Siguió leyendo.

Una fulana infelizmente enamorada era lo más peligroso
que puede haber, escribía alguien. Otro aseguraba conocer a
Lennie Lee y decía que era imposible encontrar una persona
más buena y de mejor corazón que él. Soulopia comentaba
en otra entrada:

«Además, Elina continuó relacionándose con Lennie DESPUÉS
de la supuesta violación».

Solveig se quedó de nuevo estupefacta.

El avatar.

Un hombre con sombrero de copa entrando en una oreja.

Soulopia había elegido el mismo motivo que el cuadro
del recibidor de Dan Irén.

De repente su mente dio un vuelco.

Dios mío.

Jennifer y Dan Irén se conocían. Estaba en los alrededores la noche de su muerte. Y por lo visto tenía su propia teo-
ría sobre lo que le había pasado a la antigua mejor amiga de
Jennifer.

En el centro comercial la gente entraba y salía de las tiendas; había quien se detenía en un escaparate para luego seguir andando. Una mujer joven destacaba en el entorno im-
poluto: llevaba protectores azules de plástico en los zapatos
para no dejar rastro e iba soplando fuerte una armónica. A
diez metros de distancia, sus amigos se reían entre aplausos.

El móvil tintineó. Un mms.

«Número oculto.»

El mismo remitente anónimo que le había mandado
mensajes anteriormente. Pero ahora venía con una imagen.

Una foto borrosa de Solveig. Azulejos en el fondo.

Solveig la amplió. Reconoció el patrón en zigzag de las
toallas. La trompeta en el pasillo. Era en su casa. Pero no era
ella la que la había tomado.

Dio un respingo al oír un segundo tintineo.

«Número oculto.»

Nueva imagen.

Las sillas. El bar. Latón, madera y mármol. «Es esto», le dio tiempo a pensar antes de darse la vuelta, casi volcando la taza de café en la mesa.

Miró en todas direcciones a la vez.

Gente tomando algo y que parecía hablar de cosas normales, varias personas estaban sentadas como ella, con un portátil y trabajando. Miró la foto más de cerca. Parecía estar tomada desde la caja.

De repente había un hombre en la cola que la saludó con la mano.

El cuerpo de Solveig se heló.

Vio cómo el hombre pagaba, recibía un vaso de cartón con café y se acercaba a su mesa.

—Gracias por la otra noche —dijo Dan Irén.

—Hola…

Él la observó. Los ojos entornados, como de costumbre.

—¿Ha pasado algo? —preguntó Dan Irén.

—No lo sé… ¿ha pasado algo? —dijo Solveig.

—Te veo nerviosa.

—No, por dios, demasiado café —dijo Solveig y dirigió la mirada al centro comercial.

En la barra de champanes había un hombre mayor tomando una copita de media tarde. Solveig habría hecho cualquier cosa para tomarse una ella también.

—Así que escribes en Flashback —dijo.

Dan miró el ordenador, donde el hilo sobre Elina seguía abierto. Se mostró impasible.

—Oye, tengo que irme. Voy a dar una clase sobre disonancia cognitiva en el mundo de los bancos —dijo.

—¿Un sábado? —dijo ella.

—En mi trabajo los días de la semana no existen.

—¿Tienes el número de Elina? —preguntó Solveig.

Dan sacó el móvil. Solveig lo miró fijamente, como si fuera a saber si también era él quien había mandado los mensajes.

—Así —dijo—. Ya lo tienes.

Le pasó el contacto.

—¿Qué es la disonancia cognitiva? —preguntó Solveig.

—Cuando tu imagen del mundo no coincide con la realidad. Un asesino puede sentir culpa y arrepentimiento por su crimen y los gestiona a base de cambiar de postura frente a los asesinatos.

Dan Irén le dio un abrazo y se despidió.

Solveig respiró hondo. Después marcó el número de Elina y apretó el botón verde.

Elina Olsson lo cogió.

—Hola, soy Solveig. Solveig Berg.

—Ah —dijo Elina.

—¿Estás ocupada?

—Sí.

—Estoy merendando en Sturegallerian y he pensado que a lo mejor estabas por aquí cerca. Si quisieras pasar y tomar un café…

Elina no dijo nada.

—O sea, charlar un poco, solo —continuó Solveig.

—¿Se trata de Jennifer?

—No, solo pensaba que… —Solveig se interrumpió. ¿Qué le iba a decir?

—No me va bien —dijo Elina.

—¿Y mañana?

—Ahora tengo muy poco tiempo.

—Es muy importante.

Elina guardó silencio unos segundos.

—Esta noche estaré en Berns. Pásate —dijo.

47

Sábado 20 de mayo, última hora de la tarde

*E*l timbre resonó en el hueco de la escalera. Lennie aguzó el oído para percibir los pasos de Marika en el interior del piso. Llevaba un ramo con veinte rosas rojas y un regalo de Agent Provocateur. Después de dos noches en el sofá de la redacción, por fin Marika le permitía volver a casa. Qué alivio. Necesitaba darse una ducha y arreglarse para el programa de televisión en Berns esa misma tarde.

Volvió a llamar.

—Sííí —se oyó desde dentro.

La puerta se abrió.

Marika Glans llevaba un chándal de terciopelo de Juicy Couture. Iba muy maquillada, como de noche, mucho colorete y largas pestañas postizas, el cabello lo llevaba suelto.

—Hola, cariño —dijo Lennie y se inclinó para darle un beso en la mejilla.

La palma de la mano apareció por total sorpresa.

Notó un escozor y un pitido en la oreja.

Lennie se quedó quieto sin mover un músculo. Ella le dio otro bofetón.

Probablemente se lo merecía.

—Lily Hallqvist. ¿En qué estabas pensando?

—No significó nada, nada en absoluto —dijo Lennie.

Ella lo miró con asco en los ojos.

—Me he portado como un cerdo. Di lo que tengo que hacer para que me perdones. Haré cualquier cosa. Lo que quieras. Marika, te quiero.

El papel de celofán crepitó ruidosamente cuando Lennie

le entregó el ramo de flores. Para su gran alivio, ella aceptó el regalo. Marika se alejó por el pasillo. Lennie la siguió.

Marika se sentó con el regalo en el borde del escenario del salón y arrancó el papel de seda negro. Las barras de baile brillaban detrás de ella mientras desdoblaba un kimono de seda con bordados en la espalda. «*Diamonds are Forever*», ponía.

—¿Te gusta?

Ella asintió brevemente con la cabeza.

—Pensé que estarías tremendamente sexy con eso. Te queda bien todo, pero ¿verdad que era ese del que habías estado hablando? Por favor, pruébatelo. Bueno, si te apetece, claro.

Marika se llevó las manos a la cara y miró con gesto dramático entre los dedos.

—Tengo dolor de cabeza. Es de lo más penetrante, así que, por favor, no empieces a decir chorradas.

—Te quiero.

—Ya.

—Estás radiante.

Estuvieron un rato sentados en silencio. En la ventana había un gran jarrón chino que Lennie había recibido como regalo de Dan Irén cuando se mudaron al piso. Puso las flores en él y soltó la cinta que las unía, dejando que el ramo se abriera. El aroma era intenso.

—¿Y Jennifer? —dijo Marika. Se echó el pelo hacia atrás. Sus movimientos eran cortos, abruptos.

—¿A qué te refieres?

—Ya sabes a qué me refiero.

—No.

—¿No estuviste con ella?

La inseguridad le entorpecía el pensamiento. ¿Si estuvo con ella en el sentido de haber tenido sexo? ¿Si estuvo con ella… cuando pasó aquello?

—Cariño… —intentó.

Los ojos de Marika se oscurecieron.

—¡Di!

Él cogió aire y trató de sonar sereno.

—Lo que ha pasado con Jennifer es una tragedia incomprensible. Ella ya no está. Se ha ido. No te puede ir bien pensar en ella.

—¿Estabas con ella cuando murió? Por si te lo preguntas, no soy solo yo quien quiere saber.

Lennie tragó saliva.

—Alguien me llamó mostrando mucho interés y preguntando un montón de cosas.

Marika se subió la cremallera con la cereza de oro de la chaqueta de terciopelo.

—¿Quién?

—Alguien a quien los dos conocemos. Quería saber qué hiciste aquella noche. Si yo te vi todo el rato…

«¿Solveig? Joder.»

—Pero ¿quién era?

Marika miró al cielo.

—Y ¿qué le dijiste? —le preguntó Lennie.

—La verdad.

—¿Cómo que la verdad?

—Pues eso, lo que yo vi.

Lennie se la quedó mirando.

—Que estuviste conmigo, vaya.

—Le dije la verdad. Nada más.

—Si no estaba contigo, estaba con Hockey. Él lo puede corroborar —dijo Lennie.

—Ya.

—Puede hacerlo.

Nuevo silencio.

—¿Por qué te tiraste a Lily?

—No me tiré a Lily.

—Yo soy más guapa que ella. Y estoy más delgada.

—No te compares. Lily es una fulana.

—Entonces ¿por qué carajo me fuiste infiel con ella?

—Marika, no lo sé… por favor, ¿no puedes perdonarme?

—¿Te tiraste a Jennifer también?

—No —dijo Lennie tajante—. Desde luego que no.

Le sudaban las manos. Se las secó en los pantalones.

—Me duele tanto la maldita cabeza —jadeó Marika.

Lennie sabía que iba a necesitar su ayuda. Debía ganársela otra vez.

—Vayámonos a Copenhague. Solos, tú y yo.

48

Sábado 20 de mayo, noche

*L*a noche era cálida. El aire pesaba como en las horas previas a una tormenta. Solveig estaba de pie en la terraza de Berns oteando la cola que se prolongaba por el parque de Berzelii.

Había vuelto corriendo a su casa, había revisado todo el cuarto de baño y había hecho un desagradable descubrimiento. Estaba encima de la secadora. Una cámara, escondida. Casi imposible de descubrir. La lente era de apenas unos milímetros e iba conectada a un cable que estaba fijado con cinta americana. Había llamado a la policía, que en esta ocasión había acudido enseguida.

La brisa hizo ondear su vestido negro a la altura de sus gemelos. En el Chinateatern, el edificio contiguo, el musical parecía haber terminado. Gente bien vestida salía a raudales, prendían fuego a los cigarrillos, se subían a los taxis. Eran las diez y media. A Elina no se la veía por ninguna parte. Solveig se había paseado por todas las salas sin dar con ella. En cambio, Lennie Lee sí que estaba allí, había subido una entrada a Facebook. Estaba sentado en algún camerino en una sesión de maquillaje. Abajo, en el gran pabellón, habían ido poniendo mesas con manteles blancos, copas de vino y cubiertos en varias tandas. El personal de la productora preparaba la imagen y el sonido.

Solveig se acercó a la barra. Pidió una cerveza y dejó que la espuma se redujera hasta desaparecer. Las burbujitas ascendían en finas hileras. Desde luego, este trabajo no era saludable para ella.

Volvió a entrar.

La amplia escalera de piedra la condujo hacia abajo, cruzó el vestíbulo donde los vigilantes dejaban pasar o no a los clientes, continuó hasta el sótano y la sala del guardarropa y los lavabos. El bar estaba a la izquierda. Una cuerda roja y otro guardia. El hombre la examinó. Se tomó su tiempo, pero finalmente quitó la cuerda.

—Bienvenida. Otra vez.

La iluminación era tenue. Música electrónica de fondo. Había poca gente, no estaba vacío pero sí más tranquilo de lo que cabía esperar. En uno de los últimos taburetes, una mujer sola que se apoyaba en la barra.

Solveig fue hacia ella.

—Hola.

Elina Olsson le ofreció el taburete de al lado.

—¿Qué tal? —Solveig tomó asiento.

—Bien —dijo Elina. Estaban a oscuras, pero aun así se le notaban las ojeras. A Elina se la veía consumida, demacrada.

—¿Acabas de llegar? —preguntó Solveig.

—Hace un rato —dijo Elina—. Bonita chaqueta.

—¿Esta? La encontré de rebajas.

—¿Whyred?

—Sí.

—Tienen cosas chulas.

Elina le lanzó una mirada al camarero. Le dio instrucciones en mímica y el chico asintió con la cabeza. Poco después, le sirvió una bebida marrón con hojas de menta.

—¿Qué tomas? —preguntó Solveig.

—Ron y cola light —dijo Elina y removió el combinado en la copa.

—Recuerdos de parte de Dan Irén. Me lo crucé ayer en Sturegallerian.

—O sea que ahora sois buenos amigos.

—No del todo. Lo he denunciado.

A Elina le hizo gracia.

—¿Por?

A Solveig no le apetecía contarle lo de las fotos y que habían entrado en su casa, así que le salió con otra pregunta:

—¿Verdad que os conocéis bastante bien?

—Creo que no se puede conocer a Dan Irén —dijo Elina.

—¿Por qué no?

—Es de esos tipos a los que crees conocer y luego te das cuenta de que en verdad nunca revela nada de sí mismo. Hace años que andamos juntos, pero apenas sé quién es. Vale, a veces solo te apetece hablar de tus cosas, y él sabe escuchar.

—Pero es muy activo en los foros de internet —dijo Solveig.

—Ah. ¿En cuáles?

Solveig quedó desconcertada. Costaba imaginarse que Elina no hubiese visto el hilo, cuando todo el mundo se buscaba a sí mismo en Google. O eso, o por algún motivo estaba haciendo como que no lo sabía.

—En Flashback se hace llamar Soulopia.

—Qué nombre más raro —dijo Elina.

—Sí, puede ser. Por cierto, no te he podido encontrar en Facebook —dijo Solveig—. ¿Has cerrado tu cuenta?

—Sí, por dios, me robaba demasiado tiempo.

Solveig arqueó las cejas. Elina no tenía ningún empleo, que ella supiera, aparte de hacer de modelo.

—Tiempo, ¿de dónde?

—Secreto, por el momento.

—Prometo que quedará entre nosotras.

Elina soltó una carcajada, como si fuera la promesa más vacua que le hubieran hecho nunca.

—En serio —dijo Solveig.

—Estoy dirigiendo el proyecto de lanzamiento de un nuevo tratamiento de belleza con piedras preciosas. Va a ser muy grande. Y yo seré la portavoz, o sea, la cara pública. Todos, y con eso me refiero a realmente todos, escribirán sobre ello. Superemocionante, pero la logística debe quedar bien atada.

—¿Y cuándo lo lanzáis?

—La semana que viene, bueno, si todo sale según lo planeado —dijo Elina.

—¿Por qué no iba a salir?

Elina miró al frente. El camarero había alineado cuatro

copas. Mezclaba las bebidas con método e intensidad. Hielo, fruta troceada, alcohol y azúcar diluido. Cortó una lima para decorar.

—Como te decía. Hay muchas cosas que tienen que cuadrar, y no depende todo de mí. Hay que saber delegar. Dejar que otros hagan el trabajo pesado.

Elina se terminó el combinado y echó la cabeza atrás para apurar las últimas gotas. Después miró a Solveig.

—¿Qué querías de mí?

Solveig respiró hondo.

—Sé lo que pasó —dijo—. Sé lo que Lennie te hizo. Y no creo que Jennifer se quitara la vida. Puede que esto suene un poco raro, pero creo que Dan Irén…

Pensó en el mensaje de texto y el allanamiento de su casa. Podía demostrar que Dan Irén estaba en la cafetería de Sturegallerian cuando recibió la imagen de sí misma. La que había sido tomada allí mismo. Y se podía demostrar que Dan tenía experiencia en filmar a la gente en sus casas. Solveig había creído que él la había perdonado. Quizás estaba tan profundamente ofendido que había decidido vengarse a base de entrar en su casa, literalmente hablando. Pero ¿eso de Soulopia? Haberse sentido humillado por Solveig no era motivo para asesinar a Jennifer. ¿O acaso podía ser que Jennifer lo hubiese herido anteriormente? Quizá había hecho algo que Solveig desconocía. Tal vez la explicación era que Dan tenía un trastorno narcisista grave.

—Creo que Dan Irén puede haberlo hecho —dijo.

Elina clavó los ojos en Solveig.

—Lennie mató a Jennifer.

Un hombre desconocido que aun así tenía un aire familiar se acercó a donde estaban. Le puso una mano en el hombro a Elina.

—Y aquí están las gatas.

Era Rickard Ringborg. Humorista de principios de los noventa, aún hoy muy querido por el público. El cómico olía fuerte a menta y parecía mucho más viejo que en televisión. La piel entre la boca y la nariz mostraba arrugas, el blanco de los ojos tenía un matiz amarillento y en las manos se veían marquitas de nacimiento. Elina le dio un beso en la mejilla.

—Bueno. ¿Dónde habéis escondido a Lennie? —preguntó. Su mirada era acuosa. La sonrisa alisaba parte de las arrugas al mismo tiempo que generaba otras.

—Aquí no —dijo Solveig.

Rickard Ringborg captó la atención completa del camarero, pidió otra cerveza en botella y luego se volvió de nuevo hacia ellas.

—Hay que aguantar toda la noche, ¿sabéis? —dijo y bebió un trago a morro—. Hay que agitarle bien las plumas, a nuestro querido Lennie Lee.

—Va a sudar de lo lindo —dijo Elina.

Solveig guardó silencio.

—Eso mismo. ¿Cómo os va, chicas?

¿No era la medición del tiempo una cualidad decisiva en el oficio de Rickard Ringborg? ¿No se daba cuenta de que sobraba? ¿De que debería marcharse? Tragó haciendo ruido y miró los pechos de Elina.

—El cajón de arriba bien salido.

Estuvo a punto de tocarla con la mano, pero Elina se la apartó de un guantazo.

—Vete.

El cómico imitó el bufido de un animal y las dejó solas.

—¿Iba borracho, o qué? —preguntó Solveig.

—Alcohol y pastillas —dijo Elina.

La música latía con cadencia. El camarero seguía el bajo con movimientos exactos de cabeza al tiempo que daba un giro y pasaba un trapo por la barra.

—Has dicho que Lennie...

—Él lo hizo. La empujó.

—Pero ¿por qué?

—Es un cabrón lleno de frialdad.

—¿Cómo sabes que fue Lennie?

—Como tú has dicho. Jennifer lo amenazó con revelar su pequeño... lío.

—¿Dejasteis de ser amigas porque ella se enamoró de él?

—Él me violó.

—¿Me lo quieres contar?

—No hay mucho que decir. Hace diez años. Lennie fue lo bastante estúpido como para ir presumiendo de ello en la redacción donde trabajaba entonces. Yo tenía dieciocho años y estaba prometida con el redactor jefe.

—¿Qué pasó?

—Fue una tarde, un sábado o un domingo, estábamos solos en la redacción.

Elina sonaba indiferente.

—Me preguntó si podía sacarme algunas fotos. Era nueva en el mundillo. Me estaba probando. Yo también me probaba a mí misma. Quería que posara desnuda en una silla con solo unas zapatillas feas de deporte, como Victoria Silvstedt. Ya sabes cómo es Lennie, hace broma de todo. Puede poner la voz del Pato Donald y decir «Pon cara de querer follar, ¡dame tu *fuckface*!». Así es Lennie. Pero de repente me pidió que se la chupara. Pensé que seguía de broma. Un instante después tenía su polla en la boca, y lo hice. No quería, pero no dije nada. Intenté apartar la cabeza, hacer que parara, pero no pude. Él me sujetaba.

—Joder.

—Me entró el pánico. Él se transformó, su cara y sus movimientos se volvieron diferentes. Me ató las manos con cinta americana. Cuando salió de la habitación oí que echaba el pestillo de la puerta de entrada. Volvió con un trípode. Después ya no recuerdo nada más.

—Dios mío —dijo Solveig.

—Luego me amenazó con distribuir las imágenes si decía algo.

—Y se lo contaste a Jennifer.

—Íbamos a destrozarle la vida —dijo Elina.

—Pero ella se enamoró —dijo Solveig.

—Perdoné a Lennie. O me traicioné a mí misma, depende de cómo lo mires. Lo echaron, después mi novio de entonces me dejó porque le parecía que me había vuelto una guarra. Por muy raro que suene, Lennie se convirtió en un consuelo. Me escuchaba, estaba ahí. Me ayudó a encontrar un piso, cuando empezó *Glam* nos daba los mejores trabajos a Jennifer y a mí.

Elina le hizo un gesto con la cabeza al camarero. Otra copa.

Solveig recordó la noche en que Jennifer murió. A las personas que había visto sobre la medianoche, la «hora del suicidio». Había estado con Dan Irén, pero no toda la noche. A Lennie no se le había visto en un buen rato. Pero tampoco a Marika. Ni a Elina.

—Así que seguiste trabajando con él.

Elina no respondió.

—¿Qué ha pasado con las fotos que te hizo?

—Hace tanto tiempo… Usó una cámara analógica, o sea, con carrete. Que yo sepa, Carlos Palm destruyó los negativos. Pero oí que las fotos llegaron a ser reveladas y que están en un sobre rojo —dijo Elina.

Se levantó. Cuando fue a recoger el bolso, la manga del vestido se le enganchó en el taburete. La cartera y varios objetos rodaron por el suelo. Jeringuillas y pequeños tarritos de vidrio. Elina se apresuró a guardarlo todo.

—Son muestras. Bótox y rellenos. Las piedras preciosas tienen un efecto increíblemente fuerte. Vamos a ofrecer visitas a domicilio.

—¿Adónde vas?

—Lennie perdió el control cuando Jennifer amenazó con revelar el asunto que tenían. Igual que le pasó conmigo. Pero a ella la mató, y ahora lo va a confesar —dijo Elina, y bajó la voz—. En directo.

49

Sábado 20 de mayo, noche

*E*l camerino era un cuarto de exiguo mobiliario, en una planta por encima del escenario. El suelo de parqué estaba lleno de marcas, y en las paredes colgaban fotos en blanco y negro de los cantantes Titiyo y Petter. Lennie se miró al espejo. Siete bombillas en el marco le hicieron descubrir cosas que nunca veía, como que se había dejado un par de pelos entre las cejas. La crema de efecto bronceador que le había puesto la maquilladora hacía que sintiera la cara gruesa y pegajosa. Tuvo que esforzarse para no secarse la frente con la manga de la camisa sin querer. La actuación iba a salir bien. Estaba acostumbrado. Ni siquiera lograba recordar cuántas veces había hecho esto. El programa era nuevo, pero las preguntas eran siempre las mismas.

Las chicas. Los rumores. El futuro.

Le gustaba hacer televisión, sobre todo en directo, tenía un nervio especial; entonces se volvía más divertido, más guapo e irradiaba aún más éxito. Del mismo modo que algunas de las chicas sufrían una metamorfosis cuando pasaban por su objetivo. Elina Olsson, por ejemplo. En carne y hueso estaba de bastante buen ver, pero en las fotos, ¡las fotos! Era otra persona, era como si la cámara borrara hasta el menor defecto que pudiera tener y daba paso a una belleza hechizante.

Lennie se trasladó al sofá y sacó una botella de la caja. ¿Abridor? No parecía haber. Apoyó la botella en el canto de la mesa y golpeó la chapa hasta que la cerveza soltó un suspiro, luego se acomodó.

¿Quién había usado el pase de Jennifer? En cualquier caso, ahora ya estaba anulado.

¿Y quién había llamado a Marika?

Lennie dio un par de tragos largos a la cerveza tibia.

A lo mejor Marika había mentido. Se lo había inventado todo. Ella lo conocía, sabía que se iba a poner paranoico, que este asunto de Jennifer le dolía, lo angustiaba. Ella notaba esas cosas. Era una de las maneras que tenía de acercarse a él. Aun así, Lennie intuía que Marika le había dicho la verdad.

El móvil vibró.

Mensaje de Kalju Saagim:

«Cambia la temática. Nada de años setenta».

Maldita sea. Cerveza en la camisa. Una gran mancha en el pecho. Miró el reloj, media hora para la emisión. Tendría tiempo de secarse. Le sudaban las manos, su estómago estaba inquieto. ¿Se le veía nervioso en el escenario? No, la gente nunca notaba esas cosas, desde fuera no se veía. Además, siempre le entraba un agradable subidón que podía con todo lo demás en cuanto la cámara empezaba a funcionar.

Inspira, espira. Relájate. Inspira… espira. Se imaginó un extenso mar de color azul. Olas perfectas para surfear que rodaban hacia la playa, como en sus pósteres de adolescente en Tranås. El bullicio, el túnel, la rotura y la espuma.

Lennie dio un respingo.

La puerta se abrió en mitad de una ola.

Elina Olsson. ¿Qué estaba haciendo aquí?

—Justo estaba pensando en lo bonita que eres.

La puerta se cerró de nuevo. Los tacones repicaron en el suelo cuando Elina se acercó al tocador. En casa él solía pedirle a Marika que se paseara con tacones solo para oír el ruido. Le encantaba. ¿Existía como app? Si no, tenía una idea de negocio.

Elina dejó el móvil, cogió un rímel y jugueteó con el tapón. Miró a Lennie.

—¿Estás nervioso? —le preguntó.

Lennie sonrió.

—¿Debería estarlo?

—Yo me encontraría fatal, si fuera tú.

—Elina, creo que has estado un poco tensa últimamente. ¿Necesitas un masaje?

Se oyeron voces al otro lado de la pared. Habían empezado a calentar al público. Elina se sentó a su lado, en el apoyabrazos. Las piernas cruzadas. Él se fijó en que iba sosteniendo el móvil como si estuviera grabando, pero la pantalla estaba en negro.

—¿La echas de menos? —le preguntó Elina en voz baja. Su mirada era sombría. No había nada de hechizante en ella.

—¿Quieres una cerveza? —preguntó él.

—¿Te sientes vacío? ¿O a lo mejor incluso un poco aliviado? Nada de problemas en casa.

Lennie se quedó de hielo. Esta tía estaba realmente mal de la cabeza.

Le alzó la voz.

—Todo el mundo sabe lo que pasó. Una auténtica tragedia, pero ella ya no podía más, se quitó la vida.

—Tanto tú como yo sabemos que no fue así.

—Corta.

—Jennifer pensaba contarle a Marika lo vuestro. Salisteis y os peleasteis. Después estaba muerta. ¿Verdad?

—Deja de ser una amargada. Estás mosqueada porque ella me quería a mí y no a ti. Tendrás que aprender a vivir con ello.

—¿Te acuerdas de cuando me sacaste las fotos, aquellas que amenazaste con publicar si yo…?

—Quiero que te marches, ahora.

—¿… contaba lo de la violación?

Lennie se quedó callado.

—Llevo mucho tiempo sin ver a Carlos —dijo Elina.

Su cabello brillaba a la luz de la lámpara del techo. Era liso y sin volumen, se la veía diferente. Mayor. Sus ojos parecían estar más hundidos. Hablaba más deprisa.

—Pero tú a lo mejor sabes dónde está.

Lennie apartó la mirada, no aguantaba verla. La rabia lo hacía hervir por dentro. Pero por fuera se mantenía tranquilo, no pensaba entrar en el juego de Elina.

—Sé lo que me hiciste. Sé lo enfermo que estás. Pero esta vez no tienes fotos para amenazarme.

A Lennie no le gustaba nada lo que hacía con el móvil. Lo tenía en alto, delante de él. ¿Estaba grabando? ¿Estaba grabando lo que decían? La agarró del brazo. Le arrancó el teléfono de la mano.

La pantalla se iluminó. Una línea roja en la parte superior. Elina estaba grabando.

Algo estalló en su interior.

La ira se desbordó.

—¿Qué coño es esto? —gritó—. Ibas a reproducirlo, ¿verdad? Durante mi *show*. Ibas a…

La derribó sobre el sofá.

Ella cayó hacia atrás, chocó con el respaldo.

—Suéltame —espetó Elina.

Intentaba liberarse, tenía una fuerza inesperada, pero Lennie la agarró por las manos. Tenía las muñecas tan delgadas que pudo sujetarlas con una sola mano. Su pulso se aceleró.

—Vete a la mierda —resopló ella debajo de Lennie.

Las risas resonaban en el salón. Lennie pudo entender algunas de las palabras que decía el presentador.

«La respuesta de Suecia a Hugh Hefner… necesita la misma cantidad de Viagra para levantarla.»

La actuación se acercaba. Lennie lanzó el móvil de Elina contra la pared, fuera de sí. La pantalla reventó. El aparato cayó al suelo.

Elina forcejeaba.

Gritaba.

Intentaba soltarse.

Pataleaba en el aire, se retorcía como una larva bajo el peso de Lennie.

Fuera rebotaban palabras sueltas. Más risas. Las paredes eran demasiado delgadas. Lennie la presionó contra el sofá y le tapó la boca.

—Cierra el pico.

El dolor le recorrió todo el brazo.

La maldita zorra le había mordido la mano.

La productora no tardaría en llegar, la puerta podía abrirse en cualquier momento. Su cabeza iba a mil por hora. Lennie cogió un cojín y lo aplastó sobre la cara de Elina. Una marca roja palpitaba en su mano, pero no sangraba.

Elina continuó luchando bajo el cojín.

—Estate quieta —rugió Lennie.

Apretó más fuerte para silenciar los gritos. Los segundos pasaron, el tiempo desapareció. Por fin ella se calmó. Lennie siguió sujetándole las muñecas y levantó con cuidado el cojín, dispuesto a volver a taparle la boca con él en cualquier momento.

Llamaron a la puerta.

Dos golpes breves. En la cabeza de Lennie, el ruido pareció un terremoto.

—¿Lennie?

Al otro lado, la voz de la productora. En un abrir y cerrar de ojos Lennie estuvo de pie y pescó la capa negra de maquillaje.

—Un segundo.

La extendió sobre Elina y abrió la puerta.

—Ya es la hora —dijo la productora.

Él evitó su mirada.

—Dame un minuto.

—Date prisa.

La mujer dejó la puerta entreabierta y desapareció con paso apresurado. Lennie la cerró. Respiró hondo. Le temblaba todo el cuerpo. Se le retorcía el estómago, las piernas tiritaban. Quería vomitar. Inspira, relaja. Inspira, relaja.

De vuelta al sofá, con cuidado, quitó la capa. Después el cojín. La empujó. No reaccionó.

La volvió a empujar. No reaccionó.

Elina Olsson estaba muerta.

50

Sábado 20 de mayo, noche

*L*os alrededores del matadero, detrás del estadio Globen, estaban desiertos. Algunos de los pasillos grises de ladrillo estaban iluminados, pero no se veía a nadie. Kalju Saagim aspiró el olor a carne ahumada que flotaba en el aire. Faltaban veinte minutos para las doce de la noche y el vigilante, un hombre con un pastor alemán, había hecho su ronda y no volvería hasta media hora más tarde.

Durante el día era un lugar de comercio y empaquetado de carne y charcutería, con tiendas de embutidos, mayoristas y alguna que otra empresa desconocida. Los políticos de la ciudad tenían grandes planes para la zona, iba a convertirse en un bulevar lleno de vida y locales nocturnos. Un barrio de ocio subterráneo. Pero por el momento no se veía nada de eso, pasadas las ocho de la tarde, las viejas calles del matadero se tornaban un pueblo fantasma.

Al mayorista Franssons Delikatess le había llegado una partida grande de piezas de primera calidad. Como de costumbre, el soplo se lo había dado el contacto que Jakob Adler tenía dentro. Kalju había sido provisto de un pase y código nuevos. La furgoneta estaba aparcada en el muelle de carga justo allí fuera. Nueva matrícula. Nuevo logo. «Restaurante y Catering AB», ponía en la chapa negra.

Kalju echó un último vistazo a su alrededor.

Después subió al muelle de cemento, pegó la tarjeta al lector e introdujo el código para desactivar la alarma. Se oyó un zumbido, un LED verde parpadeó dos veces.

Entró.

Era importante diseminar los hurtos, o las extracciones, como las llamaba Jakob. La zona del matadero no la visitaba más que cinco o seis veces al año. La mayoría de los chivatazos recaían sobre áreas de servicio y horarios en los que los conductores paraban para almorzar, o sobre entregas más grandes para hoteles y restaurantes. Solo en casos de emergencia, Kalju entraba en tiendas normales y corrientes con bolsas forradas por dentro con papel de aluminio que anulaban el efecto de los arcos de seguridad.

El almacén era una sala llena de palés de carga y toros mecánicos, igual que la última vez que estuvo allí. El suelo de hormigón estaba cubierto de manchas oscuras. El aire era frío y olía a metal. Kalju pegó el pase a un nuevo lector; ya estaba dentro de la cámara frigorífica.

El termómetro indicaba cuatro grados. Junto a las paredes había pilas de cajas de porexpán llenas de solomillo de cordero y de buey. Trabajó rápido. Llevó las cajas al coche de cinco en cinco. Después de tres viajes tenía casi ciento cincuenta kilos de carne roja. Suficiente para cubrir la fiesta de Jakob Adler, e incluso podría venderle una parte a Johan Stiernstedt o a alguno de los otros hosteleros a los que solía distribuir.

Un viaje más y habría terminado.

Kalju estaba a punto de salir con la última caja de porexpán cuando le vibró el bolsillo. El móvil. Había olvidado apagarlo.

Dejó caer la carga en el suelo.

—¿Sí? —respondió.

Jakob Adler al otro lado:

—Tienes que ir a Berns.

51

Sábado 20 de mayo, noche

*L*as coronas de cristal no emitían más que un leve resplandor, toda la luz estaba concentrada en el escenario. Solveig estaba al fondo de todo en el gran salón de Berns, mirando cómo los cómicos hacían reír al público con bromas sobre qué era o dejaba de ser masculino y sobre Lennie Lee como el mayor empresario de mujeres de toda Suecia.

Elina se estaba perdiendo el espectáculo.

¿Qué estaba haciendo, por qué no volvía?

No le contestaba el teléfono. Solveig tuvo un mal presentimiento. Pero también podía ser que Elina estuviera en el camerino. Pero ¿por qué iba a estar allí? ¿Y qué había querido decir con que haría que Lennie confesara en directo?

La cúpula del techo estaba pintada como si fuera un cielo. Había querubines desnudos flotando entre nubes porosas sin dejar de mirar a Solveig.

Nuevas carcajadas.

La mujer en el escenario, que se había hecho famosa por sus imitaciones de una bloguera con mucha cirugía plástica, se había puesto el uniforme de gala. Peluca y sujetador con relleno. Se rascó debajo de los pechos y preguntó si podía sacarle una foto a Lennie para su blog.

—Claro —respondió él, y miró a la cámara que la mujer llevaba consigo. Su sonrisa era forzada. Bebió agua del vaso que tenía delante, en la mesa.

—¡No! —dijo la mujer—. Ven aquí, ahora, sí, aquí, y date la vuelta.

Lennie se levantó. Ella enfocó con la cámara a su culo y sacó una foto.

—Bien. Ahí lo tenemos. El hombre del mes de los grandes medios.

En la pantalla de televisión apareció la imagen de un trasero.

Algunas risas.

Rickard Ringborg salió al escenario. Los aplausos aumentaron.

—¡Que paren las rotativas! *Glam Magazine* ya no existe. ¿Y de verdad que a él se le puede llamar hombre?

Solveig notó cómo la mirada de Lennie iba saltando, se detenía sobre las cosas equivocadas, miraba hacia la cámara que no tocaba. Ni siquiera se reía cuando debía.

Al público de las mesas se le sirvió café en tazas blancas acompañado de bombones de chocolate. Solveig reconoció a una de las cantantes de la banda Alcazar. Los invitados parecían sacados de una discográfica con buena salud. Como si The Pirate Bay no hubiera existido nunca. Hombres de mediana edad con cabezas rapadas y gafas de montura gruesa y una mujer más joven con pelo teñido de rojo y corte asimétrico.

Risas, aplausos y pullas. Lennie parecía cada vez más fuera de lugar, no seguía el ritmo de nada de lo que pasaba sobre el escenario, no seguía el ritmo de la música, no seguía el ritmo de sí mismo. Sin su actitud habitual perdía todo el atractivo; mirada errante como la de una ardilla y respuestas torpes. Solveig sentía vergüenza ajena.

El productor le hizo una señal al técnico de sonido de la coleta delgada y los grandes auriculares. *Instant Repeater 99* de Soundtrack of Our Lives comenzó a sonar con el videoclip que aparecía en pantalla. Lennie abrazado a Hugh Hefner. Lennie desnudo aferrado a Marika como John Lennon a Yoko Ono. Lennie con corona y atuendo rojo de monarca, con modelos desnudas a ambos lados.

Un hombre con gorra, pantalones oscuros de obra y guantes pasó con una carretilla unos metros por delante de Solveig.

Ella reaccionó al instante.

No pudo verle la cara, el hombre iba mirando el suelo, pero Solveig reconoció su forma de moverse, la postura ligeramente inclinada hacia delante.

—Kalju —gritó.

Él no la oyó.

—¡Kalju!

Él se metió por una puerta de paso restringido y subió las escaleras que llevaban al palco.

Solveig debía de haberse confundido. Era alguien que trabajaba allí.

¿O?

La música pereció. Los focos volvieron a apuntar a Lennie. Rickard Ringborg le pidió que diera sus mejores consejos a todos aquellos a los que les cuesta ligar cuando salen de fiesta. Al mismo tiempo, sacaron un arcón congelador a escena.

—Dentro de unas semanas… voy a… pres… presentar una nueva apuesta digital. —Lennie parecía estar sufriendo una repentina bajada de tensión. Perdió todo el color en la cara. Se iba a desmayar. Estiró el brazo para coger más agua.

—Interesante.

—Yo… sí… ehm. —Lennie se encallaba.

Rickard Ringborg miró a otra cámara. Cortó antes de que la situación se volviera insoportable.

—Gracias a todos los colaboradores, gracias al público y gracias a nuestro socio, VitalMan.

El cómico hizo un *moonwalk* hasta el arcón.

—Creo que te iría bien refrescarte un poco con un helado, tío —le dijo a Lennie.

Solveig vio los espasmos de Lennie. Estaba temblando.

Rickard Ringborg puso una mano en el asa del arcón congelador. Estaba a punto de abrir la tapa.

Lennie dejó caer el vaso al suelo.

Se levantó de un salto.

Y se tiró de cabeza con un bramido sobre Rickard Ringborg y el arcón congelador.

La incertidumbre recorrió todo el plató. El cómico se tambaleó, agitó los brazos y cayó al suelo.

Con Lennie encima.
Solveig abandonó su sitio.
¿Dónde estaba Elina?
Se fue corriendo a las escaleras que subían al palco.

Sábado 20 de mayo, noche

*E*l cuerpo estaba en el camerino. Kalju le había preguntado a Jakob Adler lo menos posible, solo lo estrictamente necesario. Muchos años atrás había trabajado en Berns fregando platos y no se había olvidado de cómo era el lugar.

La salida de emergencia quedaba unos veinte metros más adelante.

Se detuvo en el palco del gran salón y observó cómo algo realmente singular ocurría en el escenario de allí abajo. Tres vigilantes unieron sus fuerzas para sujetar al fotógrafo, mientras un cuarto inspeccionaba el contenido de un arcón congelador. Un montón de helado se derramó en el suelo del escenario. El productor le recordó al público la prohibición del uso de cámaras. Ordenó a todo el mundo que permaneciera sentado.

«Salida de emergencia—solo personal»

Kalju tenía solo unos pocos minutos. En el mejor de los casos.

La puerta de madera clara se deslizó. Al otro lado, todo tenía un aspecto diferente. Empapelado sucio de tela blanca y rojo oxidado, en un signo claro de ostentación, y revestimientos de madera cromada. Olía a comida recalentada. Kalju se caló la gorra todavía más.

Limpieza. Un cuerpo que debía ser trasladado, escondido, borrado. Esto era mucho más de lo que Jakob le podía pedir. No entraba dentro del acuerdo. Kalju era su asesor, había otros que se ocupaban de cobrar deudas y de limpiar.

Miró a la derecha.

El camerino.

El cerrojo se parecía al de los ferris de Estonia, con una ranura estrecha en la que había que insertar la tarjeta que hacía las veces de llave. La manilla apuntaba hacia arriba, la habían dejado sin cerrar.

El cuarto era austero. El mismo empapelado de tela que en el pasillo, un sofá raído de tela marrón y dos mesitas de centro cuadradas. A los artistas de peso solían meterlos en los mejores camerinos, la Habitación roja o la Sala de los espejos. En una ocasión en la que iban faltos de personal, Kalju había podido abandonar el fregadero para ayudar a preparar la Habitación roja. Un miembro de los Backstreet Boys quería diez cuencos de fruta llenos de melocotones blancos.

La puerta junto al perchero estaba cerrada.

Kalju se preguntó qué se iba a encontrar allí detrás.

Abrió con cuidado.

El cuarto de baño tenía las paredes de azulejos blancos, algunos de ellos agrietados. Detrás de la cortina había varias mantas abultadas en el suelo. Kalju apartó la tela de nylon y se agachó sobre el bulto, que era mucho más pequeño de lo que había esperado.

De pronto se sintió incómodo.

Levantó una de las toallas y se echó hacia atrás con tanta fuerza que estuvo a punto de perder el equilibrio.

Una mujer.

El pelo rubio enmarañado alrededor de la cara, haciendo que la piel pareciera aún más pálida. El pintalabios rojo se había corrido por toda la boca y la barbilla.

Pensó en Inna y en la casa de su infancia en Narva, en Estonia. La casa era discreta, de solo dos habitaciones. Kalju compartía la pequeña con su hermana. Solían quedarse despiertos por las noches esperando a que su padre volviera a casa. Los pasos delataban cuánto había bebido. Lo peor era cuando había perdido en el juego. Entonces las cosas caían al suelo, gritaba y podía arrancarles la manta de un tirón. Algunas veces amenazó con prenderle fuego a la casa, los obligó a salir a la calle mientras él maltrataba a su madre. Una noche la había tomado con Inna. Le había rajado la manta y había amenazado con matarla. Kalju sacó a Inna y consiguieron escapar a la arboleda que quedaba un poco más allá. Enseguida le pareció oír los gritos de su madre. Dejó allí a su hermana, volvió corriendo a casa. Cuando abrió la puerta, su padre sujetaba un cuchillo sobre el cuello de su madre.

Kalju miró a la joven chica del suelo. Los ojos entreabiertos, los brazos cruzados sobre el pecho. Dio un brinco. ¿Se había movido? Estaba seguro de que los orificios de la nariz se habían dilatado, como hacen cuando coges aire. Rápido. Los dedos en el cuello. No podía encontrarle el pulso con los guantes.

Ahora corría prisa.

El cuerpo seguía caliente y era manejable. Lo colocó en posición fetal, cogió un par de toallas y lo envolvió. Precintó el bulto. Las grandes bolsas de basura hicieron ruido al abrirlas con una sacudida. Metió el cuerpo y lo subió sin problemas a la carretilla, la mujer no pesaba demasiado.

Un vistazo rápido por el cuarto. Marcas rojas de pintalabios en uno de los cojines del sofá. Seguramente, el que habían usado para asfixiarla. Su mirada se detuvo en la mesita de centro. «Bienvenido, Lennie Lee.» Una hoja escrita a máquina, un saludo de alguien que firmaba cono mánager de eventos.

A Kalju lo invadió la cólera.

El fotógrafo.

Asesino.

Le latían las sienes.

Tuvo el impulso de quedarse. Esperar a que el hombre volviera y darle una paliza. Se obligó a quitarse la idea de la cabeza, cogió el cojín y el bolso de la chica, que estaba en el suelo, y volvió a la carretilla.

La música seguía sonando. Batería. La mejor manera de salir era la salida de emergencia, a través del sótano, pensó.

La cocina del personal quedaba a la izquierda. Dentro se veía una máquina de refrescos, había alguien sentado a la mesa. Levantó toda la carretilla y bajó por la escalera de caracol. Dos plantas y llegó al sótano. El suelo era de hormigón desnudo y el techo estaba lleno de tuberías y cables.

La salida quedaba al final del pasaje subterráneo, cien metros más adelante.

Se oyó un chasquido.

Kalju paró en seco.

Entró un chorro de luz. Entraba alguien.

Una puerta roja a la derecha.

Abierta.

Las ruedas se encallaron en el umbral.

Kalju empujó la carretilla sobre el borde.

Era una vía de evacuación de incendios, un espacio vacío con una manguera en un armario en la pared. Casi se le detuvo el corazón al mirar abajo. El saco se había abierto. Faltaba el cojín.

Al otro lado, los pasos se tornaron más tangibles. Voces. Una mujer que sonaba alterada, pudo distinguir las palabras «desconcentrado» y «vergüenza». El sudor comenzó a brotar en su frente. Estaba seguro de que lo habían visto, que todo iba a terminar aquí. Estaba en números rojos. El tiempo lo había atrapado. Esta vez no podría huir.

Pronto haría veinte años, pero Kalju aún lo recordaba todo con perfecta claridad. Hasta el último detalle. Petri Saagim había estado a punto de matar a su madre. Kalju se abalanzó sobre su padre, quien se vio sorprendido y cayó hacia atrás. Kalju agarró el cuchillo, sin darse cuenta del corte que se había hecho en la mano.

Y luego apuñaló a su padre en el pecho.

Varias veces.

Por una noche fueron libres. Aino, Inna y él, Kalju. Por una noche pudieron respirar aire puro, antes de que vecinos, compañeros de trabajo y la policía empezaran a hacer preguntas. Kalju sabía que lo buscarían por homicidio y fue en autostop hasta Tallin. Intentó subirse a alguno de los coches que iban a coger el ferri hacia el oeste, a Estocolmo. Pero nadie quería saber nada de un estonio de dieciséis años sin pasaporte ni dinero. Al final se había topado con un hombre joven sueco en el puerto, montado en un Audi plateado nuevo y que estaba dispuesto a llevarlo.

Jakob Adler.

Los pasos se detuvieron. Kalju esperó más o menos medio minuto, hasta que estuvo seguro de que el pasaje volvía a estar vacío.

Con cuidado, entornó la puerta.

Soltó aire.

El cojín que se le había caído seguía en el suelo.

Al tiempo que lo recogía vio salir a alguien de detrás de la puerta.

Casi se le para el corazón.

No era posible.

Solveig.

—¿Qué haces aquí? —preguntó ella.

—Intenté decirte que no podíamos vernos más —dijo él.

—Gracias, ya lo sé.

Los dos se volvieron. Se oían pasos en la escalera.

Kalju actuó rápidamente.

Metió a Solveig de un empujón en la vía de evacuación. Bloqueó la puerta con ayuda de la carretilla y se echó el saco al hombro. Ella golpeaba. Maldecía. Tiraba de la manilla de la puerta.

Kalju se alejó corriendo por el pasaje subterráneo.

Miró al suelo al pasar por delante de la cámara que había en la puerta de salida.

Apretó el botón de la cerradura eléctrica. Se oyó un siseo.

El aire de la noche le acarició la cara.

Pensó en Inna.

53

Sábado 20 de mayo, noche

¿Cuánto tiempo iba a estar encerrada? Nadie oía sus golpes y el móvil no tenía cobertura. Solveig se dejó caer sobre el cemento desnudo. Olía a sótano. Una música tenue se abría paso a través de las paredes. Apostaba a que el bar en el que había estado sentada con Elina quedaba al otro lado.

No debería pasar mucho rato antes de que alguien cruzara el pasaje subterráneo. Probablemente hacía las veces de entrada de mercancías, tanto para el hotel como para el bar y las discotecas. Proveía a todo el complejo. O más aún. Solveig había oído que estos pasillos subterráneos se ramificaban por grandes áreas del barrio de Norrmalm. Que podías ir sin ser visto desde aquí hasta Rosenbad y la plaza de Sergels Torg.

Solveig esperó.

No pasaba nada.

Hizo un repaso de los últimos acontecimientos. Elina, que se había ido a forzar una confesión y que no había vuelto. El ataque de locura de Lennie sobre el escenario. Y luego el encuentro con Kalju Saagim. Tenía que haber una conexión. Kalju tenía tanta necesidad de ocultar algo que se había sentido obligado a encerrarla aquí dentro. O eso, o tenía miedo. A menudo la gente actuaba de forma irracional cuando tenía miedo. ¿Qué había en ese saco de plástico?

Solveig tuvo un mal presentimiento.

Un golpetazo. Parecían pasos. Aguzó el oído, pero lo único que se oía eran los latidos de los graves que atravesaban las paredes.

Entonces le vino el arcón congelador a la mente. De

pronto le resultó familiar. Ya lo había visto antes. ¿Dónde? ¿Dónde había visto un arcón igual? No hacía demasiado tiempo. Hizo un esfuerzo para rebobinar la cinta de su memoria. ¿Altovalle? No. ¿El súper Konsum en Högdalen? No. ¿Dónde lo había visto?

Ah, sí.

Solveig sacó el móvil.

Abrió Facebook. Seguía sin tener cobertura. Entró en el álbum de fotos del teléfono, donde había ido guardando imágenes que le inspiraran para el reportaje. Fue pasando fotos. Confeti. Premios Grooming. Redacción de *Glam Magazine*.

Miró fijamente la pantalla.

Ahí estaba.

En la foto de la redacción de *Glam Magazine*.

Negro con relámpagos. El arcón congelador de VitalMan era idéntico al que habían sacado al escenario y que había hecho reaccionar a Lennie.

Empezó a ver con claridad. La reacción de Lennie solo podía tener una explicación.

Había escondido algo en el arcón de la redacción.

Y pensó que era el mismo que habían sacado al escenario. Es decir, aquel en el que guardaba algo extremadamente inapropiado.

Como un cuerpo, por ejemplo.

En ese mismo instante oyó un ruido fuera.

Solveig se levantó de un salto.

—¡Hola! —gritó.

Golpeó la puerta de forma frenética.

—¡Aquí!

El picaporte bajó y la puerta se abrió con suavidad.

Al otro lado había dos policías uniformados.

—No puedes estar aquí.

54

Sábado 20 de mayo, noche

*L*os faros de los coches que venían en sentido contrario se reflejaban en el asfalto mojado. Había empezado a llover. La radio emitía un concierto clásico desde el auditorio Berwaldhallen. Kalju Saagim subió el volumen. Había pasado Danvikstull e iba por la autovía en dirección a Värmdö. Los limpiaparabrisas barrían grandes goterones en el cristal. Su madre siempre solía decir que la lluvia en los sueños era un mal augurio. Un susurro del alma avisando de que estabas haciendo cosas que no deberías. El cielo se iluminó con un rayo. Poco después llegó el trueno. La tormenta estaba apenas a unos kilómetros de distancia.

Kalju pensó en Solveig.

Se preguntó si ya la habrían encontrado. Había llamado a la recepción del hotel para decir que había una mujer encerrada en el sótano. Pasados unos minutos había llamado también a la policía y les había dicho lo mismo. ¿Rastrearían la llamada? Daba igual.

De camino a Berns pensó que se trataba de un asunto de drogas o una venganza que había ido demasiado lejos, que el muerto sería un hombre de su misma edad.

No esto.

Una mujer joven.

Y ahora ayudaba a un asesino a escaquearse. Si hubiese sido su propia hermana la que estaba allí tirada, ¿qué habría hecho? ¿Habría ignorado a Jakob Adler, y habría llamado a una ambulancia y a la policía? ¿O se habría quedado en el camerino para cargarse al fotógrafo?

Un ruido, seguido de un golpe más fuerte.

¿Qué era eso?

Venía de la bodega de carga.

Imaginaciones suyas.

Un vistazo por el retrovisor. Tenía un coche patrulla detrás. Kalju levantó un poco el pie del acelerador, miró al frente, se concentró en la carretera. El ruido de otro golpe fuerte le hizo tensar los músculos. El coche de policía cambió al carril izquierdo y se puso a su altura. Una pausada voz radiofónica presentó una pieza de Sibelius.

Las sirenas se activaron y la policía se alejó de su lado. Sus hombros se relajaron y Kalju respiró tranquilo. Al mismo tiempo, los golpes se hicieron más intensos.

¿Estaba viva?

¿Cómo era posible?

Los ruidos se iban intercalando con porrazos más fuertes. Un breve silencio y luego continuaron. Kalju dio un manotazo en la chapa que tenía detrás. No soportaba los ruidos. ¿Qué iba a hacer? ¿Soltarla? El fotógrafo iría a la cárcel por intento de asesinato. Jakob no se lo perdonaría jamás.

Kalju tragó saliva.

En la guantera había una navaja de caza que acostumbraba a usar cuando abría paquetes de carne. Abrió la tapa, tanteó con la mano.

No tenía opción.

Lo hacía por Inna.

Kalju salió de la autovía en dirección a Ingarö.

Quince minutos más tarde tomaba la carretera de Fagerholmsvägen. Un poco más adelante quedaba Vidsjön, un lago interior rodeado de bosque cerrado. Kalju conocía la zona. Los primeros meses en Suecia los pasó en Ingarö. Era invierno y la caravana de Jakob Adler carecía de aislamiento. El frío de las noches le había calado hasta la médula, todavía podía sentirlo.

Pasó por delante de grandes casas unifamiliares y fincas reformadas con el máximo lujo. Costaba creer que veinte años atrás toda esta área estuviera compuesta de casetas de veraneo y jardines abandonados. Cuando subió el precio del suelo y de las viviendas, fueron pocos los que no ampliaron o construyeron de nuevo, y ahora la isla estaba poblada en su mayor parte por residentes fijos.

Pero por el momento seguía sin haber una carretera por la que los coches pudieran llegar hasta el lago, era un sitio desierto.

Kalju se detuvo en un desvío que quedaba disimulado.

Miró a su alrededor antes de apagar el motor. La lluvia y el viento eran lo único que se oía.

La navaja estaba en su bolsillo.

Quemaría los zapatos y la ropa en cuanto hubiese terminado.

Se bajó. Rodeó la furgoneta y abrió el cerrojo de las puertas traseras.

El saco de plástico estaba abierto.

De manera incomprensible, la mujer había logrado liberarse y yacía bocabajo en el suelo. Las toallas precintadas se habían escurrido hasta cubrirle solo las piernas. La respiración era entrecortada. El cuerpo tiritaba. La mujer giró la cabeza y lo miró directamente a los ojos. Las pupilas estaban dilatadas. La saliva le rezumó por la comisura de la boca cuando intentó decir algo.

Kalju agarró el cuchillo.

—Yo… —jadeó la mujer.

Kalju no dijo nada.

El vehículo osciló cuando se subió a la bodega de carga. La bolsa con carne también estaba abierta. El olor lo estresaba. Género por valor de varios miles de coronas se estaba estropeando.

La mujer jadeó.

Kalju se agachó a su lado, sabía lo que tenía que hacer. No había vuelta atrás.

Kalju sujetó más fuerte el mango de la navaja. La hoja se desplegó con una leve presión. Sería rápido. No quería que ella notara nada, que no sintiera angustia y dolor.

Kalju temblaba.

No.

No se veía capaz de rebanarle el cuello; la mujer tardaría más de un minuto en morir. Si le clavaba la navaja en la nuca o la oreja moriría en el acto.

Respiró hondo.

Le puso una mano en el hombro y le ladeó la cabeza. La tapó con una toalla para evitar salpicaduras de sangre por toda la furgoneta.

La mujer carraspeó, intentaba hablar.

Kalju no dejaba de temblar.

No podía.

No era capaz.

Dobló la navaja y se la guardó en el bolsillo.

—¿Cómo te llamas? —preguntó.

—Elina.

—En este momento deberías estar muerta y enterrada en el bosque —dijo Kalju y señaló los abetos cargados de lluvia que había fuera—. Yo tenía que ocuparme de que no te encontraran nunca.

Ella lo observaba con mirada vacía.

—Tienes que desaparecer, me da igual cómo, mientras no vuelvas nunca más.

El silencio llenaba la bodega.

—¿Entiendes lo que te digo?

Ella asintió con la cabeza ladeada, como si los músculos del cuello no quisieran colaborar del todo.

—Ni la más mínima señal de vida —dijo Kalju.

El movimiento llegó de forma tan inesperada que no tuvo tiempo de protegerse.

Sintió una punzada en el mentón.

Le escocía y ardía.

Una gran jeringuilla cayó al suelo.

La mujer se la había clavado.

Notaba la cara adormecida. Su respiración se volvió pesada.

La mujer saltó de la furgoneta.

Un tarrito de cristal con etiqueta lila a los pies de Kalju. Lo recogió. Su mirada se nubló, veía doble. Tuvo que esforzarse mucho para poder leer.

«Botulinum Toxin Type A», ponía.

Kalju se desplomó en el suelo de caucho.

Había dejado de llover.

55

Domingo 21 de mayo, mañana

*L*a inspectora de policía Karin Larsson observaba atentamente a Solveig. Estaban sentadas en sendas sillas de madera, separadas por una mesa marrón llena de cercos de tazas de café.

Solveig maldijo en silencio su mala suerte.

¿De verdad le estaba pasando esto?

Los agentes que la habían encontrado le tomaron los datos y le preguntaron qué hacía allí. Ella les dijo que la habían encerrado, pero no la tomaron en serio. Lo normal habría sido que la echaran del local y tal vez que le hicieran pagar los gastos por la intervención policial, pero esto era distinto. En cualquier otra ocasión habría sido suficiente con echarla del local y quizá hacerle pagar el recibo de la empresa de vigilancia que hubiese intervenido.

Y ahora estaba aquí, en la comisaría de la calle Bergsgatan.

—Eres sospechosa de entrar sin permiso en Berns, en Berzelii Park en Estocolmo el 20 de mayo. ¿Qué tienes que decir ante tal acusación? —dijo Karin Larsson.

—Me equivoqué de camino y luego me encerraron. Pero lo importante es que Elina Olsson ha desaparecido y debéis descubrir qué le ha pasado —dijo Solveig.

—A juzgar por tu blog, parece que tienes cierto interés en Lennie Lee y las personas que rodean a *Glam Magazine* —dijo Karin Larsson.

—Soy periodista.

—¿De qué medio?

—*Freelance*. Bueno, o sea, hago el blog.

—¿Ganas dinero con eso? —Karin Larsson arrugó la frente.

—No.

—¿Cómo acabaste en el pasaje subterráneo de Berns?

—Me equivoqué de camino —dijo Solveig.

Sintió calor en la cara.

¿Por qué estaba mintiendo? ¿Por qué estaba protegiendo a Kalju?

—¿Cuándo fue la última vez que viste a Elina Olsson? —preguntó Karin Larsson.

—Como ya les he dicho a tus compañeros, justo antes de que empezara el *show*. Elina estaba segura de que Lennie Lee había matado a Jennifer Leone, quería obligarle a confesar y fue a encontrarse con él, y ya no volvió.

—Tú fuiste la primera que escribió sobre la muerte de Jennifer Leone. ¿De dónde sacaste los datos?

—Vi cómo la sacaban del agua.

—Por tanto, estabas cerca a la hora de la muerte.

¿Acaso creía la inspectora que Solveig estaba implicada?

—Estaba cerca cuando Jennifer murió, sí, pero no tengo nada que ver con eso. Estaba sentada en un banco en los jardines de Kungsträdgården. Estaba hablando con un psicólogo.

—¿Tienes problemas psicológicos?

—No, no en ese sentido. Lo conocí en Café Opera, me invitó a un cigarrillo.

—¿Fumas?

—No.

Karin Larsson puso cara de asombro.

—Bueno, sí, en aquel momento lo hice. A veces fumo cuando salgo.

—Vale.

—Lo he denunciado a la policía —dijo Solveig.

La agente levantó una mano para que se detuviera.

—Demasiado rápido. ¿A quién has denunciado? ¿Por qué?

—A Dan Irén, el psicólogo que me invitó a fumar. Entró en mi casa, me ha estado acosando con mensajes en el móvil…

Karin Larsson la miraba incrédula.

—¿Estás diciendo que Dan Irén, el psicólogo de la tele, entró como un ladrón en tu casa?

—Sí.

—¿Por qué iba a hacer eso? —preguntó la inspectora.

—Tengo pruebas.

Solveig sacó el móvil y le enseñó las fotos.

—Esta está sacada en mi casa. Y esta me llegó mientras estaba trabajando en una cafetería de Sturegallerian. Vi que la habían tomado desde la caja, y cuando miré vi a Dan Irén allí. Luego se me acercó y estaba raro.

—¿Y la otra foto? Sales tú, ¿es tu cuarto de baño?

—Sí, exacto. En Högdalen.

—¿Dan Irén ha estado en tu casa?

—No. Bueno, sí, cuando entró.

—¿Estabas en casa?

—No.

—Pero sales en la foto.

—Encontré una cámara oculta encima de la secadora.

Solveig recordó el proyecto de investigación del que él le había hablado la primera vez que se vieron. Habló más deprisa:

—Acostumbra a esconder cámaras en casa de la gente.

De pronto Karin Larsson parecía agotada.

—O sea, está haciendo un estudio o algo así en el que graba a personas en sus casas, me contó —dijo Solveig.

—Ya volveremos a ello. Acabas de afirmar que estabas en Kungsträdgården cuando Jennifer Leone murió. ¿Hay alguien que lo pueda corroborar?

—Sí, él puede. Dan Irén.

Silencio.

—También podéis hablar con Lisen Sjödin. Mi vecina. Ella fue la que me encontró después de que entraran en mi casa. En el rellano…

—¿Ella vio a Dan Irén?

—Ehm… no.

—¿Por qué te interesa tanto el entorno de Lennie Lee?

—No tanto.

—¿No?

—Estoy escribiendo un reportaje sobre las *top models*.

—¿Para tu blog?

—Sí, exacto. ¿Habéis interrogado a Lennie? —preguntó Solveig.

—¿Alguien te ha obligado o te ha amenazado para que bajaras al sótano de Berns?

—Me equivoqué de camino y luego me encerraron.

—¿Quién?

Solveig titubeó.

Se resistía. Al mismo tiempo, había algo sospechoso en Kalju. Al preguntarle por el trabajo sus respuestas habían sido esquivas. No la presentaba a sus conocidos. No quería darle su número de teléfono. No estaba en Facebook. De hecho, en internet no existía. Eso no tenía por qué significar nada, pero el conjunto creaba una imagen extraña. Sobre todo después de los acontecimientos de la noche anterior.

—Kalju Saagim —dijo.

Karin Larsson asintió con la cabeza.

—¿Quién es Kalju Saagim?

—Un hombre… él…

—¿Sí?

—Solía comer en el restaurante en el que yo trabajaba antes.

—¿Fuisteis juntos a Berns?

—No.

—¿Por qué te encerró?

—No lo sé.

—¿Tienes alguna hipótesis?

—No.

—¿Kalju Saagim, has dicho?

Solveig asintió. Karin Larsson abrió su portátil, tecleó algo y miró la pantalla.

—En el registro civil no aparece nadie con ese nombre.

Se le hizo un nudo en el estómago. La salita se encogió, las paredes se inclinaron hacia dentro. Fatima tenía razón. Evidentemente, Solveig debería haberlo investigado un poco más.

—Qué raro —dijo.

—¿Has observado alguna otra peculiaridad, en general, este último tiempo?

Los pensamientos se agolpaban en su cabeza. Intentó estructurarlos. Analizarlos. Solveig había escrito en el blog sobre la muerte de Jennifer Leone. Había escrito sobre la crisis y el cierre de *Glam Magazine*. Elina decía que era Lennie Lee quien había asesinado a Jennifer Leone. Iba a presionarlo para que confesara. Y luego había desaparecido. Elina había ido al camerino, quizá diez, máximo quince minutos antes de la emisión. ¿Era posible que Lennie la hubiera matado y ocultado el cuerpo en ese tiempo?

De repente, le vino otra idea a la cabeza.

A decir verdad, sí había algo peculiar que le había llamado la atención.

—Marika Glans —dijo.

—¿Podrías desarrollarlo un poco? —dijo Karin Larsson.

—La novia de Lennie. La primera vez que nos vimos fue en el Café Opera, noté en el acto que había algo raro en ella.

—¿A qué te refieres?

—Estaba muy necesitada de la atención de Lennie. Parecía celosa, pero aun así se mostraba fría, es difícil de describir...

¿Podía ser que Marika hubiese matado a Jennifer y a Elina para tomar el control... sobre Lennie? Ella lo manipulaba, le hacía creer que era él quien lo había hecho, para luego poder gobernarlo. Más o menos como cuando los pederastas de la red coaccionaban a las niñas a ofrecerse y posar para ellos bajo amenazas de compartir las imágenes de sesiones anteriores. Marika conseguía dominar a su novio infiel a base de aprovecharse de la angustia de este.

Pero ¿era realmente capaz de asesinar?

Los asesinatos podían encargarse...

—En serio, deberíais hablar con Marika Glans.

Solveig ordenó rápidamente los pensamientos.

—¿Estás basando esa inculpación en una sensación rara que has tenido? —dijo Karin Larsson cuando Solveig hubo callado.

—Ehm... estaba intentando explicar lo que he visto.

Notó calor en las axilas. Al levantar las manos de las rodillas, Solveig se percató de que estaba temblando.

—¿De qué se me acusa, en realidad? —preguntó.

—Estabas en un lugar, una vía de evacuación de Berns, en el que no tenías derecho a estar. Se llama intrusión ilegal.

Karin Larsson miró a Solveig.

—¿Lo reconoces o lo niegas?

56

Domingo 21 de mayo, tarde

*L*as vistas eran amplias. Sobre el ferrocarril, las casas nuevas junto al lago Klara y todo el camino hasta el Ayuntamiento y el barrio de Södermalm. Lennie y Hockey tenían la terraza del Clarion Sign para ellos solos. La entrada costaba quinientas coronas para quien no se hospedara en el hotel de la plaza de Norra Bantorget, lo cual hacía que los holmenses prefirieran ir a bañarse a Centralbadet o apretujarse en las piscinas municipales. Quinientas coronas no eran nada, pensó Lennie cuando se hundió bajo la superficie del agua. No para una piscina en un ático y con el agua a treinta grados.

Los recuerdos de la noche anterior le vinieron a la cabeza.

Había estado al borde del precipicio. La situación había pendido de un hilo. Pero justo antes de que comenzara el espectáculo había conseguido localizar a Jakob Adler. La grabación posterior era una mera niebla. El vídeo había aparecido colgado en YouTube y era una de las cosas más desagradables que Lennie había visto jamás. Parecía un loco cuando se arrojaba sobre el arcón congelador. El de los fotogramas pixelados no era Lennie Lee. Los gestos eran los de otra persona. Su voz era estridente. Y su mirada, la de un desquiciado. Un loco en pleno ataque de pánico. Cuando Newsfeed24 lo llamó, él había insinuado que se trataba de un golpe de efecto. Que estaba planeado para generar publicidad de cara al nuevo lanzamiento. Con eso, el interés parecía haberse diluido. Si apareciera alguien más preguntando le diría lo mismo. Un golpe de efecto.

En cambio, la historia de Elina no había salido a la luz. Y Solveig Berg no había dado señales de vida.

Qué bien.

Lennie dio un par de brazadas. Se zambulló y escupió agua al salir. Lo único que tenía importancia era que Elina Olsson hubiera desaparecido.

Ni rastro de ella.

Hockey hizo volteretas en el agua, como un crío, sin quebraderos de cabeza. Sus formas despreocupadas tenían un efecto relajante sobre Lennie.

Después del programa, Lennie había quedado con su asistente en Stureplan. Por suerte, había tenido suficiente lucidez como para llevarse el móvil de Elina del camerino. Lennie aún podía oír el complaciente chapoteo cuando lo tiró a las aguas de Nybroviken.

Delirium excitado.

Una conocida causa de muerte entre círculos médicos especializados. Podías perecer por tu propia excitación. Lennie había visto un documental norteamericano en el que una mujer había terminado en un estado de agitación y descontrol. Que la llevó a la muerte. A Elina también debía de haberle pasado eso. Había estado tan alterada que había perdido el control. Cabreada y cachonda en una combinación mortal. Él había intentado tranquilizarla tapándole la boca con un cojín, no fuerte, nunca tanto como para que se pudiera haber asfixiado.

Lennie se preguntó cuánto querría Jakob por el favor. ¿Veinte mil, quizá? ¿Cincuenta mil? Ningún problema.

El tren de mercancías de allí abajo parecía no tener fin. Lennie se colgó del borde de la piscina, dio un trago a su bebida proteica con sabor a plátano y observó a Hockey, que hacía largos a toda prisa. Pensó un rato en silencio. ¿Qué le diría al asistente para convencerlo? ¿De verdad podía confiar en él? Debía escoger bien las palabras.

Hockey se puso de pie, se pasó los dedos por el cabello mojado y braceó hasta Lennie.

—Qué sitio más guapo.

Las gotas caían por su cara. Tenía los pómulos marcados y el mentón formaba una línea angulosa. Costaba entender por qué no tenía éxito con las chicas. Hockey no estaba nada mal.

—Ya llevamos un tiempo trabajando juntos. Tú me conoces, ¿verdad? —dijo Lennie y cogió aire. Los pájaros no eran más que puntos negros en el cielo.

El asistente lo miró dubitativo.

—¿Se me acabó la diversión?

—Mira a tu alrededor. No creerás que te he traído aquí para despedirte —dijo Lennie.

Un piragüista solitario pasó remando por el canal de Karlbergskanalen.

—No, solo pensaba que… ahora que la revista ya no… bah, no sé.

—Quiero apostar por ti. Pero también me gustaría que me ayudaras con una cosita. Un poco como proyecto secreto.

El viento encrespó la superficie de la piscina. Lennie sumergió los hombros cuando el aire se enfrió. La cara de Hockey se abrió en una sonrisa, al asistente se le podía leer como a un papel de tornasol. Eso era bueno. Lennie sabía dónde lo tenía.

—Esto requiere lealtad total. Ahora somos hermanos.

—Estoy contigo —dijo Hockey.

—Elina está… muerta.

Desde la estación de tren se oyó el sonido que precedía al anuncio de las horas de salida, llegadas y los retrasos. Lennie continuó:

—Un accidente. Vino a verme al camerino, estaba borracha, se cayó y se dio un golpe en la cabeza. Como comprenderás, no habría dado muy buena imagen que la encontraran conmigo, no después de lo que pasó con Jennifer. Así que me vi obligado a…

—Hacer algo —dijo Hockey.

—Todo parece tranquilo, pero para asegurarme me gustaría que dijeras a la policía que viste a Elina en Stureplan ayer a medianoche. Así tendré a dos personas que dicen lo mismo. Hay un portero de la discoteca que dirá eso.

El asistente mostraba una calma casi extraña. No parecía conmovido, ni siquiera sorprendido. Como si estuvieran hablando de algo totalmente cotidiano.

—Vale —dijo Hockey—. Diré que la vi al pasar por delante de…

—Laroy. Acuérdate.

—Sí.

Después de Berns, Lennie y Hockey habían ido a casa de Lennie. Marika estaba allí, pero se había encerrado en el dormitorio sin hacer preguntas.

—Y luego dices exactamente lo que pasó —dijo Lennie.

—Estuvimos tomando cervezas y viendo pelis buenas —dijo Hockey.

—¿Cuáles?

—*Resacón 2* y *Blade Runner*.

—¿Comimos algo?

—No.

—Sí —dijo Lennie.

—Ah sí, joder, patatas fritas con sabor a kebab.

—Si los pitufos te empiezan a preguntar, tú di eso. Nada más. Viste a Elina. Después fuimos a mi casa y comimos patatas fritas.

—Entiendo.

Lennie se terminó lo que quedaba de bebida.

—Si empiezan a hurgar en lo de Jennifer otra vez también les diré que estuve contigo. Cuando ella murió, tú y yo estábamos sentados en Kungsan hablando de tu trabajo. Íbamos borrachos y no recordamos los detalles —dijo, y salió de la piscina.

Lennie se secaba al sol estirado en una de las tumbonas cuando la puerta de la terraza se abrió. Salieron dos policías. A la mujer la reconoció. Le dio tiempo de intercambiar una mirada fugaz con Hockey. El asistente observó a los policías con una sorpresa bien simulada.

Karin Larsson miró a Lennie.

—Acompáñanos.

57

Domingo 21 de mayo, tarde

¿*A*sí es como era? La redacción de *Glam Magazine* tenía paredes blancas y un entramado de tuberías en el techo, cuatro metros más arriba. La recepción estaba desierta y no parecía haber sido usada en mucho tiempo. Las portadas enmarcadas tenían varios años de antigüedad y en el rótulo luminoso de la pared de detrás había un par de letras fundidas.

Por lo visto, Hockey trabajaba incluso los fines de semana y había dejado pasar a Solveig y a Fatima a regañadientes. Las acompañó por delante de una librería llena de libros de fotografía, discos de vinilo y figuras manga.

—¿Estás segura de que esto es una buena idea? —susurró Fatima.

Solveig asintió con la cabeza.

Había reconocido la intrusión ilegal, había aceptado el castigo y se había podido marchar después del interrogatorio de la mañana. Estaba mosqueada, pero lo único que quería era quitarse aquello de encima. No arriesgarse a un juicio, ser condenada y tener que pagar una multa aún mayor.

—Tengo que descubrir qué ha pasado —dijo en voz baja.

Lennie Lee mentía.

Elina había desaparecido.

Un asesino andaba suelto.

—Cuidado, no tropecéis —dijo Hockey.

En el suelo había una cebra aplastada y con la cabeza disecada que las estaba mirando. Solveig alzó la vista para ver el altillo donde estaban los escritorios.

—¿Lennie está ahí arriba? —le preguntó a Hockey.

—Desgraciadamente, no.

«Qué bien», pensó Solveig.

—Así que… salgo en el último número —dijo Solveig—. Me gustaría mucho ver cómo ha quedado.

—La revista ya está en circulación. ¿No puedes ir a comprar una?

—Qué bonito lo tenéis —dijo Fatima—. ¿Puedo echar un vistazo?

Hockey parecía incómodo.

—Me gustaría mucho ver las fotos, incluidas las que no se han publicado —dijo Solveig.

—Vale, sube, puedes verlas en mi ordenador.

El altillo era alargado y estrecho, con las mesas puestas de dos en dos y pegadas a la pared. En uno de los puestos colgaba una imagen que recordaba a un póster de campaña electoral en rojos y azules. Lennie Lee mostraba su sonrisa más amplia. Sobre la mesa había revistas, cables y un flash de cámara. No pudo ver ningún sobre rojo. Solveig levantó un par de revistas, cogió una *Esquire* e hizo ver que la hojeaba.

Hockey suspiró desde su silla, al fondo de la sala.

—Espero que no tengas prisa. Se me ha colgado el ordenador.

—Qué va —dijo Solveig y cambió de revista, *Mac World*. El cajón inferior de la cajonera de Lennie estaba entreabierto. Solveig se acercó, le dio un empujoncito insonoro con el pie para abrirlo un poco más. Y otro poquito. Un lapicero, bandeja con clips, calderilla y un candado con la llave puesta.

—Qué pena que *Glam* cierre —dijo Solveig.

—La revista, sí. Pero nosotros seguimos —dijo Hockey—. Un montón de cosas guapas en marcha.

El chico abrió una lata de refresco de cola. El sonido del gas liberándose se oyó en toda la estancia.

—Vale, aquí lo tenemos —gritó.

Solveig y Fatima fueron hasta él.

La pantalla se llenó de páginas de revista. Hockey amplió algunas y las reubicó.

—Mola, ¿no?

—Mmm…

—¿No estás contenta?

—Sí, queda bien.

—Yo he hecho los retoques.

—¿Retoques? —dijo Fatima.

Hockey cambió de programa y abrió la misma foto dos veces, la original y la retocada. La diferencia saltaba a la vista, las piernas se veían tan jaspeadas que parecía tener un eccema en la primera.

—Alisé el tono de piel —explicó Hockey.

—¿Eso es importante? —preguntó Fatima—. ¿Tener un tono de piel homogéneo?

Hockey no respondió.

Solveig lanzó una mirada a la mesa de Lennie.

—¿Tenéis café, por casualidad? —preguntó.

—Baja y luego a la derecha, la máquina está en la cocina —dijo Hockey.

Solveig miró a Fatima.

—¿Vienes?

La escalera crujía y carecía de barandilla.

La cafetera *espresso* tenía una pinta innecesariamente compleja, con dobles medidores de presión, botones parpadeantes y asas robustas de goma negra. Las tazas estaban en el armarito de encima. Solveig cogió una que tenía la cara de Lennie. Apretó el botón, pero no pasó nada. Otra vez.

Nada.

«Genial», pensó.

Estaba estropeada. Podía pedirle ayuda a Hockey. Mientras él inspeccionaba la máquina ella podría mirar en los demás cajones.

Entonces la cafetera comenzó a resoplar. Toda la máquina temblaba y el espumador de leche echaba vapor. El barómetro vibraba. La manecilla estaba tiritando en el punto de máxima presión. Parecía que fuera a estallar en cualquier momento. El enchufe estaba justo detrás. Solveig tiró rápidamente del cable. El indicador bajó a cero.

—Hola, chicas.

Solveig dio un respingo.

Marika Glans le sonreía desde el marco de la puerta. En

el labio se le veía un moratón que asomaba debajo del maquillaje.

—Hola… —dijo Solveig.

Marika debió de notar que la estaba mirando fijamente.

—Me petó un vaso sanguíneo al inyectarme los labios.

—Oye, creo que le ha pasado algo a esto, no parece funcionar —dijo Solveig señalando la máquina.

Marika soltó un suspiro.

—¡Hockey! —gritó.

—¿Qué? —se oyó desde el altillo.

—¡La cafetera!

—Hay café soluble en la despensa.

Marika suspiró aún más fuerte. Llevaba el cabello recogido en un gran moño, los vaqueros eran caros y con rajas de fábrica en los muslos. El chaleco de piel tenía pinta de abrigar. En la mano llevaba varias bolsas de Agent Provocateur.

—El café soluble me sienta mal. ¿Y vosotras qué hacéis aquí?

Marika dejó todo lo que llevaba encima en el suelo. Sacó la cafetera y se inclinó por encima de ella. Algo se le cayó del bolsillo, dentro de la bolsa más grande.

Un manojo con cuatro llaves. Solveig y Fatima intercambiaron una mirada.

—Apartaré un poco tus cosas, por si salpica —dijo Fatima.

—Mmm.

Marika estaba distraída con otra cosa.

Fatima se colocó a su espalda para tapar. Solveig se acercó a la bolsa. Se agachó.

Y cogió las llaves sin perder un segundo.

58

Domingo 21 de mayo, tarde

*H*asta el momento, las preguntas de Karin Larsson se ase-mejaban a las que ya había respondido en su día. La salita de interrogatorios también era la misma. Lennie se tomó su tiempo, intentó sonar pensativo, como si deseara a cualquier precio que aquello se resolviera.

Karin Larsson inclinó su cuerpo hacia delante en el sillón rojo.

—Dos mujeres de tu entorno han desaparecido en un breve espacio de tiempo, una ha sido hallada muerta. Tú fuiste visto junto a ambas poco antes de que eso pasara.

—Una triste casualidad —dijo Lennie.

—Entonces, ¿la última vez que viste a Elina Olsson fue en tu camerino?

—Eso es.

—Tanto Café Opera como Berns tienen cámaras de vigi-lancia en funcionamiento en la entrada. Hay imágenes de cuando Jennifer Leone y Elina Olsson llegan a ambos sitios, por eso tengo las horas exactas. Lo que resulta más sorpren-dente es que ni Jennifer ni Elina parecen haber abandonado los locales. ¿A qué se puede deber?

—Las dos son modelos conocidas. Pocas veces utilizan la entrada normal. Sobre todo si se van a casa con una compa-ñía que requiera discreción.

—¿A qué te refieres?

—Si quieren mantener en secreto a la persona a la que han conocido —dijo Lennie, y estuvo a punto de sonreír—. Pero lo más frecuente es que sea la compañía la que quiere pasar desapercibida. Hombres famosos, conocidos directores con la familia en casa.

Se sentía asombrosamente relajado, encontraba respuestas creíbles para todo. Le salía tan fácil. Como si estuviera yendo por una senda, pronto llegaría a la meta.

—Las mujeres fueron vistas en tu compañía poco antes de desaparecer. ¿Estás diciendo que fue mera casualidad?

—Trabajaba con ellas.

Karin Larsson lo miró desafiante y segura.

—¿Por qué iba a querer hacer daño a mis chicas de mayor éxito? El blog de Jennifer era el único que nos daba dinero. A nadie le entran tantos trabajos de azafata como a Elina. No quiero sonar cínico, pero para mí que se trata de algo más que de un luto meramente emocional.

—Uno de los empleados afirma haber pasado por el camerino y oído gritos. A él le pareció una riña entre dos personas. A esa hora, tú y Elina debíais estar dentro.

Lennie bebió agua del vaso gris de plástico que había en la mesa.

—Elina estaba enfadada porque no había salido en la última portada.

—¿Estabais discutiendo por eso?

—Yo no lo llamaría discusión, más bien era Elina la que estaba alterada. Le expliqué que habíamos decidido probar un nombre nuevo, una chica nueva, pero Elina no supo aceptarlo. Después tuve que irme porque iba a salir en el programa, y cuando volví, una hora más tarde o así, ella ya no estaba.

Karin Larsson tomó nota.

—Yo no estaba allí cuando desapareció, hay un auditorio completo y una grabación de televisión que lo certifican.

—Lo he visto. Gente que te conoce dice que estabas distraído y que parecías nervioso.

—Los directos siempre me afectan un poco.

Karin Larsson le enseñó el vídeo en su teléfono móvil. La inspectora detuvo la reproducción segundos antes de que Lennie se tirara de cabeza para evitar que Rickard Ringborg abriera el arcón.

—¿Puedes explicarme qué está pasando aquí?

Lennie se rio.

—Nuestro primer éxito viral.

—Por favor, explícate.

—Me dio un ataque, aproveché la oportunidad de hacer algo realmente retorcido. Funcionó. Quince mil reproducciones en YouTube en veinticuatro horas. Como publicista ya no me basta con hacer una buena revista para llegar a lo más alto.

—Un testigo asegura haber visto a Elina en un local en Stureplan, pero no hemos podido confirmar el dato —dijo Karin Larsson.

Lennie se apresuró a inferir:

—Entonces deberíais hablar con mi asistente. Él también la vio.

—¿Qué hiciste después de que te sacaran del escenario?

—Como ya he dicho, primero fui al camerino, que estaba vacío. Después quedé con mi asistente. Estuvimos tomando cervezas y viendo pelis en mi casa.

—¿Cómo se llama tu asistente?

Lennie tuvo que pensarlo un momento antes de recordar el verdadero nombre de Hockey.

—Henrik Håkansson.

—¿Dónde comprasteis la cerveza?

—La tenía en casa.

—¿Hay alguien que pueda corroborarlo?

—Marika. Mi novia.

—Me gustaría saber un poco más sobre Elina Olsson. ¿Tenía deudas?

Por un breve instante Lennie sopesó lanzar un cabo suelto, generar la imagen de una persona con graves problemas, pero era mejor no llamar la atención. La última vez le fue bien ceñirse a la verdad.

—Conmigo no. Que yo sepa, con nadie.

—¿Alguna adicción?

—No.

—¿Infidelidad?

—Elina estaba soltera.

—Has dicho que podría haberse ido a casa en compañía de alguien que precisaba discreción. ¿Solía hacerlo?

—Alguna vez ha pasado.

—¿Tienes algún nombre?

—No.

—¿No puedes mencionar ni una sola persona con la que Elina Olsson haya mantenido relaciones sexuales?

—Me gustaría poderte ayudar, pero lo cierto es que no me meto en su vida personal. No he tenido tiempo de hablar tanto con las chicas como a mí me gustaría, he estado ocupado con nuestro nuevo lanzamiento digital.

Una mosca chocó contra la ventana que tenía la persiana bajada. Lennie vio cómo caía y quedaba tirada en el alféizar, bocarriba.

—¿Puedes explicarme qué hace una azafata?

Lennie no la seguía. ¿Por qué le estaba preguntando eso?

—Es otra palabra para modelo, o maniquí, más bien. Pero la pasarela es un poco diferente.

—Explícate.

—Pueden ser empresas que quieren azafatas para una fiesta de lanzamiento. Es decir, chicas guapas que charlen y se lo pasen bien con los invitados. O también puede tratarse de eventos deportivos, videoclips... de todo.

—¿Cuánto cobras por eso?

—Depende del carácter del trabajo.

—Pero más o menos.

—Cinco mil coronas por chica por una noche entera.

—¿Tienes clientes privados?

Lennie comenzó a sentirse incómodo, no le gustaban las preguntas. Sobre todo no tan cerca de la fiesta de Jakob.

—¿A qué te refieres con clientes privados?

—Hombres que pagan por tener compañía.

—Solo acepto trabajos serios.

Silencio.

—Mis chicas no se acuestan con los clientes, si es eso lo que quieres decir. No son damas de compañía en ese sentido.

—¿Insinúas que no ha pasado nunca?

—No. Pero en tal caso ha sido porque ellas han querido. Y no porque yo les haya pagado. Yo no puedo controlar las decisiones que tomen dos personas adultas entre sí.

—Pero tú ganas dinero con estos encuentros.

—Como ya he dicho, normalmente se trata de montar

fiestas como un organizador de eventos cualquiera. Un montón de agencias de comunicación hacen lo mismo, no tiene nada de raro.

La mujer policía hojeó las páginas de su cuaderno y sacó un recorte de prensa. Era la foto de una portada en la que aparecían chicas solo en bragas y con flores pintadas sobre los pechos. Algunas estaban tumbadas en el suelo con hombres debajo. El título era una cita de Lennie:

«Se nos fue de las manos».

—Ah, eso. Es una fiesta de San Juan de hace varios años. Siempre aprendes cosas. Ahora soy mayor y más sabio.

Karin Larsson señaló a un hombre tatuado que aparecía al fondo, apenas visible, pero estaba allí. A Lennie se le estaba escurriendo la ventaja entre los dedos.

—¿Lo tienes en tu agenda?

—No veo quién es —mintió Lennie.

—Jakob Adler, treinta y nueve años, exdelincuente profesional. Ha cumplido condena por grave agresión e incitación al asesinato. Robaba coches a los doce, continuó con compraventa de armas y drogas. Casos múltiples de maltrato a mujeres.

Lennie llenó los pulmones de aire.

—Le he sacado fotos a Jakob Adler algunas veces. Encargos fotográficos normales y corrientes.

—¿Eso es todo?

—Sí, menos la fiesta de la que habla el artículo, y quizás un par de fiestas más, pero han sido fiestas tranquilas, y hace tiempo. Por cierto, ha dejado la delincuencia. Es emprendedor.

—¿Qué grado de responsabilidad tienes sobre las chicas?

—Nunca ha pasado nada.

—¿Cuotas sociales? ¿Seguros? ¿Contratos de empleo?

—Son mujeres fuertes que trabajan por cuenta propia. La mayoría pagan impuestos de autónomos —dijo Lennie.

Los honorarios los pagaba casi siempre en negro. Udo Christensen solía decir que era la forma más sencilla de atenuar el palo de los impuestos. Aun así, Lennie perdía cientos de miles de coronas al año en beneficio del Estado, puesto que algunos clientes exigían factura. Lo que quedaba iba para la revista, un pozo de pérdidas, al menos sobre el papel.

Así era como funcionaba en este país. Como empresario, Lennie se veía obligado a hacer trampa.

—Tengo que preguntarlo. ¿De qué soy sospechoso?

—Es un interrogatorio de carácter informativo.

—¿Y eso qué significa?

—Que ahora eres libre de irte.

—Gracias —dijo Lennie y se levantó del sillón. Los pantalones se le pegaban de forma desagradable a las pantorrillas.

—Lennie —dijo Karin Larsson cuando le abrió el cerrojo de la puerta para que saliera—. Volveremos a hablar.

59

Domingo 21 de mayo, media tarde

Notaba la cara rígida. Tenía el mentón tenso en la zona donde le había penetrado la jeringuilla. *Botulinum Toxin Type A*. La mujer le había inyectado bótox a Kalju. La toxina botulínica, el componente activo, era la toxina más venenosa que se conocía hasta la fecha, según una página sobre medicamentos y venenos, donde se decía también que unos pocos nanogramos eran suficientes para matar a una persona de 90 kilos y que la toxina se consideraba un arma de guerra biológica. El veneno era producido por una bacteria común en la tierra, la *clostridium botulinum*, que se volvía peligrosa cuando crecía en ambientes anaeróbicos. La intoxicación bloqueaba los impulsos nerviosos y paralizaba los músculos respiratorios. El bótox era una forma muy debilitada de toxina botulínica y se empleaba como sedante muscular en el tratamiento de algunas enfermedades y para operaciones no quirúrgicas en tratamientos de belleza, principalmente para alisar arrugas.

Kalju acarició a *Jussi*, que estaba recostado a su lado en el sofá. El gato ronroneaba suavemente. Se tocó la piel donde lo habían pinchado. En dosis prescritas y utilizado de forma adecuada, el bótox no era peligroso, según había leído en un foro de cirujanos plásticos, pero si el usuario sobredosificaba en una glándula salival podía sufrir consecuencias respiratorias. Y, en casos accidentales, podía provocar la muerte.

La mujer podría haberlo matado.

Kalju no la recriminaba por ello.

Quizás él hubiera hecho lo mismo en defensa propia.

Trocitos de papel revolotearon hasta el suelo. *Jussi* rodó

sobre su espalda, estiró las zarpas y trató de cazarlos en el aire. Kalju estaba rasgando la página de revista en la que salía la cara de Jakob Adler.

La frialdad. La mirada calculadora.

Jakob Adler sabía quedar muy bien hablando de ayudar a jóvenes con problemas a recuperar el rumbo de sus vidas. Quería ser un referente. Un ejemplo de que puedes salir de la delincuencia y formar parte de la sociedad. Mostrar que se podía conseguir, si trabajabas lo bastante duro todo era posible.

¿Cómo podían dejarlo hablar libremente?

¿Cómo podían tragarse su sarta de mentiras?

Jakob Adler había obligado a Kalju a ayudar al fotógrafo. Una persona que había intentado asesinar —que creía haber asesinado— a una joven mujer. Al mismo tiempo, estaba contento de haber sido él y no otra persona la que había ido a Berns. Si Jakob hubiese enviado a Nicklas o Noah, a estas horas la mujer ya estaría muerta.

Aun así.

La ira crecía en su pecho, una cólera que le infundía miedo de sí mismo. ¿Cómo iba a reaccionar la próxima vez que viera al fotógrafo? Kalju no sabría decirlo.

Jussi bajó a la carrera del sofá. Maullaba y se restregaba contra las piernas de Kalju. Este se levantó. En la nevera había un trozo grande de solomillo de buey que en verdad estaba pensado para la fiesta, pero lo había sacado para que se descongelara. Fue cortando pedacitos y los fue poniendo en el cuenco de plástico azul. *Jussi* comía con buen apetito.

La preocupación lo roía por dentro.

Quería llamar a Solveig y contarle lo ocurrido.

Pero no podía. Cruzaba los dedos para que Elina le hubiera hecho caso. Que estuviera sentada en un avión de camino a algún lugar muy lejano y que no volviera a dejarse ver nunca más por aquí.

Domingo 21 de mayo, noche

Jamón, *taleggio*, *bresaola* y pizza en horno de leña. Lennie había llevado a Marika a la Taverna Brillo, un templo gastronómico en el cruce de las calles Sturegatan y Humlegårdsgatan. La mesa estaba llena de fuentes y cuencos con charcutería italiana y quesos. A su novia le gustaba comer «un poco de mucho», como ella solía decir, y Taverna Brillo era uno de sus sitios preferidos. Aquí no venías solo a disfrutar de una rica cena o comprar aceite de oliva caro y helado casero, sino que el local era, en la misma proporción, un teatro, un escenario social donde dejarse ver.

—¿Qué puede ser esto? —dijo Lennie.

Levantó un trozo de carne deshidratada. Salada y sabrosa. Hacía tiempo que él y Marika no hacían nada juntos. Le costaba incluso recordar la última vez que salieron a comer algo. Lo invadió cierta melancolía cuando se puso a pensar en el primer año de relación. Veladas de restaurante noche sí, noche también. Cenas en Roppongi, fuentes enormes con el mejor sushi de Estocolmo. Salmón que no sabía a pescado. Gambas fritas y conos de algas con mayonesa. Copas y bares. Cine y pelis en casa. Montones de sexo, por supuesto.

Ahora cenaban en silencio.

Lennie miró a su alrededor. Vislumbró una cabellera roja y enmarañada unas mesas más allá. Ola Nygårds. Lennie alzó la mano y saludó al gurú de la moda, que en lugar de corresponder a su saludo se volvió hacia su novio, un hombre corpulento que llevaba americana de *tweed* y camisa de color pastel. Estaba seguro que Ola lo había visto. ¿Acaso Lennie ya no molaba lo suficiente? ¿Era cierto, como había dicho alguien, que sus mejores años ya habían pasado? ¿Que era un vestigio del cambio de milenio?

—Buen vino —dijo Marika.

—Qué bien —dijo Lennie.

—Con un retrogusto a frambuesa —continuó ella—. ¿Lo notas?

—¿Cómo dices?

—¿Notas los toques de frambuesa en el vino?

—¿Qué vino?

Marika sacudió la cabeza.

—¿Tú qué crees? El que tenemos en las copas.

—Ah, sí, claro, sabe a frambuesa. Mucho.

—¿Ha pasado algo? —preguntó Marika.

—No, ¿por qué lo dices?

—Te conozco —dijo ella.

Silencio.

Quizá lo mejor sería contárselo. De todos modos, no tardaría mucho en salir en algún medio. «Lennie Lee, interrogado de nuevo.» Así que sería mejor que se enterara directamente por él. Además, Lennie solo había declarado a modo informativo y habían dejado que se marchara.

Al cabo de un rato Lennie dijo.

—He ido a un interrogatorio de la policía.

—¿Por qué? —preguntó Marika.

—Por lo visto, Elina Olsson ha desaparecido.

Marika tomó un poco de vino. No le quitaba los ojos de encima a Lennie.

—A ver, que no soy sospechoso de nada —dijo Lennie.

—Pero ¿por qué te querían interrogar a ti?

—Mera rutina. Hablan con gente de su entorno.

—Ah, claro.

—Sí.

—Me pregunto qué le habrá pasado —dijo Marika—. ¿Cuánto lleva desaparecida?

Lennie dio un bocado a la pizza de *pepperoni* y sopló aire.

—Pica.

—¿Te han dicho cuánto lleva desaparecida?

—No tengo ni idea de lo que le puede haber pasado, a lo mejor solo necesitaba estar tranquila. Quiero decir… seguro que lo de Jennifer ha sido muy duro para ella.

Marika intercambió la tabla de quesos por la cesta de pan, para tenerlos más cerca.

—¿Por qué no comemos aquí más a menudo?

Lennie sonrió. Pronto todo sería diferente.

Alzó la copa para brindar.

Por primera vez en varias semanas miró a Marika profundamente a los ojos.

—Que sea una parte de nuestra nueva vida.

61

Lunes 22 de mayo, día

*H*abía chicas y chicos jóvenes fumando y con dorsales en los jerséis. Unos bailaban; otros recitaban frases. Parecía una audición para el programa de televisión *Idol*, pero era un casting de talentos para personas en paro. Había un gran cartel oscilando en la fachada del hotel en la calle Götgatan.

«*Scandic Hotel talent evening*», ponía.

Solveig llamó a Lennie una última vez para preguntar por Elina Olsson.

Sin respuesta.

Metió el móvil en el bolso y entró.

Había mucha gente. Sonaba Daft Punk. Una mujer con vestido oscuro y gesticulación acelerada le endosó una carpeta de plástico.

—Tienes dos minutos para seducir al jurado. Si les gustas, pasas a la segunda vuelta. Entonces tendrás la oportunidad de hacerte con uno de los puestos de trabajo.

Solveig asintió con la cabeza. La mujer ya se había dado la vuelta y le estaba diciendo lo mismo a un hombre de mediana edad y mirada errante. Solveig se retiró unos pasos.

Número 248.

El dorsal debía colocarse con cuatro imperdibles. Obviamente, Solveig se pinchó. Un puntito rojo asomó en la punta del dedo.

El hombre de la mirada errante se acercó a Solveig.

—¿Se nota que estoy nervioso?

Se rio inseguro.

Ella le sonrió.

Pronto se le acabarían los ahorros. Solveig necesitaba un trabajo nuevo. Cualquier cosa, solo algo para rellenar el hueco, a la espera de que el blog se desencallara.

La música cesó.

Una voz jovial cantó otro número.

—¿Qué piensas hacer para destacar?

—No lo sé.

La música dejó de sonar.

Un cincuentón bronceado subió al escenario y cogió el micrófono. Se presentó como Fredrik Svanegård, *Hotel Director*.

—Sois los talentos —gritó.

—¡El futuro!

—¡Las estrellas!

Júbilo.

—Así que procurad brillar al máximo. ¡Dadlo todo!

Aún más júbilo.

El gerente del hotel asintió con la cabeza en todas direcciones y acabó con un breve aplauso. La música volvió a sonar. ¿Qué estaba haciendo Solveig aquí? Se sentía totalmente fuera de lugar. Se dirigió a la salida, pero se detuvo en mitad del paso.

Habían cantado su número.

De pronto, la mujer que le había dado la carpeta de plástico estaba allí mostrándole el camino hasta el jurado.

—¡Mucha mierda!

Una moqueta gris azulado cubría el suelo. Paredes desnudas de color cáscara de huevo. Delante de todo había tres personas, dos mujeres y un hombre, sentados a una mesa. En el centro de la sala había una cruz hecha con precinto blanco, allí era donde ella debía colocarse.

El hombre anotó algo en su libreta, dejó el bolígrafo y levantó la cabeza.

Solveig estaba a punto de presentarse, pero perdió el hilo en cuanto vio de quién se trataba.

Dan Irén le sonrió.

—Hola, Solveig. —Su tono era profesional, de lo más neutral. Le infundió inseguridad.

Cogió aire.

—Me llamo Solveig Berg y estoy aquí porque…

Una de las mujeres bostezó con descaro y miró la hora. Seguro que era una actriz contratada que hacía de invitada exigente. Solveig sabía que Ullis Asp había aplicado el truco del bostezo a la hora de reclutar gente para Howdy Burger.

Dan asintió con la cabeza y le lanzó a Solveig una mirada cálida.

La otra mujer abrió la boca.

—Explícanos por qué deberíamos contratarte —dijo.

Solveig titubeó.

—Soy rápida y buena a la hora de clasificar información…

—¿Podrías poner un ejemplo?

—Ehm…

La sonrisa de Dan. ¿Lo hacía a propósito, eso de incomodarla tanto?

—Danos un ejemplo —dijo la mujer.

El aire ya no era respirable.

—Lo siento, pero soy la persona equivocada —dijo Solveig.

Dan Irén se aclaró la garganta.

—Vale. Lo dejamos aquí. Creo que todos necesitamos una pausa.

Dan Irén había seguido a Solveig hasta los jardines de Björn, en Medborgarplatsen. Ahora estaban a la sombra de un castaño.

—¿Qué estás haciendo aquí? —preguntó ella.

Dan se sacudió el polen de la americana.

—Subsistencia —dijo—. Hago juicios de personalidad y test para empresas. Pero no esperaba verte a ti aquí.

La radiografió con la mirada.

—Encontré la cámara en el cuarto de baño —dijo ella.

Dan estaba acercando la mano a su brazo.

—Creo que no he entendido bien lo que quieres decir —dijo él.

—No me toques. —Solveig retrocedió.

—¿Cómo te encuentras, Solveig? Pareces muy alterada.

—Pues sí. Estoy alterada.

—No entiendo nada —dijo él. Su voz era dulce. Y esa

257

sonrisa… Solveig miró a la derecha y vio el restaurante Kvarnen. La bandera del club de fútbol Hammarby ondeaba con la suave brisa. Ella y Fatima solían tomar una cerveza en ese bar después de los ensayos de Fatima.

—Para. Sabes de qué te estoy hablando.

—El miedo escénico no es motivo para avergonzarse. Todo el mundo lo tiene, salir corriendo como acabas de hacer tú es profundamente humano. Pero se puede entrenar.

—¿En serio?

—Sí, con voluntad y la ayuda adecuada.

—Te he denunciado a la policía —dijo Solveig.

—¿Perdón?

—Amenazas, allanamiento, acoso sexual…

Dan Irén se quedó pasmado. Su mirada se tornó acristalada, herida. Igual que cuando ella le dijo que quería marcharse de su piso.

—Pero por dios, crees que he sido yo el que te ha mandado esos mensajes… Solveig, tendrás que disculparme, pero soy un hombre ocupado. Soy padre de familia y empresario por cuenta propia. ¿Crees de verdad que yo…?

—Lo sé.

—No puedes estar hablando en serio. ¿Me has denunciado?

—¿No he sido clara?

Dan se llevó una mano a la frente. Parpadeaba y se le veía estresado.

—En ese caso, opino que deberías retirar la denuncia de inmediato.

—¿Por qué iba a hacer eso?

—Oye, tengo que volver. Pero te propongo que reflexiones sobre tu credibilidad ante la policía. Quiero decir, después de lo que ha pasado entre nosotros.

62

Lunes 22 de mayo, tarde

*E*l bulevar de Slussen era un sitio escondido, una excepción mierdosa de la nueva y fresca Estocolmo. Comercios deprimentes en traspaso. Un Taco Bar en una esquina oscura. Y el antro donde estaban sentados Lennie y Jakob Adler. Al salir de Taverna Brillo la noche anterior tenía ocho llamadas perdidas. Siete eran de Solveig Berg, que quería saber qué pensaba de la desaparición de Elina. La octava era de Jakob Adler.

Ahora estaban sentados en el restaurante Bertlids. Un cuchitril con asientos de cuero negro y mesas sobre un suelo de baldosas beige rosado. Las cortinas con volantes parecían llevar colgadas desde comienzos de los ochenta. La tela de terciopelo que en su día debió de brillar en color vino y oro había adquirido una completa escala de grises.

Jakob Adler se inclinó hacia delante y apretó el brazo de Lennie, demasiado fuerte.

—¿Y tú cómo estás, eh?

—Todo verde —dijo Lennie y miró fuera, al mugriento hormigón de la terminal de autobuses y la avenida Saltsjöbanan de más abajo.

El interrogatorio le carcomía la conciencia. Vale, la mayor parte había ido bien, pero las preguntas sobre Jakob lo atosigaban. ¿Sabía la policía que lo había llamado desde Berns bloqueado por el pánico? Era difícil. Si fuera así, en este momento ya estaría en el calabozo. Pero no podía tratarse de una mera casualidad que Karin Larsson hubiera sacado a relucir aquel artículo. Por lo tanto, algo había. ¿Había metido la pata durante la planificación de la fiesta? ¿Lo estaban vigilando? Lennie sopesó si debería decirle algo a Jakob. «Mejor estarse calladito», pensó y le dio un trago a la cerveza tibia que le habían puesto en un vaso grande. Faltaba poco para la hora de cerrar y el restaurante estaba casi desierto. Un hombre solitario en postura encogida estaba metiendo un billete tras otro en una máquina de Jack Vegas.

—La última vez que hablamos te vi un poco nervioso —dijo Jakob Adler.

—Bueno, no dejaba de ser un poco especial… una situación engorrosa.

—Te dije que lo iba a resolver. ¿No te fías de mí?

Jakob lo miró con el entrecejo fruncido. Pasaron unos largos segundos. Luego estalló en una carcajada.

—Claro que te fías.

—Te estoy muy agradecido, te debo una de las grandes —dijo Lennie.

—Sí —dijo Jakob, serio de nuevo—. Eso mismo.

Lennie se rio forzado. Intentaba parecer espontáneo, como si fueran dos viejos amigos. Jakob lo miró como si fuera idiota. El silencio hizo que la risa se transformara en un carraspeo.

—¿Cuánto quieres?

Lennie esperaba una respuesta en cifras. Dinero que se pudiera descontar de los honorarios de la fiesta. Los precios de este tipo de servicios ya los había investigado. Una paliza brutal salía barato, podías conseguirla por unas pocas miles de coronas con gente menos experimentada, y era un poco más caro si contratabas profesionales. Una muerte por encargo salía por doscientas mil. Deshacerse de un cuerpo, más o menos la mitad.

Pesquisa fácil en internet.

Jakob Adler juntó los dedos y apretó, haciendo crujir las articulaciones.

A Lennie el ruido le provocó un escalofrío.

—¿Cuánto quieres por ello? —volvió a preguntar.

—Te veo tenso —dijo Jakob Adler.

—No —dijo Lennie.

Logró esbozar una sonrisa.

El rostro de Jakob Adler se relajó.

—Solo quiero saber qué damas irán a la fiesta.

—Te lo cuento enseguida. Pero dime cuánto quieres. Me iría bien saberlo.

—Hablemos de las damas —dijo Jakob Adler.

Lennie ya le había presentado detalladamente a las chicas a Kalju Saagim en el piso con olor a gato de la calle Hornsgatan. La gente que hacía preguntas cuya respuesta ya conocía siempre tenía algo en mente. O bien querían presumir de su propio conocimiento o bien lo hacían para ganar ventaja, pues sabían que la pregunta era incómoda.

—Todas las que le dije a Kalju…

—¿Quiénes irán?

Lennie recitó los nombres. Describió en pocas palabras el aspecto que tenía cada chica y lo que habían hecho. Lily Hallqvist había salido en una campaña de publicidad de relojes Bling Bling, Adina Blom fue la cara pública cuando el champán helado de Moët fue lanzado en Suecia. Natalie Holmin se había hecho famosa en *Playboy*. Se guardó de mencionar que había sido en la edición alemana. Jakob hacía rodar la mano indicándole que continuara. Lennie repasó la lista pacientemente, incluida un nuevo talento de Skövde o quizá Kalmar, ahora que Elina había desaparecido.

Jakob Adler lo hizo callar con un ligero movimiento de mano.

—Bien, Lennie —dijo Jakob.

Asintió con la cabeza.

—Pero me falta un nombre.

Lennie dio un par de tragos rápidos a la cerveza. La sensación de quedarse en blanco. La detestaba, se mareaba un poco cada vez que le pasaba. Por suerte, era bueno en recobrar la confianza.

—¿Quién?

—Solveig Berg.

Lennie negó con la cabeza.

—Tiene que ser un malentendido.

—Deja que te recuerde nuestro acuerdo —dijo Jakob—. Me prometiste las mujeres más guapas.

—Solveig Berg no es modelo. Ni especialmente guapa —dijo Lennie.

—Pero está en la portada, ¿no es así? Naturalmente, yo espero que la chica de la portada también esté presente en la fiesta. Sobre todo tratándose de la chica que ha tenido el honor de engalanar el número más histórico de tu revista.

Jakob Adler le dio una palmada y puso un poco cara de pillo.

—Además, por casualidades de la vida, me crucé con la joven dama en cuestión en compañía de Kalju. Y pude constatar que no está nada mal.

Lennie maldijo en silencio. No quería tener a la periodista allí por nada del mundo.

—Adina Blom es diez veces más guapa.

—¿Disculpa?

El rostro de Jakob se endureció.

—Tú mantén tus promesas y yo te prometo que mantendré las mías.

Lennie cogió tanto aire como pudo. Jakob Adler le estaba dando por saco. Primero se había empecinado con el local, había obligado a Lennie a cambiar Djurgården por Västerhaninge. De pronto, quería cambiar la temática. Y ahora esto.

—Yo soy emprendedor, igual que tú —dijo Lennie—. Nunca me atrevería a hacer una entrega incompleta, lo sabes.

Dos obreros se acercaron a la barra hablando alto en polaco. Uno de ellos traducía el menú. Bacalao a la brasa, revoltillo del chef, hamburguesa de cordero con salsa de nata. Jakob los señaló y cambió de tema.

—Vaya antebrazos.

Lennie no sabía qué responder, así que se limitó a asentir como si estuviera de acuerdo. Jakob le preguntó en un tono exageradamente afable:

—¿Eres mariquita o qué?

—No, joder.

—Lennie, no debemos mentirnos el uno al otro. Eres marica, ¿verdad?

—¡No!

—¿Tienes algo en contra de los maricones?

—En absoluto. Uno de mis mejores fotógrafos es gay.

—Me alegro de que seas abierto de mente.

Fue como si algo se soltara en su interior. La sensación en el estómago era clara. Iba a terminar con más mierda al cuello de la que se podía imaginar. «Cinco millones —intentó pensar—. Cinco millones, cinco millones.» No sirvió de nada. Se vio a sí mismo esposado y entrando en un coche con luces azules. De pronto el dinero carecía de valor. Tenía que ponerle fin a aquello. Dar marcha atrás.

Lennie miró a Jakob.

—Conozco al chico que siempre le organiza las fiestas a Kanye West cuando viene a Estocolmo.

Jakob Adler soltó una breve risa.

—¿Intentas salirte?

—No, a ver, lo único que digo es que él podría montar una fiesta aún mejor.

—Puede ser. Pero tenemos un trato, Lennie. Y como ya sabes, los acuerdos deben respetarse.

—Sí...

—¿Hay algo que no haya quedado claro?

El vaso estaba vacío. Lennie no se había percatado de que se había terminado la cerveza. Esto se estaba yendo al garete.

—O sea, quedarías muy contento. Tengo contactos que te darán todo lo que quieres e incluso un poco más. Lo prometo...

—Deja que sea claro —dijo Jakob Adler clavando un gran dedo índice en la mesa—. Yo soy la razón de que no tengas que sudar el colchón de una celda en Kronoberg. Me he encargado de que limpien tu rastro. He pagado a una persona de confianza. Él la ha visto, ¿entiendes? Y todavía estoy a tiempo de hacerte muy rico. Así que ahora ocúpate de que esa perra venga a mi fiesta. ¿Estamos?

Lennie miró la máquina de Jack Vegas, que hacía ruiditos electrónicos mientras imprimía un recibo. El hombre lo cambió en el bar. Después volvió a su puesto e introdujo otro billete de quinientas coronas.

—La música —dijo Jakob Adler—. ¿Verdad que habrá orquesta en vivo?

Lennie asintió con la cabeza. No tenía energía para discutir. No había escapatoria.

63

Martes 23 de mayo, mañana

*L*as tiendas en Högdalen acababan de abrir y la gente se movía de acá para allá a las puertas de Altovalle. Fatima le entregaba un envoltorio con tartas a una mujer que era clienta habitual y que solía quejarse de los gatos que corrían sueltos y los ciclistas desquiciados. Solveig le dio un bocado al panecillo del desayuno. Pensó que debía darle un empujón al blog. Que debería trabajar más, escribir mejor, actualizar con más frecuencia.

La mujer desapareció y todo quedó en calma.

Solveig sacó el móvil.

Los sms de Lennie Lee habían llegado durante la noche.

Los contó.

Diez.

Los primeros habían sido amables, él le preguntaba si quería ir a una fiesta. Como estaba dormida, no le había contestado, lo cual había contribuido a más mensajes, y luego más. El tono había ido subiendo gradualmente.

Se los enseñó a Fatima.

23:22: No te pierdas la fiesta más grande del año!!! Litros de champán, comida y barra libre. Bienvenida el jueves. RSVP dentro de una hora. Vendrás, no?!

23:57: He olvidado decirte que te llevarás 5 000 coronas.

00:06: Pongamos 10 000.

01:20: Hola???!

01:56: Tengo fotos tuyas menos glamurosas en el ordenador.

02:03: Era broma. JAMÁS se me ocurriría publicarlas.

02:30: 15 000 coronas por ir de fiesta es un buen trato.

02:50: Última llamada 20 mil.

03:14: Qué coño pasa contigo?????

03:45: CINCUENTA MIL

—Parece un poco desesperado —dijo Fatima.

—Algo pasa. Tiene que haber hecho algo —dijo Solveig—. Si no, no te comportas así.

Pensó en si tendría algo que ver con los acontecimientos en Berns. El pánico en los ojos de Lennie sobre el escenario. El vaso de agua volcado. Cuando se lanzó sobre el arcón congelador. No se tragaba lo de que era una maniobra publicitaria. No era tan buen actor.

La desaparición de Elina.

—¿Piensas ir? —preguntó Fatima.

Las llaves de Marika estaban en la cómoda del recibidor, en casa de Solveig.

—No, porque si la fiesta es tan importante, seguramente tanto él como Marika estarán allí. Entonces el piso estará vacío durante varias horas.

A Fatima se la veía dubitativa.

—Creo que deberías repensártelo.

—Tengo que descubrir más —dijo Solveig.

—¿Y si algo sale mal?

—No va a pasar nada.

—¿Cómo puedes estar segura de eso?

—Facebook, Instagram. Lennie siempre suele escribir lo que hace, con quién está y dónde se encuentra.

—No parece muy fiable.

—Lo suficiente.

—Pero ¿entiendes lo que implicaría si te pillaran? Quiero decir... lo de Dan Irén ya fue bastante malo. Y meterte en una casa sin permiso es un delito mucho más grave que el que te costó el trabajo.

Solveig guardó silencio.

Aquello había comenzado como un día cualquiera en la redacción. Había escrito sobre el divorcio entre un escritor y una famosilla de segunda, que había empezado a salir en un programa de comida de las distintas épocas de la historia y de repente se había vuelto popular otra vez. Como ninguna de las partes implicadas quería hablar, Solveig entrevistó a Dan Irén en calidad de experto en relaciones. Había publicado el artículo y estaba a punto de terminar la jornada cuando recibió el mail. «PW», ponía como asunto. La abreviatura de *password*. Por error, Dan Irén le había mandado una lista con todas sus contraseñas a Solveig. Probablemente, el hombre había pensado enviárselas solo a sí mismo como refuerzo de su memoria. Lo primero que le pasó por la cabeza pensó Solveig fue eliminar el correo.

Pero había sentido demasiada curiosidad.

Y había accedido a las cuentas de correo electrónico y Facebook de Dan Irén. No había tardado demasiado en descubrir que el experto en relaciones tenía graves problemas con las suyas propias. Había tenido conflictos monetarios con viejos amigos, su exmujer le recriminaba que había desatendido el contacto con el hijo que tenían en común y su mujer actual lo había acusado de infidelidad. Solveig había redactado un artículo que se apoyaba en extractos sacados de los mails y lo había publicado sobre las seis de la tarde bajo el título «Los fracasos en la vida privada del experto en relaciones».

A las once y dos minutos de la noche recibió el mail del redactor jefe. Solveig esperaba alabanzas. En lugar de eso, ponía:

«Quiero verte mañana en mi despacho a las 9:00 h».

Al día siguiente había tenido que devolver el ordenador y el teléfono móvil y le habían informado de que no sería bienvenida nunca más.

Solveig se acabó el panecillo y el café, que le supo tan amargo que se le tensaban las mejillas.

—Hay que limpiar la máquina —le dijo a Fatima.

—Nadie se ha quejado.

—Yo acabo de hacerlo —dijo Solveig.

—No has contestado. ¿Estás realmente preparada para asumir las consecuencias si sale mal?

—Jennifer ha sido asesinada. Elina ha desaparecido. Tengo que encontrar las fotos.

Su móvil tintineó.

Un nuevo sms.

—Lennie otra vez —dijo Solveig.

«Por favor. Di cuánto quieres.»

Estaba francamente desesperado. Ella le escribió una respuesta rápida. Que tenía toda la tarde ocupada. No pasó mucho tiempo antes de que el móvil sonara de nuevo.

«Quieres que muera más gente???»

64

Martes 23 de mayo, media tarde

*E*l hotel estaba en la calle de las putas del barrio de Vester-
bro, detrás de la estación central de Copenhague. La habitación estaba muy descuidada y olía a tabaco. Por el precio,
más de dos mil coronas, Lennie había esperado otra cosa. Diseño danés. Una butaca con forma de huevo en el rincón.
Sensación agradable de *lounge*.

No esto.

Retiró la colcha de la cama, mejor no mirarla demasiado
de cerca. Las manchas claras en la moqueta eran suficiente.

La furgoneta que había alquilado estaba aparcada en un
garaje carísimo con vigilancia las veinticuatro horas en Ho-
vedbanegård. El alcohol lo había comprado en Alemania, y
ahora él y Marika iban a pasar la noche aquí. Obviamente, su
novia había preguntado, pero él no se había atrevido a expli-
carle para qué quería tanta bebida. Unas mil botellas. Ciento
ochenta mil coronas, le habían costado. No sabía si se llegaría a consumir siquiera la mitad, pero quería evitar a cualquier precio quedarse corto.

Lennie se arrastró hacia Marika. Ella estaba leyendo un
libro de fantasía, *Hearts and Swords*, ataviada únicamente
con unas braguitas finas y el kimono de Agent Provocateur.

Él le puso una mano en la cintura.

—Molestas —dijo ella.

La mano fue subiendo por el costado hasta rozar un pecho. Ella se retorció.

—Para.

—Quiero poseerte.

—Pero ahora estoy leyendo.

—¿No puedes hacer una pausa?

Marika dejó el mamotreto en la mesita de noche, que era igual de funesta y sucia que todo lo demás. Cogió el mando de la tele, hizo *zapping* y se detuvo en un primer plano de un pene erecto.

—Al menos el porno parece ser gratis —dijo.

Lennie se desnudó y empezó a masturbarse. Le quitó el sedoso kimono con unas caricias y se humedeció los dedos con saliva antes de introducírselos a Marika. Le gustaba mirarla a los ojos cuando practicaban sexo, ver cómo ella reaccionaba con él, reconocer su excitación, oírla jadear como si estuviera sufriendo. Pero ahora Marika permanecía en silencio. Húmeda y en silencio. La mirada fija en la pantalla.

—¿Me pasas un cigarrillo?

—¿Cómo, vas a fumar? —preguntó él.

—Sí.

—¿Ahora?

—El paquete está en el bolso.

Lennie se levantó. Moqueta roñosa bajo sus pies descalzos, intentó no pensar en ella. El paquete de Slim, cigarrillos extradelgados y largos, estaba en el fondo. Encendió uno y se lo pasó a Marika. La chica de la tele se la chupaba a un hombre muy velludo, ambos con aspecto de ser de algún país del Este. De vez en cuando, él sacaba la polla y se la azotaba con la palma de la mano.

Marika dio un par de caladas. Después se dio la vuelta de tal manera que quedó con la cabeza apuntando a la tele y se puso a cuatro patas. Lennie la sujetó de las caderas y la penetró. Marika fumaba mientras echaban el polvo.

Pasaron cinco minutos.

Diez minutos.

La pareja del Este había tenido tiempo de cambiar cuatro veces de postura. Marika había apagado la colilla. Lennie se apretaba contra ella. La cabeza le iba a mil por hora. Jennifer. Carlos. Elina. Jakob Adler. Sala de interrogatorios.

Muerte.

Empujó con más fuerza.

Muerte.

Con más fuerza todavía.

Muerte.

Joder. ¿Dónde estaba su pensamiento positivo? Hiciera lo que hiciera, acabaría con la mierda hasta el cuello. Imaginó que Marika era Lily Hallqvist. No sirvió de ayuda. ¿Qué iba a hacer con Solveig?

Marika jadeaba en voz alta.

Puro teatro, como si no se le notara.

Los pensamientos no dejaban en paz a Lennie. Si no fuera porque ahora Jakob Adler lo tenía cogido por el cuello ya se habría echado atrás, lo habría soltado todo. Cinco millones. No dejaba de ser lo que te pedían por un piso normal y corriente de dos habitaciones en el barrio de Östermalm. Tenía que resolver la situación.

¿Cómo?

Hockey no era de gran ayuda cuando se trataba de hablar con las chicas.

Lennie necesitaba a alguien que pudiera convencer rápidamente a Solveig para que fuera. Le vinieron los burdeles a la cabeza. Siempre había una madame. Una mujer mayor cuya tarea era generar confianza, infundir una sensación de intimidad y cuidado que les diera fuerza a las chicas para continuar.

Lennie aumentó la intensidad. Golpeaba más rápido y más fuerte, haciendo chasquear las pieles cuando entraban en contacto. Marika arqueó la espalda. Jadeaba. Gritaba. La pareja del Este había culminado con una eyaculación facial y ya estaban pasando otra película. Los actores eran más feos; la música, aún peor.

Marika sollozaba, simuló que llegaba al orgasmo.

Lennie resoplaba. En vano.

Se retiró y se metió a toda prisa en el cuarto de baño. Echó el cerrojo.

Qué asco de suelo. Linóleo marrón claro. En el lavabo había pelos negros que el servicio de limpieza había pasado por alto. Vio su cuerpo desnudo en el espejo manchado. Arañazos rojos en la barriga y los muslos. No se los había hecho Marika sino él mismo en un intento de detener la picazón.

Lennie abrió el grifo y se lavó la cara y la entrepierna. ¿Qué le estaba pasando?

Cuando volvió a salir, Marika se había metido debajo de las sábanas y se había puesto de nuevo con el libro. La cama se balanceó sobre los muelles cuando Lennie se tumbó, el movimiento fue captado por el cuerpo de Marika como un efecto tardío. Se tumbó bocarriba. Todo era amarillo, verde y marrón. El techo, que a decir verdad parecía recién pintado, no tardaría en mancharse de humo y fundirse con todo lo demás. Lennie apagó la tele y tomó conciencia del sonido del ventilador y de los ruidos en la habitación contigua. Voces altas, música de baile y algún salto de vez en cuando.

—Marika —dijo.

—¿Sí?

—Oye, nena… ¿podemos hablar un poco?

—Ahora no.

—Es importante —dijo Lennie.

—Deberías probar a leer un buen libro alguna vez.

—He leído *El alquimista* —dijo Lennie.

Marika se colocó una almohada extra debajo de la cabeza y se acomodó.

—¿No quieres saber por qué hemos bajado a Alemania, lo que hacemos aquí en Dinamarca, y para qué quiero mil litros de champán y alcohol? —preguntó Lennie.

—Ya lo sé. Igual que lo sé todo sobre ti.

Lennie se quedó sin saliva. Una sequedad crepitante.

—¿Qué quieres decir?

—Ese tono —dijo Marika.

—Perdón. Vale, escucha. Te quiero. Eres la única persona que significa algo para mí.

Ella suspiró.

—Tienes problemas con Solveig. ¿Verdad? Pensé desde el principio que era una mala idea meterla. No me hiciste caso. Y ahora necesitas mi ayuda.

—Cariño…

De pronto la cabeza se le llenó de comida. Qué rica una hamburguesa o un kebab o una pizza. Cualquier cosa.

—¿Hay servicio de habitaciones?

—Estás de broma.

Marika miró al cielo.

—Jakob Adler me está haciendo chantaje —se apresuró a decir Lennie.

—¿Tienes contacto con Jakob Adler?

—En realidad no. Pero...

—Joder, Lennie. Hicimos un trato de que no ibas a...

Lennie empezó a contarle lo de la fiesta del cuarenta cumpleaños. Primero la parte buena. Los cinco millones y todo lo que ya estaba listo. La comida, el sonido, la iluminación, Lena Philipsson, el espectacular local. Iban a asistir ciento cincuenta personas invitadas personalmente por Jakob Adler. Y luego las chicas, contratadas por Hockey.

—Como comprenderás, habría sido un imbécil si le hubiese dicho que no —dijo Lennie.

Marika estaba más presente que en todo el viaje.

—¿Te paga cinco millones? ¿Por qué no me lo has contado?

—Porque, no lo sé, han pasado cosas.

La novia se incorporó en la cama. Lennie titubeó.

—Jennifer y Elina. No entiendo qué está pasando. Cómo pude... Carlos... Encontré a Carlos sin vida en la redacción y...

—¿Cómo? ¿Qué has hecho?

—Fueron accidentes.

Silencio.

—¿Lennie?

—No lo sé. —Alzó la voz—. Jennifer, discutimos, ella se ahogó. Carlos estaba desmayado, me entró miedo y lo escondí para que nadie pensara que había sido yo. Y Elina... fue en Berns. Vino a mi camerino, como enloquecida, y empezó a gritarme cosas sobre Jennifer, me acusó de haberlo hecho yo.

Sus cuerdas vocales se tensaron. El aire se volvió espeso, como si respirara gelatina.

—De pronto Elina estaba allí tumbada. No sé qué pasó, yo no había hecho nada. Pero ella no se movía y...

—Calla. No digas nada más —dijo Marika.

—Jakob Adler lo sabe. Se encargó de llevársela de allí mientras yo estaba en directo.

—¿Ah sí?

—¡Sí!

—Y ahora te está haciendo chantaje.

Lennie asintió con la cabeza.

—¿Y?

—Me exige que la chica de la última portada vaya a la fiesta. Pero Solveig dice que no, gracias. Lo he intentado todo, pero se niega.

El rostro de Marika se transformó. La preocupación en su mirada se tornó alegría.

—Está claro que tiene que ir.

—¿Podrías hablar con ella? —dijo él.

Marika Glans lo miró con suspicacia.

—Te proponen montar una fiesta por cinco millones de coronas sin decirme ni una palabra. Después cierras la revista. Carlos y dos de las chicas han muerto, quién sabe lo que habrás hecho con ellos. Es más que evidente, Lennie, habías planeado largarte con el dinero.

—Te necesito. Más que nunca.

—¿Por qué no has dicho nada de la fiesta?

El ventilador del techo traqueteó, luego siguió girando con la misma facilidad.

—Quería darte una sorpresa. Empezar una nueva vida, empezar de cero, juntos, en Los Ángeles. Podemos alquilar una casa en Hollywood Hills. O en Bel Air. Podrás comprar en Rodeo Drive.

Lennie estaba sudando. El olor a tabaco y la desacertada combinación de colores le producían náuseas.

—¿Me ayudarás, Marika? ¿Hablarás con Solveig?

Ella no respondió.

—¿Cariño?

—Puede. Pero entonces quiero que nos casemos.

Su novia no hizo la menor mueca. Lennie miró fijamente al techo. Intentó hallar un patrón en la pintura que no existía, calcular las revoluciones por minuto del ventilador. Aferrarse a algo.

—Si tú quieres. Claro, claro.

—Ahora sé todo lo que has hecho. Así que ni se te ocurra faltar a esa promesa.

Debió de quedarse dormido. Al cabo de un rato se despertó por el resplandor blanco de la pantalla del portátil de Marika. Había entrado en una inmobiliaria norteamericana, Luxuryhomes.com.

«Ocean front–Malibu», ponía en el anuncio.

65

Miércoles 24 de mayo, noche

Solveig iba en batín y estaba poniendo un pegote de pasta en el cepillo de dientes cuando llamaron al timbre.

No esperaba visita.

Ni su padre ni Fatima solían presentarse sin avisar, menos aún pasadas las diez de la noche.

El pestillo estaba echado, la puerta estaba cerrada. Decidió simular que no estaba en casa.

El timbre continuó sonando de forma irregular.

Se oyó un chirrido cuando abrieron la trampilla del buzón instalado en la puerta.

Las luces estaban encendidas. Pero muchos dejaban las lámparas encendidas incluso cuando no estaban en casa. Solveig se quedó quieta. Contuvo el aliento.

Al final, la trampilla se cerró con un chasquido.

Pero el timbre continuó sonando.

Salió a hurtadillas al pasillo.

Se acercó a la puerta, apartó con cuidado la tapita de metal de la mirilla y echó un vistazo. Al otro lado: pelo rubio y tacones altos.

Marika Glans.

El buzón se abrió de nuevo.

Solveig se apartó de un salto.

Demasiado tarde.

—¿Hola? Te he visto. Sé que estás ahí, Solveig.

Solveig quitó la cadenita de seguridad y abrió. Marika le dio dos besos y entró.

—Pensaba que venías a venderme algo —dijo Solveig.

—No te preocupes, yo hago lo mismo; detesto que llamen al timbre. ¿Todo bien, cariño? —dijo Marika.

—Sí, ¿y tú? —dijo Solveig.

—Acabo de llegar de Copenhague. Tiendas buenísimas y bares increíbles. El hotel también de lo más acogedor —dijo Marika y fue hasta el salón con los zapatos puestos. Zarandeó una bolsa de papel blanca que llevaba en la mano—. También he comprado un poco de merienda. *Pain au chocolat.*

Hizo hincapié en la palabra *chocolat* al mismo tiempo que subía las cejas. Su expresión corporal era igual que la de la madre de Solveig cuando era pequeña y Londres o San Francisco salían a colación. Un cosquilleo. El sueño de tener otra vida.

—¿Quieres café o algo? —dijo Solveig.

—Ay sí, por favor.

Fueron a la cocina.

Marika se detuvo ante el espejo del pasillo. Inspeccionó las cosas que había sobre la cómoda. Objetos decorativos, crema de cacao, libretas. Descubrió la trompeta.

—¿Eres músico callejero? —Se rio con su propia broma. Cogió el instrumento y lo sopló sin conseguir sacarle ningún sonido. —¿Está rota?

—Tienes que saber la técnica —dijo Solveig—. Así.

Cogió la trompeta, apoyó los labios en la boquilla y expulsó una cantidad de aire precisa. Una nota cortante llenó el piso. Marika se tapó los oídos.

—¿Quieres que me piten los oídos o qué?

—No.

—¿Tienes un cepillo de pelo? —Marika estaba a punto de abrir el cajón de la cómoda.

—¡No! —gritó Solveig. Su corazón se aceleró. El manojo de llaves. Las llaves de Marika estaban allí dentro.

—O sí, claro. En el lavabo.

Fue a buscar un cepillo y se lo dio. Marika hizo una mueca rígida.

Entraron en la cocina.

Solveig cargó la cafetera americana y sacó unas tazas. Marika vertió un buen puñado de *brioches* dorados directamente sobre la mesa de la cocina. Arrugó la bolsa de papel e hizo puntería en el fregadero.

—Tengo platos, ¿eh? —dijo Solveig.

Puso la jarra de café en la mesa. Marika se sirvió.

Largos segundos de silencio.

—Bueno… —dijo Solveig.

—Lennie me dijo que te había escrito un mensaje por lo de la fiesta. —Marika sonreía.

—Sí.

—Me gustaría mucho que vinieras mañana.

—Lo siento, no puedo.

—A lo mejor no es asunto mío, pero ¿puedo saber por qué?

—Mi padre cumple años. —A Solveig se le ponía un poco más aguda la voz cuando mentía.

—Pues ven un poco más tarde.

—Nos vamos de viaje.

—Esta fiesta es, sin duda, el evento más grande del año, es superimportante para nosotros. No sé si me explico…

—Sí… pero, lamentablemente, no puedo.

—¿Estás completamente segura?

—¿Vais a estar los dos, tú y Lennie?

—Como te decía, es el evento del año.

—Lo siento —dijo Solveig.

La voz de Marika cambió, el tono se volvió más cortante.

—Creo que no lo acabas de entender del todo.

—¿El qué?

Marika se puso de pie. Pasó el dedo por la lámpara de pingüino de plástico que había en la ventana.

—¿Eres consciente de toda la mierda que tienes en casa? Quiero decir, bebes café de jubilado cuando podrías tener una cafetera expreso. Te paseas con ropa fea de Cubus cuando podrías vestir Vivienne Westwood. Y ¿esto qué es?

Levantó el monedero a cuadros de Solveig que había en la encimera. Soltó una risa humillante.

—¿Quién coño es Lovise Vuitton? Ven a la fiesta y tendrás dinero para cosas auténticas.

Solveig no tenía ni trabajo ni ahorros. El último sueldo del restaurante no le daría para mucho más. La oferta era tentadora. Pero no podía olvidar lo que había pasado. Tenía que conseguir las fotografías.

—Llevo una vida con la que la mayoría de la gente solo puede soñar. Tú también podrías tenerla.

Marika abrió los armaritos que colgaban sobre la encimera. Sacó un plato que tenía el canto desconchado.

—Me hice las tetas a los dieciséis. Medio año más tarde dejé la escuela y me fui a vivir con un chico que trabajaba en Kicki's, donde gané un concurso de bikini. Fue entonces cuando empezó todo.

Marika Glans hablaba en voz alta y con intensidad.

—Identificaba a las personas importantes y procuraba conocerlas mejor. Buscaba los caminos para entrar. Siempre me salía con la mía, me tejí una red de contactos. Porteros de discoteca, productores de fiestas y dueños de locales nocturnos. Modelos y fotógrafos. Agentes que realquilaban en negro y hosteleros. Los chicos que más dinero gastaban en Stureplan.

Su voz se volvió más liviana.

—Todo lo que hice lo hice para ascender. Salir adelante. Trabajé de animadora en galas de deportes de combate, hice de bailarina en vídeos musicales y conseguí hacer mi primera portada. Jamás olvidaré mi primer bolso auténtico de diseño. Un bolso Saddle de Dior por doce mil coronas. En aquel momento supe que no volvería a tener un trabajo normal nunca más. Me compré ropa interior de Cosabella, vaqueros de Seven y gorras rosas de Von Dutch. Me invitaron a Båstad y a Visby. Yates de lujo en Saint Tropez. Fiestas de piscina en Marbella e Ibiza. Castillos en Dubái. Luego llegué a la Mansión Playboy.

Solveig asintió con la cabeza, sorbió el café.

—El tema es que un hombre muy agradable quiere conocerte —dijo Marika cuando hubo terminado su monólogo.

—¿Quién?

—Venga ya, es guapo. Y bueno… tú confía en mí.

—Creo que será mejor que te vayas.

—Sacarás cincuenta mil. ¿Qué problema tienes?

—Lo siento —dijo Solveig.

Ruido de cerámica al romperse. El plato que Marika había tenido en la mano estaba hecho añicos en el suelo.

—Uy —dijo.

Solveig guardó silencio. Marika hizo un esfuerzo por sonar simpática.

—Cariño. Entiendo que tu papi sea importante para ti, yo también haría cualquier cosa por el mío. Bastará con que llegues a las nueve.

—Veré qué puedo hacer —dijo Solveig.

La mano de Marika en el brazo de Solveig. Una mirada sombría. Luego la pellizcó. Le retorció la piel, el dolor se extendía por todo el brazo.

—¿Irás o no?

—Por supuesto, iré. No hay... problema.

—Promételo.

Le ardía la piel.

—Sí, iré.

Marika la soltó.

—Bien.

66

Jueves 25 de mayo, tarde

*D*esde abajo, todo se distorsionaba. Los cuadros, el sofá, la mesita de cristal. Incluso Marika Glans. Su culo se hacía más grande y se le podía ver un atisbo de papada. Lennie estaba en el suelo del salón mirando al techo. El solitario rosetón recordaba a un tumor escayolado. Una anomalía. Como Jakob Adler. Un virus en el cuerpo de la sociedad. El que se acercaba demasiado enfermaba y poco a poco comenzaba a transmitir el contagio.

Lennie se rascó.

Marika Glans correteaba por el piso. De aquí para allá, acelerada al máximo. Llevaba la cabeza llena de rulos y se había puesto unas pestañas postizas extralargas. Solveig había mentido sobre su padre. Solo había un Micke Berg, músico, en Årsta, y cumplía años en noviembre. Lennie pensó en la nueva exigencia de Jakob Adler. Una orquesta. Y esto de Solveig Berg. ¿De verdad podía confiar en que llegaría a las nueve? El cansancio lo envolvía.

No tener el control.

No había nada peor.

Marika le dio un empujoncito con el pie.

—¿Cómo estoy? —preguntó y alzó ligeramente la barbilla. El vestido largo de color negro era transparente y tenía el encaje más grueso en los pechos y las caderas. El collar era un regalo que él le había comprado hacía varios años. Piedras de Eivy Flodin en la calle Nybrogatan.

—Pero di algo —dijo ella imperiosa.

—Estás guapísima —dijo Lennie.

Marika se metió en el dormitorio.

¿Qué iba a ponerse él? Tendría que ser un traje negro elegante y camisa blanca. Clásico, refinado. ¿Demasiado sencillo? ¿Debería ponerse esmoquin?

—¿Marika?

No hubo respuesta. Solo el ruido del armario ropero al abrirse en el dormitorio y vaciarse de contenido. Lennie sacó el móvil. Primero miró las páginas de noticias. Nada nuevo sobre Elina. El blog de Solveig. Nada allí tampoco. Lennie miró la hora. Eran las cuatro de la tarde. Tres horas para que los invitados comenzaran a llegar. Tenía que mantenerse firme. Quemar la fiesta. Luego ella podría escribir lo que le diera la santa gana.

Treinta y dos correos nuevos en la bandeja de entrada.

Los primeros diez los marcó como *spam*. El asunto «Sobre Lena Ph» lo hizo detenerse. Cruzó los dedos para que fuera una última confirmación por parte de su secretaria personal. Abrió el mail.

«Sintiéndolo mucho, ha habido un solapamiento de bolos y Lena se ve obligada a cancelar. Lamentamos avisar a última hora.»

Disculpas de Lena Philipsson.

Tan transparente. Sin duda, se habían enterado del interrogatorio de la policía y les había puesto nerviosas. ¿Qué iba a hacer ahora? Encontrar un sustituto en tan poco tiempo no era viable. Y luego la jodida orquesta. Jakob Adler esperaba un gran acontecimiento, algo sensacional.

Lennie no tenía nada preparado.

Bueno, tenía el polispasto, pero no servía como número principal, sino que más bien estaba pensado para ser la guinda del pastel.

Empezó a enumerar las alternativas.

Lucha libre entre chicas.

Demasiado simple.

Poner a parir a Magnus Uggla.

Ningún sentido.

—¡Marika!

—No hace falta que grites.

Estaba a su lado. Se había cambiado y ahora llevaba tejanos blancos y cazadora vaquera también blanca. Tenía algo negro en las manos. Un objeto anguloso. Marika lo alzó y apunto a Lennie con él.

—¿Qué haces?

Lennie estaba mirando fijamente la boca de un cañón. Empezó a sufrir visión en túnel, como si estuviera mirando por un tubo.

Marika tiró de la corredera.

—Bang.

Marika hizo ver que soplaba el humo del cañón y guiñó un ojo.

Lennie se sintió vacío. Despojado de fuerzas. Mentalmente reseteado.

Las palabras de Dan Irén sobre la alegoría del cartón de huevos resonaban en su cabeza:

«Si te rodeas de huevos podridos, te acabas pudriendo».

Jakob Adler. Marika Glans. Dos sinvergüenzas corroídos y en descomposición.

—¿De dónde has sacado eso? —preguntó Lennie.

Ella movió la pistola.

—Adivina.

El parqué parecía puntiagudo bajo su espalda, como si estuviera estirado sobre una cama de clavos.

—Lena Ph se ha echado atrás. No tenemos espectáculo.

—¿Quién está de reserva?

—Nadie.

—Típico.

Marika lo miró fijamente, como si Lennie tuviera la cabeza hueca. Un idiota. Guardó la pistola en el bolso y se echó perfume. Tres pulsaciones. Un aroma de noche que embriagaba el espacio.

—¿Qué piensas hacer? —preguntó Lennie.

Marika se frotó las muñecas sobre el cuello y la nuca.

—Lo que haga falta.

67

Jueves 25 de mayo, media tarde

*E*n las tardes de verano las aguas de la localidad de Landfjärden eran de color negro verdoso. El sol estaba bien alto en el cielo. Olía a algas y sal. Podría haber sido hermoso, pero ahora no lo era. Kalju Saagim estaba sentado en el asiento de cuero blanco del puente volante, la cabina de mando abierta en la cubierta superior del barco. Un yate norteamericano. Grande, de línea aerodinámica y con los cristales tintados. Plástico blanco y madera noble. Lujo flotante. Pero entre los barcos de vela y las barcas de madera del archipiélago sueco, la última «inversión» de Jakob Adler no lograba hacerse valorar. Vulgar y de mal gusto. Así interpretaba Kalju las miradas de los pasajeros a bordo de los barcos con los que se cruzaban. Pero Jakob Adler, con gorra de capitán y al timón, parecía más bien disfrutar de la atención que le brindaban. Estaba de buen humor, no paraba de hablar de la noche que los esperaba. Por alguna razón, mostraba especial interés en la orquesta en vivo que iba a actuar. Kalju asentía con la cabeza, infería un «sí» o un «ya» de vez en cuando para mostrar que estaba escuchando.

Un grupo de piragüistas se aproximaba en silencio.

Jakob Adler aceleró justo antes de que se cruzaran. Unas olas grandes hicieron que las piraguas comenzaran a balancearse. Uno de los hombres gritó algo, soltó los remos y alzó las manos.

Jakob se reía.

—Maricones —les gritó.

Unas cuantas gaviotas volaban graznando en el aire. Una golondrina de mar se zambulló en busca de peces.

—Yo soy como el vino, mejoro con los años. Otros, son como tú —dijo Jakob y se rio aún más fuerte.

Kalju no se molestó en responder. Le dejaba que fuera diciendo cosas.

—Hoy cumplo cuarenta y estoy exactamente donde quería estar. Las crisis de edad son cosa de perdedores —dijo Jakob y se recolocó la gorra. Azul marino con una cinta amarilla descolorida y anclas bordadas—. ¿Qué tal te va, amigo? ¿Has encontrado tu lugar en el mundo?

—Mmm.

—¿Sigues viendo a esa chati?

Kalju oteó tierra firme. Pudo ver la playa con embarcadero y varadero.

—¿Cómo piensas atracar? —preguntó. No le apetecía hablar de Solveig.

—Joder, qué silencioso eres. Un finlandés de pura cepa. ¿Tienes pegamento en la boca?

—Sabes que soy estonio.

—Joder, Kalju. ¿Cuándo pensabas hablarme de tu *donna*?

Una repentina ráfaga de aire atravesó a Kalju. Como si fuera hueco. Cada día que pasaba era como si una pequeña parte de su alma pereciera. Al final no quedaría nada. No sería más que una cáscara vacía.

—Ya no nos vemos —dijo Kalju.

Jakob le dio una palmada en el brazo.

—Anímate, cojones.

Robles frondosos y campos de cultivo se extendían en tierra. Allí delante se podía vislumbrar el castillo. Un edificio claro de piedra con los tejados cubiertos de cardenillo. Era más pequeño de lo que Kalju había imaginado.

—Tienes que alegrarte de que papá cumpla otra década.

Los motores aminoraron la marcha. Se acercaban al embarcadero. Tablones anchos, sauna y escalerilla hasta el agua. Kalju abandonó el asiento de cuero y bajó para amarrar.

La sensación era casi tangible.

Algo horrible iba a acontecer.

68

Jueves 25 de mayo, media tarde

*L*a aspiradora resoplaba. Por el tubo se propagaba el ruido de las migas de pan duro al ser succionadas. Las siguió un viejo clip de pelo. Purificante. No solo una limpieza como esa, se podía notar también en el cuerpo, en la cabeza.

En la mesita de centro Solveig vio el libro que Kalju le había dejado.

Ser quien eres y transformar el mundo (¿es la hora?).

Dejó de aspirar.

Cogió el libro y lo abrió por una página cualquiera. El capítulo hablaba de atreverse al cambio. De atreverse a tomar tu propio camino.

Obviedades banales. Cosas que todo el mundo sabía. Sonaba igual que algo que pudiera decir Dan Irén. El mero hecho de pensar en él le produjo escalofríos. Y ella había estado desnuda a su lado. A toro pasado, pocas cosas le resultaban más desagradables. Él había entrado en su casa y le había colocado una cámara para espiarla.

Solveig se sintió asqueada.

Y fracasada.

Los compañeros de clase de la rama de sociales en el instituto de Kärrtorps parecían apañárselas todos mejor con la vida que ella, según las actualizaciones de estado en Facebook. Hanna y Nadya se habían licenciado en ciencias políticas y derecho. Antonia tenía su propia empresa de jardinería y colgaba fotos de setos podados de forma artística y arriates deslumbrantes, Frida llevaba un importante blog sobre moda, Jens era cineasta en Berlín y Robin llevaba vida de familia, con esposa e hijos. Luego había un par que ni siquiera estaban en Facebook, el que iba con abrigo de piel incluso en verano y la que lo dejó al segundo trimestre para «empezar a vivir de verdad». Y los que habían desaparecido. Solveig temía convertirse en una más.

Algo tenía que pasar.

En cuestión de horas se metería en el piso de Lennie. Si tan solo pudiera encontrar allí las fotos. O alguna otra cosa. Lo que fuera, pero que la llevara adelante. Más cerca de la verdad.

Sonó su móvil. Un número con prefijo de Estocolmo en la pantalla.

Lo cogió.

—Solveig.

—Aquí Andreas Pihl, de la policía. ¿Te cojo en buen momento?

—Sí —dijo Solveig.

—¿Cómo te encuentras?

—Bueno, estoy limpiando un poco la casa.

Solveig arrugó una vieja servilleta entre los dedos.

—Hemos detenido a un individuo. Ha confesado. El allanamiento, la cámara, todos los mensajes.

Solveig vio a Dan Irén delante de sí. Sentado en un pequeño y frío calabozo.

Su cuerpo se sintió inmediatamente un poco más liviano.

—Entonces, ¿lo ha confesado? —dijo ella.

—Johan Skoglund, veintiséis años y residente en Hägersten. ¿Lo conoces de algo?

¿Johan Skoglund? Ahora no entendía nada.

—¿Sigues ahí?

—Sí —dijo Solveig.

No cabía duda de que Johan había sido singularmente desagradable, incluso para ser cocinero en el Howdy Burger. Solveig había oído que Ullis Asp le había dado un aviso después de haberle tocado el culo a varias chicas durante una fiesta de empleados. Pero ¿esto?

—¿Estáis seguros de que es él?

—Sí, Johan Skoglund se ha hecho responsable de todo. Ya había sido detenido antes, por infringir la orden de alejamiento que se le impuso para una exnovia.

—¿Cómo habéis dado con él?

—Por lo visto, la encargada en su trabajo estaba irritada porque mandaba mensajes de móvil en horario laboral, le confiscó el teléfono y vio los mensajes. Cuando fuimos a detenerlo encontramos tu bata en su piso.

—Entiendo…

«Ullis Asp», pensó Solveig. Al menos tenía algo que agradecerle.

—Serás interrogada como parte demandante. ¿Estás bien?

—Claro.

—Cuídate.

Solveig apoyó la cara en las manos. Había inflado unas cuantas suposiciones sueltas, había acusado a Dan Irén, lo había denunciado a la policía y ahora resultaba que era inocente. Estaba avergonzada. Joder, muy avergonzada.

Rápido.

Nuevo mensaje.

Escribió que era una estúpida, que todo había sido un malentendido, lo sentía muchísimo y esperaba que él pudiera perdonarla. Evidentemente, retiraría la denuncia, si es que no estaba ya anulada.

Se lo envió a Dan.

Miró por la ventana. Escuchó el ruido del tatuador de abajo.

Dio un respingo.

El móvil vibró.

Respuesta instantánea.

«No te preocupes, el estrés puede provocar sentimientos irracionales. Nos vemos en la fiesta de Lennie?»

69

Jueves 25 de mayo, noche

*T*odos los que llegaban hacían algún comentario sobre la fuente de champán: doscientas copas anchas apiladas en forma de pirámide ante el portón del castillo Häringe. El brebaje amarillo pajizo se derramaba burbujeando en una caída espectacular. Fantástico. Pero el más satisfecho de todos era Lennie por cómo había resuelto el problema de la orquesta con tan poco margen de tiempo. Unas notas hermosas y dramáticas llenaban todo el jardín. La mezzosoprano Malena Ernman y la Filarmónica Real interpretaban piezas clásicas, proyectadas en la fachada del castillo. El resultado era prodigioso, mucho mejor que con arcos e instrumentos de percusión auténticos.

Por increíble que pareciera, también había conseguido encontrar un sustituto para Lena Philipsson. Unos años atrás, el cómico Rickard Ringborg había descarrilado en una *postparty* en el piso de Lennie. Tras varios intentos fallidos de llevarse a Lily Hallqvist a su casa, había comenzado a meterle mano. Luego colmó el asunto metiéndola en un vestidor. Al día siguiente, Lennie había conseguido convencer a Lily para que no lo denunciara.

Lennie no había tenido que recordarle aquel favorcito cuando lo llamó por teléfono. Rickard Ringborg le dijo enseguida que participaría, a pesar de la inmediatez. Si Marika mantenía su promesa y se encargaba de que Solveig se presentara en la fiesta habría alcanzado el objetivo.

Entonces los cinco millones serían suyos.

Lennie le estrechaba la mano a cada invitado que llegaba:

—Bienvenido. Jakob se alegra de que estés aquí.

Hombres en esmoquin. Hombres que olían muy fuerte a loción de afeitar. Hombres que hablaban ruso e inglés con acento. Hombres jóvenes. Hombres mayores. Hombres ricos. Hombres importantes.

—Jakob se alegra de que estés aquí.

Solo unos pocos llegaron en compañía femenina. Lennie no sabía si eran esposas o amantes. Las mujeres se mantenían arrimadas al acompañante y, en general, no decían nada.

Constantemente iba recibiendo informes al oído. El equipo de radiocomunicación que había conseguido funcionaba perfectamente. Sin el menor ruido de fondo ni interferencias. Hockey estaba preparado para salir con champán a la señal de Lennie.

—Jakob se alegra mucho de que estés aquí.

La gente parecía estar a gusto. Las chicas cumplían con su trabajo. Se mezclaban, charlaban y llenaban las copas.

De pronto el bullicio menguó.

Solo se oía la música y el crepitar de la gravilla bajo las suelas de los zapatos.

Lennie a Hockey:

—¡Estate preparado!

Toda la atención recayó en el camino que bajaba hasta el agua.

Lennie enderezó la espalda y susurró al micrófono:

—Diez segundos.

Pudo palpar la tensión. La primera impresión era decisiva. La recepción marcaba el tono del resto de la velada. Si algo salía mal sería difícil, quizás imposible, recuperarse.

—¡Ahora! —ordenó Lennie.

Adina Blom y Natalie Holmin salieron del castillo vestidas con negligés negros, ligas y encajes. Se acercaron con paso altivo a Jakob Adler, lo tomaron de ambos brazos. El homenajeado llevaba esmoquin con solapas curvadas y mocasines de terciopelo negro. Un poco más atrás apareció el finlandés, con un traje sencillo.

La procesión se detuvo a escasos pasos de Lennie.

Jakob Adler contempló la fachada.

Malena Ernman estaba en mitad de un aria, las notas

eran tan agudas que las copas amenazaban con romperse entre las manos de los invitados.

En su rostro no había nada que revelara lo que aquello le parecía.

Poff.

El corcho del champán voló por los aires.

Hockey llegó con una botella de Krug Grande Cuvée a la temperatura perfecta. Una botella de auténtico prestigio, el favorito de los amantes del champán. El asistente quitó el resto de la cápsula de aluminio con gran concentración. Lennie constató que el traje y el peinado húmedo le quedaban bien, le daban una presencia más varonil, más madura.

Lennie le hizo una seña a Adina.

—Permíteme —dijo, y le quitó con elegancia la botella a Hockey y sirvió champán en una copa *vintage*, ancha y de perfil bajo, que según contaba la leyenda estaba inspirada en los pechos de alguna reina francesa. Adina le sirvió a Jakob Adler con tanta gracilidad que Lennie no titubeó en cruzarse con la mirada del anfitrión.

Primero nada. Luego, un breve asentimiento con la cabeza.

Aprobado.

Lennie alargó la mano. Jakob Adler se la estrechó y le dio un abrazo, seguido de una palmada entre los omoplatos.

—Feliz cumpleaños —dijo Lennie, y oyó que el bullicio se reavivaba.

Media hora más tarde los invitados habían avanzado hasta el salón principal, en la última planta. Las frases de cortesía se mezclaban con una buena sesión de jazz y risas esporádicas. Lennie y Hockey estaban colocando regalos de cumpleaños y ramos de flores en la antesala. El contenido se podía adivinar por la forma y el papel del envoltorio. Whisky añejo escocés, bolígrafos Montblanc y una pinza para billetes de Cartier. Hockey agarró un paquete grande.

—Cuidado —dijo Lennie.

Sabía que se trataba de una escultura de cristal de edición numerada de Kosta Boda, un lobo a tamaño natural, regalo de Dan Irén, quien se ocupaba de la música.

—Aquí. Ponlo aquí.

Lennie hizo sitio al lado de una cesta de exquisiteces italianas. De pronto la visión de todos los paquetes le hizo sentirse inseguro y un poco tosco. Él había descartado hacer un regalo tradicional. Quería dar algo más grande, algo único. Más o menos como los objetos de las paredes. Armaduras, mosquetes, pinturas de caballeros al óleo agrietado y una vieja corneta de algún tipo. «La trompeta de Häringe», leyó en un cartel. Había sido usada por Gustavo II Adolfo en la batalla de Lützen. El orgullo del castillo, una rareza de valor incalculable. Quizá podría nombrarla en su discurso. Para conectarlo con la majestuosidad de la que Jakob le había hablado a Lennie cuando le encargó el trabajo.

El regalo de Lennie sería una sorpresa.

El regalo supremo.

Primero, el cómico preferido de todo el mundo, Rickard Ringborg, los invitaría a un espectáculo personal con sus personajes más apreciados, los viejos clásicos de los noventa que actualmente no interpretaba casi nunca. Cuando Lennie lo llamó, había aceptado resucitar tanto al leñador de Norrland como al amo de casa que siempre iba cachondo.

Sí, incluso al hombre meón.

Un poco más tarde, tras el divertimento y la comida, pero antes de que los invitados estuvieran demasiado borrachos, cuando todo el mundo pensara que la fiesta había alcanzado el clímax, entonces se abriría el techo.

—¿Has comprobado que Lily tenga todo cuanto necesite? —le preguntó a su asistente.

—Acabo de subirle espumoso y cacahuetes con wasabi —dijo Hockey.

Al principio, Lily Hallqvist se había negado a meterse en la buhardilla por culpa de las telarañas, pero con la ayuda de una elegante *chaise longue* y un generoso suplemento por horario incómodo se dejó convencer y podía pasar unas horas allí metida a la espera de su entrada triunfal.

—Y ¿los arneses?

—Tanto el suyo como el de Jakob están montados —dijo Hockey—. Por el momento, el de Jakob está escondido en la sala gótica.

Lennie sonrió.

Según lo acordado, su contacto circense había estado allí por la mañana preparando el mecanismo. El funcionamiento era simple. Lo único que Lennie debía hacer era tirar de la cuerda que habían atado junto al hogar.

—Bien. Ten a Lily de buen humor.

Se retiró unos pasos y contempló la mesa de regalos. Cosas bonitas, sin duda, pero nada comparable con lo que él había preparado.

Reforzado en su convencimiento entró en el salón y contempló la grandiosidad del evento.

¿Aquello lo había conseguido él?

El suelo de piedra estaba cubierto de alfombras orientales, muebles rococó y otomanas. Un harén burlesco. Moulin Rouge en Marrakech. Era como un cuadro rimbombante. El champán corría por doquier. Mujeres bellas por todas partes. Mujeres que entretenían y satisfacían. Mujeres que alimentaban a los hombres con marisco, *carpaccio* y aceitunas.

En el centro estaba sentado Jakob Adler, reclinado en una antigua butaca.

Estaba en el punto de mira, era el centro, rodeado de sus más allegados como capas de sedimento. Los hombres con mayor estatus en el medio, los menos importantes circulaban junto a las paredes y por las estancias contiguas. Lo único que molestaba a Lennie, aparte de las miradas escudriñadoras de Kalju Saagim, era que Jakob estaba fumándose un puro cuando estaba explícitamente prohibido fumar.

Dan Irén cambió de canción con una hábil transición musical y le lanzó una sonrisa a Lennie.

—Buena fiesta —le dijo haciendo mimo con los labios.

Lennie asintió con la cabeza. Estaba claro que era Dan Irén el que tenía que pinchar y no un chaval con llamaradas en la camiseta, salido de alguna compañía de eventos.

—¡Lennie!

Rickard Ringborg apareció de pronto a su lado.

—Aún no —le susurró Lennie, e hizo retroceder al cómico a la estancia con paredes góticas. Llevaba una copa en la mano. Bebía como un alcohólico. Tragos copiosos y apresurados. Sus mejillas ya comenzaban a adoptar una tonalidad roja.

—¿Sabes qué sería divertido? —dijo Lennie—. Si pudieras empezar con el amo de casa que siempre va cachondo.

Una expresión forzada cubrió el rostro del cómico.

—No sé…

—Será divertidísimo —dijo Lennie.

—Creo que tengo que renunciar a todo el bolo.

Lennie se lo quedó mirando.

—Pero si nos pusimos de acuerdo en que ibas a actuar.

Rickard Ringborg pestañeó con fuerza.

—El público no es el adecuado.

—Que le den al público. Tú estás aquí por Jakob Adler.

Lennie le quitó la copa de la mano y miró la hora.

—Vas a actuar dentro de muy poco.

Rickard Ringborg miró a Lennie con ojos suplicantes. Le brillaban, y no solo por el alcohol.

—Estoy perdiendo a mi verdadero yo. Hay días que apenas sé cómo me llamo. ¿Quién es Rickard? El auténtico Rickard. Tengo que solucionarlo, reencontrarme de nuevo.

—Luego podrás hablar con Dan Irén —dijo Lennie.

—Lo lamento mucho, pero no haré ningún personaje. Me afecta demasiado.

Por un breve instante Lennie sintió pena por él. Al mirar a Rickard Ringborg vio un payaso llorando. Una persona trágica que no podía controlar el consumo de alcohol. En otra situación es probable que lo hubiera dejado escaquearse, pero ahora no.

—Te ayudé cuando la cagaste con Lily —dijo Lennie.

El cómico pareció morirse de miedo. Su mirada, inquieta como la de una liebre.

—Puedes hacerlo. El público te adora y tenemos un trato —dijo Lennie y se marchó de su lado con una palmada en el hombro.

Se dio una vuelta por el gran salón.

Saludaba con la cabeza, intercambiaba unas pocas palabras y sonreía.

Todo fluía.

Las chicas estaban espléndidas. Bailaban y coqueteaban. Iban llenando copas y se paseaban con bandejas llenas de emparedados y canapés. Vigilaban que nadie se aburriera.

Máxima categoría, tal como Jakob Adler lo había deseado. Al otro lado de las ventanas el sol comenzaba a bajar.

Eran las nueve. Solveig ya debería estar aquí. Había pasado más de una hora y media desde que Marika se había ido a buscarla. Lennie la había llamado y le había escrito varios mensajes. Sin respuesta.

Se acercó a Jakob Adler.

—Espero que todo sea de tu agrado —dijo Lennie.

El homenajeado lo observó.

Lennie necesitaba ir al baño por tercera vez en un breve espacio de tiempo. Justo iba a abrir la boca de nuevo cuando alguien le puso una mano en el hombro. Unos dedos largos se deslizaron por la americana, le apretaron la camisa nueva contra la piel. Lennie se volvió y esperó ver a Marika Glans alzando sus cejas postizas titilantes y diciéndole que Solveig había llegado.

—Pero, joder —dijo—. Hockey.

El asistente llevaba un asa oxidada en la mano que parecía haber pertenecido a una armadura o un arma medieval.

—Discúlpanos. —Lennie se hizo a un lado con el asistente.

—¿Qué estás haciendo?

—No logro subir a la buhardilla. La puerta se ha atrancado. Esto se ha soltado cuando he intentado abrirla.

—Tendrás que abrirla con una ganzúa o algo. —Lennie pudo oír lo irritado que estaba—. No sé, pero soluciónalo.

—Lo intentaré.

—¿Has visto a Marika?

—No.

Jakob le hizo un gesto a Lennie para que se acercara.

Un aliento cálido, etílico, le rebotó en la oreja.

—Muy buena fiesta la que has montado —dijo Jakob Adler.

—Gracias, me alegro de oírlo.

Parecía que el alcohol, la música, las chicas —bueno, todo— le habían hecho olvidar su petición respecto a Solveig. Al menos por el momento. El centro de la fiesta se sumió en una conversación con el hombre que tenía al lado. Se parecían. Ambos iban bien peinados, con un montón de gomina. Pero el lenguaje corporal de Jakob era más ampuloso, los gestos del otro eran más retraídos y se reía más a menudo con los comentarios de Jakob que al revés. Natalie llenó las copas de los hombres, luego ella y Adina se sentaron en sus regazos. Se turnaban para alimentar a Jakob con ostras que cogían de una bandeja llena de hielo. Belon, una de las mejores variedades, el doble de caras que las Fines de Claire, las ostras normales de restaurante. Cada vez que Adina cogía una concha rugosa, Jakob Adler reclinaba la cabeza, sacaba la lengua y sorbía el molusco. Parecía impasible, pero Lennie cruzaba los dedos para que notara la diferencia. El otro, en cambio, estaba visiblemente contento con la situación, desacostumbrado a recibir la atención de mujeres hermosas, y no perdía oportunidad de aprovecharse. Su mano estaba en todas partes, pero Adina solo se reía. A Lennie le pareció ver que el hombre guardaba algo anguloso en el bolsillo interior de la americana. ¿Una pistola? Se lo quitó de la cabeza. Podía tratarse de cualquier cosa.

Jakob Adler sacó una bolsita de plástico.

Vació la copa y se hizo una raya de cocaína.

70

Jueves 25 de mayo, noche

*L*a oreja en la puerta. Solveig aguzó el oído una vez más, pero estaba todo en silencio. Eran poco más de las nueve de la noche cuando introdujo la llave en la cerradura del piso de Lennie y Marika.

Y la hizo girar.

Entró.

El recibidor era pequeño pero tenía luz. Un felpudo del fabricante de coches Ferrari, un espejo de cuerpo entero y un perchero con americanas, chaquetas de béisbol y gorras de distintos colores en el estante. Entre las perchas colgaban un par de cazadoras vaqueras que parecían de tamaño infantil.

—¿Hola? —gritó para cerciorarse de que realmente no había nadie en casa.

Silencio.

Se adentró un poco más.

Se quedó de pie en el umbral de la puerta que daba a la sala de estar.

Parecía una mezcla de puticlub y el sueño de todo soltero. El sofá blanco de piel en varias piezas. La mesita de cristal. Los postes de *striptease*. Junto a una de las paredes había un aparador de poca altura. El parqué crujía bajo sus pies. Solveig deslizó la puertecilla a un lado e inspeccionó rápidamente el contenido entre mandos a distancia, aparatos electrónicos y cables. Una funda de plástico cayó al suelo, un vídeo de entrenamiento con una mujer musculosa que hacía ejercicios sobre una pelota.

La cocina quedaba a la derecha después del pasillo. Era

alargada y de acero inoxidable, como un depósito de cadáveres. Los fogones tenían reguladores grandes y doble horno. Solveig abrió el superior, en la cara interior de la puerta todavía estaban las pegatinas del fabricante. Lennie y Marika no parecían cocinar demasiado. La puerta se cerró con suavidad.

La cama del dormitorio estaba deshecha. Había almohadas y sábanas de seda negra esparcidas por el suelo. Solveig estuvo a punto de pisar las bragas usadas de Marika, lilas y con un rastro seco de color blanco amarillento en la entrepierna. Solveig las apartó de una patada y abrió el cajón de una de las mesitas de noche. Un blíster con anticonceptivos, un libro de bolsillo con un dragón en la portada y una botellita de aceite de masajes. Solveig fue rápidamente al otro lado.

Sin aviso previo, el silencio se rompió de golpe.

Una alarma.

Una señal aguda cuya intensidad iba en aumento.

Pasaron unos segundos, luego el ruido cesó y todo quedó de nuevo en silencio. Venía de un coche de la calle.

En el cajón de Lennie había una decena de tapones amarillos para los oídos y una botella de Salubrin contra picores puntuales. Nada más.

¿Dónde habría escondido ella sus secretos?

Solveig continuó hasta el despacho. Pequeño y apiñado, con librerías que cubrían las paredes. Libros sobre economía empresarial, carpetas y cajas de almacenamiento de la marca Granit. Levantó la tapa de un par de ellas, estaban llenas de recibos. El escritorio tenía una estera rectangular con motivos de Las Vegas. Encima había un bol de Georg Jensen que parecía demasiado exclusivo para llenarlo de bolígrafos y monedas extranjeras. Solveig se sentó en la silla de cuero y hojeó una montaña de papeles. Las facturas eran de empresas como Kickup Booster AB, Energie Française Svenska AB y VitalMan AB. Se quedó un momento pensando en la última. VitalMan. El arcón congelador. El programa en Berns. Una vez más vio el pánico en los ojos de Lennie. ¿Qué le había dicho Elina Olsson? Estaba a punto de lanzar un tratamiento de belleza con piedras preciosas.

Solveig abrió uno a uno los cajones de la cajonera. Encontró una calculadora, cuentas de hotel y viejos teléfonos móviles. Cuando se reclinó, el respaldo osciló de una manera que los muebles baratos no hacen nunca. Repitió el movimiento un par de veces.

¿Dónde estaban las fotos?

Solveig hizo rodar la silla hacia atrás, se agachó y miró debajo de la mesa. Le dio un vahído. Le costaba creerlo.

Una caja oculta.

Ancha y profunda, de metal negro, hecha para no verse. Los dedos en la manilla, un leve chirrido.

Dio un tirón para sacar la caja y esta estuvo a punto de caer al suelo. La salvó en el último segundo. El contenido era un embrollo. Algunos blocs de notas y papelitos escritos a mano con códigos bancarios.

Ahí.

Entre dos de los blocs.

Un sobre rojo.

Solveig lo cogió.

Las fotos estaban pixeladas, la resolución era baja. El papel fotográfico se había descolorido y las esquinas estaban llenas de huellas dactilares. Una mujer yacía desnuda en el suelo, algo que parecía un tubo de metal asomaba entre sus piernas. Tenía que ser Elina. Una persona, un hombre joven, miraba a la cámara, su brazo estirado se veía como una sombra en el borde. Lennie.

Las fue pasando.

Algo cambió. De pronto el hombre parecía distinto. Solveig miró más de cerca. Ya no era Lennie, sino otra persona. ¿Habían sido dos?

El otro tenía el pelo desgreñado y pálido, una especie de peinado surfista.

Ahora vio quién era.

Carlos Palm.

Lennie y Carlos lo habían hecho juntos. Recordó las palabras de Elina Olsson:

«Carlos destruyó los negativos».

Ahora Jennifer estaba muerta y Elina desaparecida. La sospecha de que Carlos también hubiera desaparecido se hizo más fuerte.

¿Quién era el siguiente de la lista?

Un sonido extraño. Solveig aguzó el oído. No venía de las tuberías. Pasos. Actuó por acto reflejo. Recogió las fotos. Abrió la caja. ¿Qué había hecho con el sobre?

Un estrépito.

Algo rígido le golpeó la cabeza. Las fotos se esparcieron por el suelo. Solveig cayó de la silla, tanteó con la mano, encontró apoyo en el escritorio. Vio dos piernas delgadas y una mano que sujetaba algo.

—Solveig.

Una pistola la estaba apuntando.

Intentó echarse atrás, pero la pared se lo impidió.

—Nos vamos de fiesta —dijo Marika Glans.

71

Jueves 25 de mayo, noche

Alguien había bajado un gran espejo dorado al suelo. Sobre el cristal había varios montones de polvo blanco. Adina, Natalie y un par de chicas rubias cuyos nombres Lennie no recordaba estaban inclinadas hacia delante y se turnaban para esnifar rayas. Otras estaban sentadas en el regazo de algunos hombres metiéndose mano. Lennie apretó la tecla verde para volver a llamar a Marika cuando un bocinazo llenó la sala. Sonaba como un elefante muriéndose. Un vistazo por encima del hombro.

Maldita sea.

La trompeta de Häringe.

A Lennie le vino a la mente el cartelito que colgaba debajo de la alhaja del siglo XVII: «valor incalculable».

Lennie se acercó a toda prisa al hombre que agitaba la trompeta en el aire.

—Dame eso —dijo.

—Tranquilo.

Lennie alargó la mano para coger la trompeta, ante lo cual el hombre la alzó hacia el techo.

—Pues cógela.

—Sé tan amable de darme la trompeta.

—¡Cógela! ¡Cógela!

La ira lo llenó por dentro. Hockey tenía el deber de controlar la situación, pero el asistente había desaparecido sin dejar rastro y no respondía a sus llamadas. Lennie maldijo. Debería haber sido más previsor. Debería haber recogido los objetos de valor, contratado guardias. Incluido la seguridad en el presupuesto. Había sido tan tacaño como ingenuo. Jamás pensó que alguien se atrevería a hacer el capullo ni portarse mal en la fiesta de Jakob, se había esperado que habría una suerte de autorregulación.

Lennie se aclaró la garganta, impostó el tono de voz.

—Que me des la trompeta.

El hombre miró el instrumento, luego a Lennie.

—Claro, toma.

La tiró al aire.

Lennie percibió la corneta de latón deslizándose entre sus dedos, agitó las manos en el aire; tanteó, la trompeta dio una vuelta entera hasta que por fin logró agarrarla con cierta firmeza por la boquilla.

«Aguanta», se ordenó a sí mismo.

Se la entregó a Adina y le pidió que la guardara en un lugar seguro en alguno de los edificios contiguos.

Tenía que hacer algo.

El plan era dar el discurso en honor a Jakob y luego dejar que Rickard Ringborg actuara, pero decidió invertir el orden. Primero el cómico, luego el discurso y al final la gran sorpresa. Lily Hallqvist bajaría en volandas desde el techo, disfrazada de ángel con ropa interior blanca de encaje, y se llevaría a Jakob, en su propio arnés, de vuelta al paraíso.

Lennie se preparó. Se situó en el extremo corto de la mesa, donde se le veía bien, activó el micrófono e hizo tintinear una copa.

No pasó nada.

Lo intentó de nuevo. Nadie se percataba de su presencia.

Lennie le hizo un gesto a Dan Irén, que bajó la música.

Jakob Adler levantó una mano.

Se hizo el silencio absoluto.

—Damas y caballeros —dijo Lennie—. El artista de la noche no requiere presentación alguna. Aquí os traigo a… ¡Rickard Ringborg!

El cómico entró en la sala.

Pasaron dos largos segundos. Rickard Ringborg cerró los ojos y movió los hombros para relajarlos. En alguna parte de la estancia arrastraron una silla. Alguien tosió.

Entonces el cómico abrió los ojos.

La mirada era nueva, los labios esbozaron una peculiar sonrisa. Infló el pecho, se escupió en las manos y se echó el cabello hacia atrás.

Rickard agitó el reloj de oro. Se cruzó de brazos y sonrió burlón con el pecho salido.

Rickard se arremangó la camisa, se puso saliva en los dedos y comenzó a borrarse un tatuaje que se había pintado previamente.

No podía ser cierto.

Lennie comprendió lo que el cómico estaba haciendo.

Estaba interpretando a Jakob Adler.

A Lennie se le encorvaron los dedos de los pies cuando oteó el salón en busca de reacciones. Vio a hombres con cara de piedra. Vio a mujeres con miradas impasibles. Vio a Jakob Adler, que no hacía el menor gesto.

Rickard Ringborg carraspeó. Su voz era grave.

—Amigos…

Lennie cogió aire por la nariz.

—Me encanta veros aquí reunidos esta noche. Por cierto, no sé si es la iluminación, que es un poco mala aquí dentro…

Hizo una pausa retórica.

—Pero tenéis todos una pinta la hostia de sospechosa.

Silencio sepulcral. Alguien había dejado una copa llena donde Lennie se encontraba. La cogió y le dio un par de tragos. Alzó la cabeza y se cruzó con la mirada negra de Kalju Saagim.

Rickard Ringborg volvió a la carga.

—¿O es que estáis especialmente pálidos… porque en Kumla han cerrado el solárium?

Jakob Adler alzó la copa de whisky Laphroaig. Lennie pensó en el pago. ¿Cómo pensaba Jakob darle el dinero? Quizá los billetes estaban impolutamente colocados en fajos en un maletín de aluminio de Rimowa en el barco de Jakob, en el embarcadero. Udo Christensen ya tenía preparada la maniobra. Había registrado diez empresas que iban a comprar anuncios falsos en Glammagazine.se. Lennie iba a abrir diez o veinte subpáginas chulas, páginas de campañas, que facturaría a ciento cincuenta mil coronas cada una. Aparte, anuncios falsos en blogs, *banners* y televisión por web. Facturas por un valor de cuatro millones de coronas. Sobre el papel todo el beneficio se vería engullido por la web deficitaria de la revista. Como mínimo, tres millones y medio a cuenta. Libres de impuestos.

A menos que Rickard Ringborg lo mandara todo a la mierda. Lennie oyó que el cómico continuaba:

—O sea, cerraron el solárium de Kumla… porque mariconeasteis demasiado entre vosotros allí dentro.

El silencio cortaba en los oídos. Un hombre que tenía aspecto de ametralladora estaba a punto de levantarse. Lennie miró de reojo a la mesa Jakob. Incluso Dan Irén tenía una expresión tensa en la cara. La cabeza le iba a mil por hora. ¿Debería salir e interrumpirlo?

De pronto se oyó la risa del homenajeado.

Incrementando. Una risa atronadora, autoritaria. Uno tras otro, los invitados se fueron sumando hasta que el salón quedó inundado de júbilo.

72

Jueves 25 de mayo, noche

—Calla —dijo Marika Glans.

Solveig estaba a punto de abrir la boca para decir que no pensaba decir nada, cuando Marika le levantó un dedo.

—¡Cierra la boca!

El Jeep estaba mal aparcado en la calle Linnégatan. Marika había rodeado a Solveig como si fueran buenas amigas, la había hecho salir del portal y la había metido de un empujón en el asiento del acompañante, con el arma pegada a su espalda. En cuanto se hubo sentado, Marika la había obligado a ponerse unas esposas.

El coche iba de un lado a otro por el carril. Marika no paraba de lanzar miradas a su lado, a Solveig. De repente se puso a cantar. En alto.

«*Baby there's a price to pay.*»

—Canta —dijo Marika.

Tenía el arma en su regazo.

El coche iba a ciento veinte por hora al cruzar el puente hasta Gullmarsplan.

Marika alzó la voz, encontró un tono cortante:

«*I'M A GENIE IN A BOTTLE BABY*».

—¡Que cantes!

Solveig cantó el viejo *hit* que lanzó a la fama a Christina Aguilera.

—Calla, he cambiado de idea. Suena horrible —dijo Marika.

Pasaron junto al pabellón Globen y el nuevo estadio gigantesco a mano derecha. Un tractor con rodillos para barrer la calzada estaba haciendo la rotonda sin prisa alguna. El chico que iba al volante las miró largo y tendido. Solveig sintió un impulso. Saltar del coche. Ahora. Marika tocó el claxon.

Con cuidado, Solveig giró el cuerpo hacia la puerta. Sus manos esposadas se movieron con sigilo hasta la manilla de la puerta. El corazón a galope. Un chasquido sordo. Las puertas se habían cerrado.

—No intentes nada, cerda —dijo Marika.

El conductor del tractor les lanzó un beso y siguió su lento camino. Marika Glans pisó el acelerador con su zapato de tacón y cogió la avenida Nynäsvägen en dirección sur. Pasaron por Farsta y las grandes superficies de construcción de Länna. Solveig no se atrevía a moverse, ni siquiera a mirar al suelo para ver qué era lo que crepitaba entre sus pies.

Debería haber sido más rápida.

—Parece que te interesan mucho las curiosidades —dijo Marika Glans y señaló un concesionario Škoda de cristal y planchas de metal corrugado—. El hombre que estás a punto de conocer empezó su carrera ahí. Como ladrón de coches.

—Vale.

—¿Cómo que vale? La información es clave para el éxito en la vida.

Solveig hizo unas cuantas respiraciones. ¿Por qué no se había dado cuenta antes? Marika Glans estaba loca. Había matado a Jennifer Leone por celos. Probablemente, estaba también detrás de las desapariciones de Elina Olsson y Carlos Palm. ¿Ahora le tocaba morir a Solveig?

Intentó ordenar las ideas.

—¿Tienes una foto suya? —preguntó con calma forzada en la voz.

Marika soltó una risotada. Sacó el móvil. Buscó durante un rato hasta que giró la pantalla hacia Solveig.

Ella reconoció al hombre.

Era el mismo con el que se habían cruzado la tarde que estuvo con Kalju Saagim. El hombre que él no le presentó.

—¿A qué se dedica ahora? —preguntó Solveig.

—Es emprendedor.

—¿Por casualidad, tiene un asistente?

—Tiene a una especie de finlandés como ayudante. ¿Por?

Solveig guardó silencio.

Marika siguió hablando.

—Mi novio está quedando en ridículo, tal como te pasa cuando no tienes el control, pero no pienso dejar que sus errores me salpiquen a mí. Voy a tener la vida que merezco.

El coche se tambaleó todavía más.

—Hay quienes van a la Facultad de Economía o se dedican a vender áticos en el barrio de Östermalm. Yo he invertido en ser guapísima. Pero en otoño cumplo veintinueve. Tendré un buen físico cinco años más, diez, en el mejor de los casos. Después se acabó, y a menos que quiera vivir como mi hermana tengo que capitalizar ahora. ¿Entiendes? No pienso tener dos críos y un coche feo y un marido gordo y un trabajo normal y corriente y vivir en una jodida casa pareada en una urbanización, solo porque tú…

Un coche les pitó desde el carril de la izquierda. Marika se echó al de la derecha. Terminó la frase:

—Solo porque tú no piensas colaborar.

Solveig seguía sin decir nada.

—Sé que Lennie va por ahí follando y que escogerá a alguien más joven. Tarde o temprano. Pero ese día yo tendré lo que me corresponde.

Pasaron por delante del polígono comercial y las tiendas de Haninge. Un poco más allá asomaban varios edificios amarillos detrás del bosque.

—Brandbergen. Allí es donde me crié. La mayoría de mis amigas de la infancia siguen viviendo ahí. Trabajan vendiendo ropa en Gina Tricot y de cajeras en Hemköp. ¿Sabes qué es lo que me hizo salir de ahí?

—No.

—Me dan escalofríos cuando veo a la gente normal. Ya sabes, gente gorda, sin maquillar y acomodada en la normalidad. No puedo imaginarme nada peor. Imagínate ser así. Qué angustia.

El asiento crujió un poco cuando Marika se reclinó.

—Obviamente, ya sabes que Lennie tiene un pasado. Que en realidad se llama Martin Lenholm y que viene de Tranås. Pero ha ascendido, se ha alejado de todo eso, igual que yo. Pero a diferencia de mí, él tiene debilidades. Sucumbe a las tentaciones, a veces se deja llevar. Como pasa cuando no tienes nervio. En efecto, puede que Lennie Lee conozca a otras, pero Martin Lenholm no se las arregla sin mí.

Pasaron junto a casas abandonadas y viejas granjas.

—¿Qué piensas hacer? —preguntó Solveig.

—Yo nada. Ahora eres tú la que va a trabajar.

El rebufo al rebasar un autobús de turistas golpeó las lunas. El velocímetro alcanzó los ciento sesenta.

Solveig sopesó las alternativas.

¿Se tiraba del coche en un desvío? Las puertas seguían cerradas. ¿Intentaba pedir ayuda por teléfono? El móvil estaba en el bolsillo de la chaqueta.

—Estoy mareada —dijo.

—No te atrevas a vomitar.

Solveig se inclinó hacia delante, vigilante. No pasó nada. Se llevó las manos lentamente a un lado, tanteó con sigilo en busca del teléfono.

Marika le dio un tirón en el pelo.

Solveig notó el escozor.

—Vete olvidando de eso.

Soltó el volante y le arrebató el móvil a Solveig.

Un tráiler pegó un largo bocinazo. El coche dio bandazos.

De nuevo el ruido en los pies. Había una bolsa blanca de plástico de la tienda Teknikmagasinet en la alfombrilla de goma. Marika tenía la mirada puesta en la carretera. Solveig hurgó con la punta del dedo gordo. Notó que había algo dentro. Miró entre sus pies. Allí había un embalaje vacío de plástico de una réplica de pistola, una Colt 45.

—¡Cerda!

Marika alzó el arma y le asestó un golpe a Solveig en la cabeza. Un par de centímetros por encima de la sien.

Algo caliente se deslizaba por su mejilla.

Sangre.

73

Jueves 25 de mayo, noche

Kalju Saagim estaba de pie en un rincón observando la fiesta. Las caóticas conversaciones habían perdido todos los matices. Todo eran ojos que devoraban, manos sobre piel. La decencia había desaparecido. Solo quedaba lo más bajo, lo primitivo, aquello que por lo general siempre permanecía oculto bajo la superficie. Las pulsiones, el ansia al desnudo. Al mismo tiempo, se palpaba la angustia en el aire.

Jakob Adler había puesto buena cara durante la actuación de Rickard Ringborg, hacia el final del número incluso le había seguido el juego, pero Kalju sabía que estaba cabreado. Por un instante la situación había pendido de un hilo, cuando el cómico había mencionado Kumla; Kalju había contenido la respiración. Ver a alguien haciéndose el gracioso a costa de Jakob, sacar su pasado delante de toda una sala, era inexplicable. Evidentemente, iba a haber consecuencias.

Una mujer joven se acercó a Kalju. Apartó la mirada. Demasiado tarde.

—¿Eres tímido? —preguntó ella y sonrió.

—Puede —dijo él.

—Yo soy un poco peligrosa. —Le guiñó un ojo. Su aliento olía ácido por el vino.

—Ya —dijo Kalju.

—Pero solo un poco —continuó ella y se enredó el dedo índice en un mechón de cabello.

Kalju miró al conjunto de sofás en el centro de la sala. Jakob Adler hurgaba en una ostra. La vació entre los pechos de una mujer, se inclinó y sorbió el molusco. Arvo Kolk, en joven estonio, tomó ejemplo, le subió la negligé y puso un pedacito de carne sobre la barriga desnuda de la mujer. Esta vez ella se quitó la comida de un manotazo.

Lo que veía le provocaba asco.

—¿Quieres tomar algo? —le preguntó la chica rubia que tenía al lado.

—No, gracias.

Sabía desde hacía tiempo que tenía que alejarse de Jakob, pero siempre había encontrado un motivo para esperar, para darse más tiempo. Si no era Inna, era otra cosa. Una buena entrega de carne, una reunión con un cliente, un dolor de cabeza. Excusas que le permitían prolongarlo y seguir un día más.

—¿Y qué haces? —preguntó la rubia.

Por Inna. Siempre pensaba que tenía que aguantar para proteger a su hermana. Pero ¿era realmente así? ¿O acaso ella era una cómoda excusa? Llevaban varios años sin verse, apenas habían mantenido contacto. Él no sabía a qué se dedicaba ella, a lo mejor no era tan malo como se había estado imaginando. Quizá las cosas se habían resuelto, quizás ella no necesitaba ayuda en absoluto. Kalju no había hecho nada para averiguarlo.

—¿Hola? Te he preguntado que qué haces. —La mujer le pasó la mano por la espalda.

—Nada —dijo él.

—Oh, un hombre misterioso, qué interesante.

Sus palabras se diluyeron.

Jakob Adler se había levantado y había abandonado la sala.

Ahora estaba justo al otro lado de la ventana hablando con el fotógrafo. A Kalju le pareció distinguir el nombre de Solveig. Intentó escuchar, pero no pudo entender el contexto por culpa del bullicio. Él la había llamado en vano, le había mandado varios mensajes de texto, le había dejado un largo mensaje de voz diciéndole que no viniera. Independientemente de lo que Lennie le dijera, independientemente de lo enfadada que Solveig estuviera con Kalju, debía mantenerse alejada.

—A la mierda —dijo la mujer y se marchó.

74

Jueves 25 de mayo, noche

Pudo notar un leve balanceo. La cabeza le palpitaba y le dolía. Por un segundo, Solveig pensó que volvía a encontrarse en la cama de agua de Dan Irén. Entonces vio las ventanitas redondas a lo largo de la pared. Mantas y almohadas marineras al estilo Newport. El cabecero de la cama era blanco y acolchado y estaba decorado con anclas.

Estaba a bordo de un barco.

El silencio se vio interrumpido.

Pasos.

Al instante siguiente, la cerradura de la puerta se abrió desde fuera.

Marika Glans se detuvo a los pies de la cama. En una mano llevaba una bolsa de plástico de Prisxtra, la cadena de tiendas de bajo precio. En la otra, una botella de cristal partida.

—Joder, qué pinta tienes —dijo.

La bolsa aterrizó al lado de Solveig.

—Toma. Cámbiate.

«Piensa algo, haz algo, sal de aquí.» Solveig notó que se le aceleraba el pulso. Sus manos estaban apresadas por los grilletes. Su cerebro trabajaba a cámara lenta.

—¿Por qué te cuesta tanto ser un poco más zorra?

Solveig levantó las manos esposadas.

—Tendría que… quitarme esto…

Marika hurgó en su gran bolso de diseño, sacó algo y se acercó al lado de la cama en el que yacía Solveig. Sus manos eran huesudas y frías. Las esposas soltaron un chasquido. Solveig quedó libre.

—Date prisa.

Marika alzó la botella.

El cristal hueco en el cuello de Solveig. Cantos afilados en su garganta.

—No me iría mal una ducha, si he quedado con alguien. —Solveig forzó la voz. Aguda y jovial. Intentaba sonar lo más dulce posible. Era difícil, con tanto miedo.

—Quítate eso pegajoso que tienes en la frente.

Marika Glans señaló una puerta corredera que había a la derecha con la barbilla.

—Y más te vale que sea rápido.

El cuarto de baño era grande, como el de una casa unifamiliar. El lavabo, ancho y rectangular. Al lado había una sauna de vapor y un plato de ducha con tele empotrada y equipo de música. La puerta tenía una cerradura de pestillo giratorio normal y corriente, probablemente fácil de reventar de una patada.

Miró al techo. Allí había una ventana cuadrada de plástico oscuro. Lo bastante amplia como para pasar a través de ella. Pero ¿alcanzaba hasta allí? Solveig abrió el grifo de la ducha. Dejó que el agua corriera a máxima presión. Después bajó con cuidado la tapa del inodoro y se subió.

Un chirrido. Solveig tosió para disimular el ruido.

Logró abrir la ventana.

Se puso de puntillas y se aferró con las manos al marco. Retorció el cuerpo, intentó subir con los codos. El barco se balanceó suavemente. Lo intentó con todos los músculos.

Pesaba demasiado.

«Mierda.»

—Voy a darme una ducha —gritó por encima del hombro.

Sin respuesta.

Solveig hizo acopio de fuerzas.

Con las piernas inestables, volvió a subirse a la taza del váter; el pie derecho sobre la tapa, que ahora estaba levantada. Sus manos se agarraron a los listones de aluminio. La cosa iba mejor. Logró subir un poco. Le dolían los brazos, temía que le fallara una mano y se desplomara. Se clavó el metal entre las costillas al subir un poco más. Hizo fuerza con todo el cuerpo. Luchó para seguir adelante, afuera. Sacó los hombros y el pecho. Se dio un nuevo impulso y consiguió salir un poco más. Y un poco más. Se agarró a un gancho, y tiró.

Con las últimas fuerzas logró sacar el cuerpo entero.

Se quedó tumbada bocabajo.

Sin aliento.

Temblando.

Solveig se incorporó con cautela.

Estaba en la proa de una gigantesca lancha a motor. Unos veinticinco metros de eslora, con terrazas y cubiertas en tres pisos.

Cielo estrellado. Un suave frufrú de los juncos, música a lo lejos.

Se oyeron unos golpes que venían de dentro. Marika Glans zarandeaba la puerta bajo sus pies. Solveig se apresuró. Bajó una escalerilla, cruzó el suelo de madera pulida hasta el lado que daba a tierra.

Había más o menos un metro entre el barco y el embarcadero.

Trepó al otro lado de la borda, se sujetó con una mano y apoyó bien los pies.

Y saltó.

75

Jueves 25 de mayo, noche

*E*l hogar estaba decorado con pequeñas caras de demonios que debían proteger contra el mal y la desgracia. Lennie podría precisar de su ayuda seriamente. Jakob Adler se había puesto hecho una furia. Le había exigido a Lennie que lo acompañara al jardín. Lo había agarrado por las solapas.

—Me prometiste una orquesta de verdad.

—¿No te ha gustado cómo he... la fachada... la idea de...?

—Has dejado que ese puto payaso me humillara.

Por suerte, poco antes Lennie acababa de recibir una buena noticia. Marika Glans le había escrito diciéndole que ya había vuelto. Y que Solveig estaba esperando en el barco. El yate de Jakob. Lennie le había pedido su más humilde disculpa por la torpeza inexplicable de Rickard Ringborg y había dicho que debía poder dar su discurso. La sorpresa personal de Lennie todavía permanecía a la espera. Y luego Jakob iba a verse con la modelo de la portada, Solveig Berg, en privado, de forma confidencial. Como postre extra. De alguna manera había logrado persuadir a Adler para que entrara y dejara que la fiesta continuase.

Ahora el homenajeado estaba sentado con el arnés puesto y mirando fijamente a Lennie desde la butaca que había en el centro de la sala.

¿Dónde diantre se había metido Hockey? Lennie llamó al asistente por infinitésima vez —ya había perdido la cuenta—, pero el pinganillo seguía en silencio.

«*The show must go on.*»

Pensó en el pago.

Los cinco millones le dieron fuerzas para levantar el micrófono y hacer tintinear la copa por segunda vez.

Risas histéricas, alboroto y cristales rotos.

Seguían sin percatarse de su presencia.

La cocaína corría por todas partes, ya no era cuestión de unas rayas discretas. En el suelo había trozos de carne y restos de comida.

Lennie trató de pensar algo. Le hizo un gesto a Dan Irén. Al principio con moderación, pero debió recurrir a los aspavientos como si fuera un molino porque no le hacía caso. Al final Dan lo vio. La música bajó de volumen, pero el bullicio continuó.

Cacofonía.

Lennie pensó que así era como debía de sonar el infierno.

Jakob Adler se puso en pie.

Dio tres palmadas.

Se hizo un silencio repentino. Jakob Adler estiró la mano en dirección a Lennie, que por arte de magia logró captar la atención de toda la sala.

Se llenó los pulmones de aire.

Visualizó la playa de Tailandia en la que estaría tumbado dentro de poco.

—Estimados invitados… querido Jakob.

Un carraspeo radiofónico en la oreja.

Lennie pudo oír la respiración de alguien.

—¿Hockey? ¿Estás ahí? —susurró en el *walkie-talkie*.

Lennie se cruzó con algunas miradas y asintió con la cabeza.

—Me alegro de veros aquí reunidos esta noche. Como comprenderéis, sobra decir que me llena de orgullo poder montar la fiesta del cuarenta cumpleaños de Jakob Adler. Es un gran honor…

De nuevo un ruido en el pinganillo. Ahora más fuerte.

—*Hola, Lennie* —dijo una voz grave de mujer.

Se quedó de hielo.

Imaginaciones. Fantasmas mentales.

No era posible.

Debían de ser los nervios, que le estaban jugando una mala pasada.

—Quizá os estéis preguntando qué es este sitio en el que os encontráis....

Lennie comenzó a hablar del castillo. Era de la época del Imperio sueco y a lo largo de los años había sido propiedad de empresarios y magnates de la industria, como Torsten Kreuger y Axel Wenner-Gran. Y la butaca roja con el marco dorado, donde estaba sentado Jakob Adler, provenía de un palacio de Budapest.

—Tallado a mano, siglo XVIII —dijo Lennie.

El homenajeado acarició satisfecho el reposabrazos con la mano.

—Como comprenderéis, no es ninguna casualidad que estemos precisamente aquí esta noche. Muchos de los grandes emprendedores han celebrado convites legendarios en el castillo de Häringe —dijo, y, sin pretenderlo, se vio hablando de la actividad de Jakob. Ni que decir tiene, no mencionó nada del pasado, sino que se concentró en el ahora.

—Los negocios de Jakob Adler han significado muchísimo para Estocolmo.

Una gran exageración, sin lugar a dudas. Pero Lennie quería que se sintiera como un auténtico rey. Una estrella de rock alrededor del cual se agolpaban las mujeres, con la esperanza de poder participar de la aventura de la noche.

Zumbido y carraspeos en la oreja.

Largas respiraciones.

La voz grave de mujer volvió a hablarle.

—*Bonitas palabras* —dijo.

A Lennie le dio un vahído. No era posible. Debía estar alucinando.

—*Pero ya es hora de llegar al punto importante.*

—Para —dijo él en voz alta.

Miradas de desconcierto.

Lennie se aclaró la garganta.

—Muchísimo para Estocolmo.

—*Haz lo que te digo* —le dijo la voz.

—O sea, Jakob Adler ha significado muchísimo para...

—*Quítate el jersey.*

—¡Para!

Jakob Adler miró fijamente a Lennie.

—La gastronomía… ahora Estocolmo es una…

De pronto, Lennie tuvo a Hockey al oído.

El asistente sonaba distinto. Presa del pánico.

—*Haz lo que te dice* —dijo Hockey.

Los invitados comenzaron a mirarse los unos a los otros. Jakob Adler fulminó a Lennie con la mirada, que quemaba como un soplete.

La voz de mujer en su oído:

—*Desnúdate.*

—Jakob es un… un referente para muchos. En tantos aspectos…

Hockey dio un grito. De dolor. Lennie pudo oír el lloriqueo del asistente.

Tenía que obedecer.

Se quitó la americana. La echó sobre el respaldo de una silla.

—¿Soy el único que tiene calor?

—*La camisa también.*

Lennie se quitó la pajarita y poco a poco comenzó a desabrocharse la camisa. Desde el cuello y hacia abajo. No tardó en estar de pie con el torso desnudo.

—Como en *Ladies Night* —dijo y se percató en el acto de lo estúpido que sonaba.

—*Ahora puedes aliviar tu corazón y explicar que eres un violador.*

Lennie notó cómo abandonaba su cuerpo. Se veía a sí mismo desde fuera. Vio las perlas de sudor frío en su pecho. Los movimientos de los labios. Las manos que se cerraban y mecían delante de él:

—Tengo algo que confesar, algo que me pesa desde hace mucho tiempo. Quiero que sepáis que soy…

Tragó saliva.

—… de Tranås.

—*Me parece que no ha salido del todo bien.*

Hockey bramó de dolor en el pinganillo.

—Soy un violador —dijo Lennie rápidamente.

El asistente gimoteaba atormentado.

—¡Un violador!

Jakob Adler se regocijó.

Lennie cayó en la cuenta de que no había oído pasos en el

techo. Allí había un silencio aterrador. Por tanto, las voces de Hockey y la mujer que en ese preciso instante estaban acabando con Lennie no se encontraban en la buhardilla, sino en otro sitio.

¿Seguía Lily Hallqvist allí arriba?

El sudor le corría por la espalda.

—*Y un proxeneta* —dijo la voz.

Lennie barrió el aire con la mano en dirección a las chicas que estaban más cerca de Jakob.

Repitió:

—¡Y un proxeneta!

Vio un espasmo en la cara de Adler.

—*Bien, Lennie. Ahora ya puedes cantarle al niño del cumpleaños* —le dijo la mujer.

Aliviado, Lennie entonó el *Cumpleaños feliz*. No tenía ni idea de cómo lo pudo lograr, pero lo hizo con ahínco, todo el que pudo, y uno a uno consiguió que los invitados lo acompañaran. Pronto la sala entera estuvo de pie cantándole a Jakob Adler.

—Hip hip… —gritó Lennie.

El retumbante coro hizo temblar toda la estancia.

—¡Hurra! ¡Hurra! ¡Hurra!

Lanzó una mirada a la cuerda. El polipasto que debía hacer descender a Lily Hallqvist. La instalación estaba asegurada con un gancho en la pared, junto al hogar, a poco más de un metro de Lennie.

Se acercó.

Ahora el pinganillo permanecía en silencio.

Lennie se descubrió a sí mismo rezándole a Dios, a pesar de no ser creyente.

«Deja que se abra la puerta. Deja que funcione. Deja que Lily Hallqvist vuele por la sala.»

Lennie agarró la cuerda.

Contuvo el aliento.

Y tiró.

Se oyó un crujido y un chirrido. Lennie dirigió la mirada al techo y vio caer unos copos blancos. Parecía nieve.

La trampilla se abrió.

Al principio no pasó nada. Luego volvió a chirriar. Más

alto. Un estruendo áspero. La cuerda se movía a toda prisa. La rueda de la que colgaba giraba demasiado rápido.

—Cuidado —gritó alguien.

Los invitados retrocedieron, se echaron a los lados.

Un gran bloque de hielo se precipitó desde el techo. Al mismo tiempo, Jakob Adler salió disparado hacia arriba y se quedó colgando unos metros por encima de la butaca, oscilando en el arnés, a la altura del bloque de hielo.

Jakob Adler rugió.

Un murmullo se levantó en la sala. Risas sueltas. Terror. Pánico.

Las cuerdas crujían.

La gente se apartaba.

El bloque de hielo cayó otro metro y Jakob Adler subió más alto. El mecanismo emitió un ruido ominoso. Lennie comprendió que iba a ceder.

Dejó que pasaran unos segundos.

El bloque se desplomó contra el suelo y se rompió con un trueno ensordecedor. Estalló en mil pedazos. Al mismo tiempo, Jakob Adler se vio izado los metros que le quedaban hasta el techo.

Lennie contempló al homenajeado, estaba en lo alto de la sala. Y luego miró el bloque de hielo.

Fluctuaba entre tonalidades azules y verdes.

Vio algo que le parecieron brazos y piernas.

Vislumbró el perfil de una cabeza. El pelo castaño.

Carlos Palm.

76

Jueves 25 de mayo, noche

La luna arrojaba un pálido resplandor sobre la ensenada. Una larga alameda subía hasta el edificio principal del castillo. Solveig caminaba escondiéndose, pasó junto a pequeñas dehesas y una estación de bombeo de madera roja. ¿Debería intentar llegar a la población más cercana y dar la alarma? ¿O debería entrar en el castillo y avisar primero a los invitados? Marika Glans podría volver a matar antes de que terminara la noche.

Solveig casi había alcanzado el muro blanco que delimitaba el edificio principal cuando oyó el ruido.

Piedrecitas crepitando bajo unas suelas de zapato.

Pasos apresurados.

Se echó al suelo en el borde del camino, bajó reptando a la cuneta y se tumbó bocabajo, inmóvil. Aspiró el olor a tierra húmeda y estiércol.

Los pasos se acercaron. Solveig intuyó la silueta de una persona. Debía de ser Marika, que la estaba buscando. Pegó la cara al suelo, se quedó lo más quieta que pudo. Los segundos parecían durar una eternidad. Algo le subió por la mejilla. Un insecto. Notó una quemazón. Debía de haberla picado. Ahora percibió un zumbido. Insectos por todas partes. Avispas. Avispas de tierra. Solveig estaba tumbada sobre un nido.

Se levantó de un salto.

La silueta dio la vuelta.

—¿Solveig?

Se quedó paralizada, no pudo moverse ni un metro.

Dan Irén le puso una mano en el brazo.

—¿Qué haces aquí, en la oscuridad? —preguntó él.

Ella estuvo a punto de pedirle que llamara a la policía. Pero cambió de idea. No se fiaba de nadie.

—¿Qué estás haciendo tú aquí? —preguntó ella.

—Esperar un taxi.

Dan estaba pálido. Sus ojos, asustados.

—¿Has visto a Marika Glans? —preguntó Solveig.

Dan no respondió.

—¿Marika está en el castillo?

—No lo sé, pero he visto bastantes cosas ahí dentro. Es un campo de fuerzas de pulsión muy oscuras. El colapso del ser humano.

—¡Dan! ¿Está Marika allí dentro?

Él se encogió de hombros.

—No lo sé, pero yo no me quedo aquí ni un minuto más. El taxi me está esperando arriba, en el cruce.

Se fundió con la oscuridad.

Solveig continuó en dirección al castillo.

Llegó a uno de los pabellones, un edificio anexo de menor tamaño que tiempo atrás debió de hacer las veces de vivienda para el servicio. Se mantuvo pegada a la fachada, avanzaba de puntillas, dobló la esquina. Nuevos ruidos. En el piso superior había una ventana entreabierta.

Gente en el interior. Quizá habría alguien que le pudiera prestar un teléfono.

Solveig rodeó el edificio y tanteó la puerta de madera de color vino. El picaporte colgaba, como si se le hubiera roto un muelle. Entró.

El pasillo estaba oscuro y el aire cargado. Las estancias tenían nombres de viejas estrellas de cine, como Elizabeth Taylor y Gene Gauntier. Solveig se abstuvo de encender la luz, sus ojos no tardaron en acostumbrarse a la oscuridad.

Otra vez el ruido.

Un golpe seco.

Solveig se detuvo. Por un breve instante solo pudo oír su propia respiración. Luego llegó el estruendo.

Una mujer dio un grito, varios objetos cayeron al suelo.

Solveig subió por una estrecha escalera de caracol hasta

el piso superior y a un nuevo pasillo. Techos y paredes oscuros. El único mueble que había era un escritorio con un libro abierto. Detrás colgaba un retrato en blanco y negro de Greta Garbo, en chal y con la mirada encubierta.

A la izquierda había una puerta doble cerrada.

La entornó con cuidado.

Miró por la ranura.

La sala tenía un aire anticuado, con tapices en cuero dorado, ventanas estrechas incrustadas en muros gruesos, hogar abierto y una amplia colección de armas. En el centro, una pesada mesa con ocho sillas talladas. En la pared más estrecha de la derecha había dos sillas más, colocadas de manera que los respaldos se tocaban.

Allí estaban Lily Hallqvist y Hockey.

Atados con cinta de precintar.

El miedo quedó anulado y las acciones se volvieron instintivas.

Solveig abrió la puerta y entró.

La miraron con ojos de pánico. Estaban atados de manos y pies con bridas. Tenían varias vueltas de cinta de precintar en el pecho, el estómago y las piernas. La cara de Lily sufría espasmos, como si tratara de decir algo pero hubiera perdido la facultad del habla. Solveig se acercó.

—¿Dónde está Marika? —preguntó.

Hockey negaba con la cabeza. Le salía sangre del muslo. Una gran mancha oscura se extendía por sus pantalones de pinzas.

Solveig empezó por sus manos. Tiró y forzó la brida. No pasó nada. Hockey no paraba de repetir las mismas palabras.

—¿Por qué yo? ¿Por qué yo? ¿Por qué yo?

Lily dio un grito.

—Solveig Berg —dijo una voz de mujer.

El tono era grave y familiar.

Solveig se volvió.

Elina Olsson.

Solveig notó que le apretaban el cuello con un objeto duro. Metal frío. Le costó respirar, era como si la hubieran arrojado a un hoyo en el hielo.

—Elina —logró pronunciar—. Pensaba que estabas muerta.
La presión aumentó.

—No vas a detenerme. —Elina Olsson respiraba lentamente, con el objeto firmemente encajado debajo de la barbilla de Solveig.

—Necesito aire…

A Solveig le flaquearon las rodillas. Intentó serenarse, cambió el tono de voz, hizo un esfuerzo por sonar como una mediadora en un drama de rehenes en alguno de los *thrillers* que había visto con Fatima.

—Por favor, suéltame.

Para su gran alivio y asombro, funcionó. La presión desapareció. Elina sostenía el objeto en alto. El mango era de madera, la cabeza de metal, con una espalmadera rugosa en un lado y una hoja afilada en el otro.

Un hacha de cocina.

—Elina —dijo Solveig lo más tranquila que pudo—. Si tan solo…

—Calla. —Su piel tenía peor aspecto que nunca. Manchas rojas en la frente, en la nariz. La barbilla se le agrietaba. Sus ojos estaban llenos de odio.

Solveig cambió de táctica.

—La policía está en camino. Llegarán de un momento a otro.

—Chorradas.

—En un par de minutos toda la zona estará rodeada.

—Un consejo —dijo Elina—. Si vas a mentir, aprende a mentir bien.

Solveig retrocedió.

Elina Olsson sacó una silla y la puso formando un trébol junto a las de Hockey y Lily. Iba vestida de negro de pies a cabeza. Vaqueros y jersey. Zapatillas de deporte.

—Siéntate —le ordenó a Solveig.

Solveig se fijó en un objeto de latón que había en el suelo a casi un metro de su silla. Una trompeta milenaria. Lamentablemente, nada que le pudiera servir para defenderse. Del techo colgaba una pesada araña y en la otra punta de la sala había un hogar con atizadores y una pala de cenizas, pero quedaban a varios metros de distancia. Imposible.

—¡Siéntate!

Elina alzó el hacha sobre Lily Hallqvist.

—¡No! —gritó Solveig.

Se sentó en la silla.

Demasiado tarde.

La hoja cortó el aire con un silbido, justo delante de sus ojos, y se clavó en Lily Hallqvist. El filo le abrió un corte de diez centímetros por encima del pecho.

Lily aulló de dolor. Después se quedó callada y comenzó a respirar apresuradamente.

Elina fue a buscar un rollo de precinto y bridas en una mochila que había en la mesa, donde también había una especie de auriculares. Luego se acercó a Solveig. Le lanzó una brida de color blanco.

—Ábrela y mete las manos.

Solveig titubeó. ¿No llegaría a la trompeta? Si la tiraba con suficiente fuerza quizás a Elina se le caería el hacha. Entonces Solveig tendría una oportunidad para reducirla.

—¿No me oyes?

Elina blandió el hacha sobre la cabeza de Lily.

Solveig se puso la brida.

Elina la tensó. Tan fuerte que Solveig comenzó a sentir pinchazos en los dedos. Después, Elina le dio unas vueltas de cinta adhesiva alrededor de los tobillos y la barriga. Retrocedió unos pasos y se quedó de pie junto a la mesa, con el hacha en la mano. Un dedo por el filo ensangrentado. Elina los observó a todos en silencio.

—Así que fuiste tú quien mató a Jennifer Leone —dijo Solveig.

Elina pareció divertirse. Le subieron los colores.

—Sí.

—¿Porque te traicionó?

—Haces que suene tan simple… Nada es simple. Yo la quería —dijo Elina.

—Entonces, ¿por qué lo hiciste? —preguntó Solveig.

—Tú estabas en Café Opera aquella noche, ya viste cómo estaba con Lennie. Cuando salieron, los seguí. Discutieron, como siempre. Y él la abandonó, como siempre. Dejó a mi amada sola, allí tirada, junto al castillo.

—Pero ¿por qué la mataste?

—Pasó.

Elina soltó una risotada.

—¿Estabas enamorada de Jennifer?

—Estaba enamorada de cuando estábamos juntas. Thelma y Louise.

—¿Hubieras querido tener una relación?

—¿Que nos acostáramos, quieres decir? Puede que sí, puede que no. Éramos las mejores amigas, lo hacíamos todo juntas, éramos hermanas de sangre. Hasta que Lennie lo estropeó. —Elina hablaba nerviosa.

Solveig asintió con la cabeza. Intentaba pensar que era una entrevista como cualquier otra en la que debía conseguir que la persona entrevistada se abriera.

—Jennifer estaba desmayada en el suelo. Pensé en llamar para pedir ayuda y la arrastré hasta el ascensor, pero entonces pasó algo. Fue como si una fuerza desconocida se apoderara de mi cuerpo. Me detuve. Y empecé a arrastrarla en dirección contraria. Hacia el agua. Al final del cabo hay una escalera que baja directamente a las aguas de Strömmen.

Elina guardó silencio.

—¿Fue allí donde la echaste? —preguntó Solveig.

—Justamente allí. Y es la sensación más fabulosa que he experimentado jamás. Me volví ingrávida, estaba flotando. Absolutamente maravilloso, la liberación total. Fue un final. Estaba cansada de verme traicionada cada maldito día. Recuperé lo que Lennie me había quitado.

—¿Qué pasó con Carlos? —preguntó Solveig.

Elina sonrió.

—Mira —dijo y señaló las ventanas que daban al edificio principal.

Solveig estiró el cuerpo y notó que el precinto se le clavaba en la piel. Podía ver el interior de la sala iluminada donde se celebraba la fiesta. Estaba llena de gente. Voces agitadas. Vislumbró una cuerda que colgaba del techo. Había algo debajo, en el suelo. Parecía tratarse de una persona.

—El cuerpo congelado de Carlos Palm —dijo Elina.

—¿Por qué? —dijo Solveig.

Elina se rio.

—Ya te conté en Berns que pensaba lanzar un tratamiento de belleza con piedras preciosas.

—Pero ¿por qué…? ¿Y cómo…?

—Simple. Mientras arrastraba a Jennifer por las piedras, su pase de la *Glam* se le cayó del bolso. Lo cogí. Después bastó con entrar en la redacción. Llevaba un espray de pimienta y una pequeña arma muy manejable, y sorprendí a Carlos a solas en el estudio de fotografía. Primero el espray, luego esto.

Elina zarandeó el hacha enseñando la parte de la espalmadera.

—Se desplomó y quedó tirado. Con toda la calma del mundo, pude pincharlo en los sitios adecuados. El bótox es muy potente.

Solveig notó las palpitaciones de su corazón. Debería haber visto las señales. El agitador, la charla críptica sobre tratamientos con piedras preciosas, traición y venganza, podría haberle preguntado más a Dan Irén sobre lo que escribió en el foro Flashback sobre Elina Olsson, en lugar de andarse con acusaciones infundadas contra él.

—Pero me fue realmente de un pelo —dijo Elina—. Justo cuando había terminado con Carlos oí a Lennie en la escalera. Tuve que esconderme detrás de la máquina del millón, en la habitación de al lado. O sea, el pánico en su voz cuando encontró a Carlos muerto en su propio estudio. Sentí una especie de éxtasis. Y que, encima, escondiera a su mejor amigo en el arcón congelador… Inigualable. Entonces tuve la segunda idea.

Elina señaló otra vez el castillo con la cabeza.

—Hockey, tú me ofreciste dos mil coronas por venir aquí. Era evidente que la fiesta era importante para Lennie, si no, jamás habría pagado tanto. Es decir, una buena ocasión para terminar mi pequeña gira.

—¿Por qué yo? ¿Por qué yo? —sollozaba Hockey.

—¿Cómo has traído el cuerpo de Carlos? —preguntó Solveig.

—Mi ex tiene una empresa de mudanzas. Ni te imaginas lo que se puede conseguir con un poco de coqueteo con los tíos que trabajan en ella. Les expliqué dónde estaba el arcón congelador y adónde iba. Mientras Lennie estaba de fiesta en

Sturecompagniet, bueno, vosotros tres también estabais, los chicos pasaron por la redacción. Luego Carlos pasó unos días tranquilo en mi casa.

Elina lanzó una mirada fugaz sobre Lily.

Un charco de sangre se había formado en el suelo.

—Y tú, Lily, para variar, no podías mantener la boca cerrada. Tenías que explicar con pelos y señales cómo ibais a sorprender a Jakob Adler. Ibas a bajar con un arnés desde el techo como una maldita zorra voladora. Tenía que ser un secreto, pero conseguiste describir todo el aparejo. Al detalle. Incluso me enteré de que había un gran montacargas desde el sótano hasta el desván. Hablé con la dueña y le conté que íbamos a traer las provisiones para la fiesta. Una señora muy amable.

Elina guardó silencio y se acercó a Hockey.

Al joven asistente le rechinaban los dientes.

—¿Por qué yo?

Elina blandió el hacha delante de su cara.

—Lennie me lo arrebató todo. Ahora lo estoy recuperando —dijo ella.

Solveig recordó las palabras de advertencia de Madam Zandra:

«No te acerques demasiado.»

Elina estaba vengándose de todos de forma enfermiza. Asesinaba a personas que significaban algo para Lennie. Su gente más cercana.

—¿Por qué no has matado a Marika?

Elina se rio como si se tratara de una broma sin gracia.

—Eso habría sido hacerle un favor demasiado grande a Lennie.

—¿Y por qué no lo has matado a él?

—Por la misma razón. Entonces no habría podido saber lo que se siente.

Deslizó la hoja lentamente por la mejilla de Hockey.

—Pero este chico… por lo visto sí que le importa a Lennie.

Elina se detuvo.

Los señaló con la mano izquierda, la que tenía libre. Entonó una canción infantil. *Pito pito colorito.*

Hockey empezó a vomitar.

Lily resollaba.

Solveig se percató de que estaba temblando.

La mano de Elina Olsson se detuvo delante de ella.

—… fuera.

Agarró el hacha de cocina con las dos manos. La elevó por encima de la cabeza de Solveig.

Y embistió.

77

Jueves 25 de mayo, noche

*L*ennie cruzaba el jardín del castillo a paso ligero. De vez en cuando oía los ruidos de los animales que se movían entre los arbustos. Oyó el aleteo de un pájaro que alzó el vuelo en una rama.

Acababa de ser testigo de la desolación total.

Cuando el cuerpo congelado de Carlos Palm arremetió contra el suelo fue como si todos los límites se disiparan. La gente entró en una especie de trance. Volcaron las mesas. Reventaron las botellas. El lobo de cristal de Dan Irén quedó hecho añicos. Los cuadros al óleo del siglo XVII habían sido descolgados de las paredes y rajados a cuchillo. Las chicas correteaban despavoridas, presas del pánico. Algunas tenían encima a hombres que se aprovecharon de la ocasión. Por algún motivo, Adina Blom intentaba grabarlo todo con el móvil.

En otro rincón estaba Rickard Ringborg, muerto de miedo. La mirada perpleja, los labios sin color. Estaba rodeado por tres hombres. Lo empujaban y aseguraban que les debía dinero por unas rayas que se había metido. Lennie escuchó al cómico tratando de salvar la situación a base de bromas. La agresividad se palpaba en el aire.

—Chicos —intentó Lennie. Su voz se ahogó en el revuelo—. ¡Chicos!

Uno de los hombres le clavó la mirada con los ojos de par en par. Lennie retrocedió. Un puño cerrado aterrizó en la cara de Rickard. Sonido de huesos al partirse. Sangre saliendo a borbotones por la nariz. Al mismo tiempo, se oían bramidos y juramentos que venían del techo. Había varios hombres intentando bajar a Jakob Adler, sin resultado. Otro finlandés, más joven y escuálido que Kalju Saagim, empezó a cortar la cuerda que sujetaba a Carlos con un cuchillo. Alguien gritó. Lo apartó de un empujón. Si el contrapeso desaparecía, Jakob Adler se precipitaría al vacío y se mataría.

Lennie estaba paralizado.

Marika Glans no había llegado todavía. ¿Qué le había pasado a su novia?

Dejó de pensar en ella.

El polispasto dio una sacudida y comenzó a moverse. Parecían haber encontrado la manera de bajar a Adler. Cuatro hombres estaban sujetando una gran alfombra, un tejido ancestral que representaba Häringe, y la tensaron como si de una red de caza se tratara.

Jakob Adler gritaba que iba a matar a Lennie.

Los hombres iniciaron la cuenta atrás.

—Diez, nueve, ocho.

La parálisis remitió.

Lennie se dirigió a toda prisa a la puerta de salida.

Al otro lado del portón, la fuente de champán estaba rota en mil pedazos. Los trozos de cristal se clavaron en las suelas de Lennie. Había dos hombres tirando del proyector del jardín. Lennie pasó a toda prisa, echó un vistazo por encima del hombro, a la fachada. La Filarmónica Real había desaparecido. Ahora la pared del castillo era toda ella una escena porno.

«Todavía hay escapatoria», pensó Lennie.

El barco de Jakob Adler.

Rodeó el edificio.

Se puso a correr en dirección al agua.

Miró atrás. Nadie lo seguía.

En ese momento cayó en la cuenta por primera vez. De pronto lo vio todo claro. Los cinco millones no existían. Jakob Adler no había pensado pagar por la fiesta. La suma había sido de lo más irreal desde un buen comienzo. ¿Cómo se había dejado engañar?

Por primera vez en mucho tiempo sintió calma, una paz

absoluta. Tenía la piel suave. No había nada que lo irritara, pinchara ni escociera. Había dejado de picar.

Pronto, tanto él como el yate habrían desaparecido.

Sin dejar rastro.

Su amigo Musse Girani llevaba un club de verano en el puerto de Visby. El año anterior Lennie había estado allí. Después del cierre se llevó a algunas de las chicas y se apuntó a dar una vuelta en una lancha motora. Jennifer, Adina y Lily habían ido sentadas en la proa, con las piernas colgando, embriagadas y un poco colocadas. Lennie y Musse se habían retirado a tomarse un whisky en el camarote. Entonces había salido el tema. Musse tenía una lucrativa actividad paralela. Le llegaban barcos suecos robados que borraba del registro para luego venderlos a compradores de Rusia, Lituania y Polonia.

¿Cuánto había presumido Jakob Adler que costaba el barco? Quince millones.

Lennie corrió. De pronto notaba el cuerpo ligero.

Aunque Musse le comprara el barco por una tercera parte de lo que costaba, Lennie conseguiría lo que le habían prometido por la fiesta. Ya había pilotado barcos grandes con anterioridad, pero ninguno parecido a este. De todos modos, las bases debían de ser las mismas. Con radar y GPS, bastaba con mantener el rumbo marcado. Llegaría a Visby al amanecer. Si había carburante suficiente.

El viento soplaba en las copas de los árboles. El aire de la noche era fresco y húmedo. Lennie había llegado al pabellón marino, el edificio anexo con acceso al agua. El embarcadero estaba apenas cien metros más abajo.

¿Qué era eso?

Lennie aminoró la marcha.

Un ruido extraño.

Venía del interior de la casa.

Lennie levantó la cabeza y vio la ventana abierta.

Entonces oyó la voz. La misma voz grave de mujer que le había hablado por el pinganillo.

Distinguió de quién era. Elina Olsson.

Aguzó el oído. Entendió que Solveig también estaba allí. Y Lily.

Y Hockey.

Elina Olsson hablaba divertida sobre a quién iba a matar primero.

Lennie se quedó como petrificado en la pendiente.

La cabeza le daba vueltas.

Elina no estaba muerta. Y él no era ningún asesino, como Jakob Adler le había hecho creer.

Lennie dio un respingo.

Un grito estridente salió por la ventana.

Era de Hockey.

Lennie pudo percibir el pavor, el dolor, la agonía en la voz del asistente.

Elina Olsson había asesinado a Jennifer. Ella había asesinado a Carlos. Y ahora estaba a punto de asesinar otra vez. A tres personas inocentes.

Había una escalera de incendios en la fachada.

El impulso era fuerte: Lennie debía entrar. Detenerla. Hacer lo que estuviera en sus manos para salvar las vidas de los demás.

Pero se quedó donde estaba.

Oyó el chapaleo del barco en el embarcadero.

Pasaron unos segundos.

Dio la vuelta y comenzó a bajar. Aceleró el paso.

Corrió en dirección al agua.

78

Jueves 25 de mayo, madrugada

Solveig vio acercarse el hacha de cocina, afilada y manchada de sangre, de camino a su cabeza. Se le nubló la vista. Tuvo la sensación de abandonar su propio cuerpo.

Pasó un segundo.

Ningún dolor, ninguna sangre.

Respiró.

El filo se había detenido a un par de centímetros de su frente. Solveig sudaba copiosamente.

Elina Olsson se rio.

—Te veo pálida.

Fatima había leído varios libros sobre secuestros. En alguna ocasión le había hablado de las bridas. Si no sabías cómo hacerlo, era imposible deshacerlas. Pero por lo visto había una forma que solían enseñar en muchos cursillos de seguridad. Una única manera. Su cabeza se aceleró. ¿Cómo era? Las manos por encima de la cabeza... ¿y luego?

El charco rojo debajo de Lily Hallqvist seguía expandiéndose. Su cabeza descansaba flácida sobre el hombro. Lily estaba a punto de desangrarse.

Solveig oyó un ruido. Era como si se hubiese abierto una puerta en la planta inferior. Elina Olsson también parecía haberlo oído. Miró a un lado.

Solveig decidió probar suerte.

Levantó las manos por encima de la cabeza. Hizo acopio de fuerzas y las activó, al mismo tiempo que separaba los codos, lo más fuerte que pudo contra su muslo.

Se oyó un chasquido. El plástico blanco se partió en dos.

Sus manos estaban libres.

—¿Qué coño haces? —Elina alzó el hacha.

Solveig intentó quitarse el precinto. Tiró de él al mismo tiempo que empujaba con el cuerpo. Pero estaba atrapada.

—¡Solveig!

Alguien gritó su nombre. Solveig levantó la cabeza. Había un hombre en el umbral de la puerta.

Kalju.

Entró corriendo en la sala, abalanzándose sobre Elina.

Ella se volvió en un acto reflejo y blandió salvajemente el hacha contra él. Kalju levantó los antebrazos para protegerse la cara y el cuello. Sus codos formaron una punta.

Con un grito se echó sobre ella.

El hacha se le clavó en el antebrazo derecho. Después, se escurrió de la mano de Elina.

El arma aterrizó con un tintineo en el suelo.

Elina yacía en el suelo, se retorció, tosió y agarró de nuevo el hacha. Se incorporó y comenzó a blandirla de forma descontrolada en el aire. Gritaba con voz desgañitada.

Kalju la esquivó de un salto. El filo oscilaba en el aire, no lo rajó por centímetros. Se desplazó de lado. Agazapado.

Solveig tiraba y bregaba con el precinto. Era inútil.

Tuvo otra idea. Delante de ella, junto al rollo de precinto que Elina había usado para atarla, estaba la vieja trompeta. Solveig se estiró todo lo que pudo. Extendió el brazo hasta que logró alcanzarla.

Se llevó la trompeta a la boca y juntó los labios sobre la boquilla. Relajó el cuerpo cuanto pudo, concentró todas sus fuerzas en los músculos de la cara. Llenó los pulmones de aire, tensó las mejillas.

Apuntó con el instrumento hacia la oreja de Elina, justo en el momento en que esta pasaba.

Sopló.

Una nota terrible inundó la sala. Un alarido intenso y penetrante. Elina se tapó la oreja. El hacha se le volvió a caer mientras gritaba de dolor.

Kalju reaccionó de inmediato. Dios unos pocos pasos y se lanzó sobre Elina por segunda vez.

En esta ocasión ella no tenía ningún arma con que defenderse. La derribó. La sujetó con fuerza en el suelo.

—Te dije… que no volvieras a aparecer nunca más —dijo.

Empujó el hacha con el pie hasta la silla de Solveig. Ella la recogió y pudo cortar el precinto sin ninguna dificultad.

Entre los dos ataron a Elina a la silla en la que Solveig había estado sentada. Dieron una vuelta tras otra de precinto en la cintura y el torso.

Las muñecas y los pies.

—La próxima vez hazme caso. Y mantente alejada —dijo Kalju.

Elina sollozaba. Su cuerpo se mecía hacia delante y hacia atrás en la silla.

—Perdóname, cariño… perdóname, Jennifer.

Solveig liberó a Lily y a Hockey. El cuerpo de Lily estaba temblando, tenía la piel pálida. Su viente subía y bajaba a toda prisa.

Sus labios apenas se movían.

Kalju arrancó unas cortinas y comenzó a vendarla.

Solveig no le quitaba los ojos de encima a Elina. Sujetaba firmemente el hacha en alto, de forma casi convulsiva.

Le temblaba la mano.

Elina había sucumbido por completo.

—Mi querida Jennifer… perdón… perdón —jadeaba.

Hockey se quejaba del dolor en la pierna, pero Solveig vio que no era más que un rasguño.

—Hockey —le dijo—. Llama al 112. Y pon el altavoz.

El asistente de Lennie se había tranquilizado lo suficiente como para sacar el teléfono y marcar el número de emergencias. Sonaron varios tonos antes de que el operador cogiera la llamada. Solveig le explicó lo más breve que pudo dónde se encontraban y lo que había pasado.

—Enviaremos varias ambulancias y coches patrulla de inmediato —dijo el operador.

Kalju estaba sentado junto a Lily. Le había cubierto el pecho con la tela y presionaba el vendaje con las manos.

La sangre había dejado de gotear en el suelo. La respiración era irregular, pero se mantenía.

—Se salvará —dijo Kalju.

Solveig le lanzó una mirada rápida. De la manga de su americana caía sangre, el corte era más severo de lo que había pensado en un primer momento.

—Tú también necesitas un vendaje —dijo.

—No es tan grave.

Guardó silencio unos segundos. Sin soltar a Elina, con la mirada le dijo a Kalju:

—Era Elina la que llevabas en el saco de plástico, ¿verdad?

Él no respondió.

—En Berns.

—Hay cosas que no te he podido contar.

—¿Cómo te ganas la vida, en realidad?

—Solveig…

—Habíamos quedado, pero tú no dijiste nada. Y luego te vi pasar con una carretilla. Te seguí, te encontré en el sótano, donde me encerraste. Luego Elina había desaparecido.

Él murmuró algo ininteligible.

—¿Trabajas para… el de la fiesta?

—Perdón —dijo Kalju—. Quería protegerte.

—No necesito que me proteja nadie.

Elina Olsson había dejado de lloriquear y guardaba silencio. Tenía los ojos cerrados y su cabeza colgaba del cuerpo atado a la silla. Quizá se había desmayado. Respiraba ruidosamente.

—Ha sido una suerte que vinieras —le dijo Solveig a Kalju—. Una auténtica suerte. ¿Cómo nos has encontrado?

—Me estaba yendo de aquí cuando he oído ruidos extraños por la ventana.

Solveig volvió a mirar el desgarrón de su americana.

—Tienes que subir a la ambulancia.

Él seguía con las manos sobre Lily.

—No puedo.

Se oyó un leve sonido. Sirenas en la distancia. Kalju se incorporó y se sacó algo del bolsillo. Un manojo de llaves. Se lo entregó a Solveig y le pidió que siguiera presionando el vendaje de Lily.

—Calle Hornsgatan, 104. Tienes que ir lo más pronto que puedas. A ser posible, esta misma noche.

—¿Qué tengo que hacer allí?

—Lo entenderás en cuanto abras la puerta. ¿Puedes prometerlo?

—Lo prometo.

Él le acarició delicadamente la mejilla con su mano ensangrentada.

La miró profundamente a los ojos.

Y se marchó.

79

Jueves 25 de mayo, madrugada

Lennie sentía cómo le corría el sudor por la espalda. El dichoso barco se negaba a arrancar. ¿Qué hacía mal? La llave estaba en el tambor, los mandos en la posición correcta. Había soltado amarras sin problema, había subido rápidamente las defensas tanto delanteras como traseras. Pero cuando apretaba el botón de encendido, no ocurría nada.

El motor estaba muerto.

Volvió a apretar, con fuerza y mucho rato.

Completamente muerto.

Las gaviotas habían despertado y graznaban en el aire. Burlonas, maliciosas, como si pudieran percibir el pánico que se estaba apoderando de Lennie. No tardaría en amanecer.

Se quitó la americana y la tiró al asiento de al lado. Colocó de nuevo la mano en la palanca. Intentó arrancar en diferentes posiciones. Marcha atrás, punto muerto, a toda máquina. Nada.

«Tranquilo», se dijo a sí mismo.

Si mantenía la cabeza fría no tardaría en comprender cuál era el problema. Sabía lo suyo de barcos, a pesar de todo. Cuando la revista estuvo en su punto álgido tuvo acceso a lanchas de lujo a través de los patrocinadores. En verano solía navegar siguiendo la costa de Båstad, Borgholm y Visby.

Había algo llamado motor de arranque que podía dar problemas. El contacto podría tener un poco de juego. Pero Lennie no tenía la menor idea de cómo se comprobaba eso en un intraborda. «Dispositivo de hombre muerto», pensó. Algunas embarcaciones contaban con un sistema de seguridad especial, una suerte de palanca que hacía que el motor se detuviera o desconectara si no se mantenía sujeta. Lennie miró por todas partes. Debajo del volante, detrás, alrededor del botón de encendido. No encontró nada.

¿Y la batería? ¿Se habría descargado? Miró a su alrededor, encontró un interruptor. Un botón redondo sobre un marco de madera.

Varias lámparas se encendieron.

Mierda.

Dio un puñetazo en la pared.

El dolor se propagó por los nudillos. Tres manchitas rojas lucían en la pared. Ahora el barco estaba iluminado como un jodido parque de atracciones. La palma de la mano sobre el interruptor; volvió a reinar la oscuridad.

¿Por qué no se encendía el motor?

¿Era un castigo?

Pensó en Lily y Solveig. Pensó en Hockey.

Sin duda, debería haber intervenido, cualquier buena persona lo habría hecho. Pero Lennie era un superviviente. Si tan solo pudiera largarse ahora ya lo compensaría más adelante. De un modo u otro.

Miró al cielo.

¿Cuándo iba a hacerse de día?

El barco se había separado un par de metros del embarcadero. Se mecía suavemente.

En el castillo, la música había dejado de sonar. Pero a Lennie le parecía percibir un bullicio. ¿Había llegado la policía?

Arranca, arranca, arranca.

Lennie volvió al puente.

Utilizó las dos manos. Zarandeó sin miramientos las palancas y los mandos. Probó todas las combinaciones, tiró del timón hasta que se oyó un chasquido.

Ahora también estaba bloqueado.

Se cruzó de brazos sobre el panel. Dejó caer la frente.

¿Qué era eso? Le había parecido oír un chapoteo. Alguien que estaba nadando muy cerca. Primero no vio nada. Y cuando miró atrás le pareció distinguir una figura oscura que estaba a punto de subir por la escalerilla de popa.

El pánico brotó de golpe.

Le nubló la mente.

Tanteó en busca de algo rígido.

Pasos por el suelo. Agua que goteaba.

Lennie descartó la idea de defenderse con violencia. Eso nunca había ido con él. Pero tampoco podría salir de aquella a base de cháchara.

Los pasos se hicieron más notorios. La persona se estaba acercando a él.

El miedo perforaba a Lennie.

Tenía que esconderse.

Lennie se echó al suelo. Reptó hasta meterse debajo del asiento alargado que había detrás del puesto del capitán. Se estrujó y juntó las rodillas al pecho.

Enseguida vio un par de perneras negras. Zapatos negros que se paseaban, apenas a un metro delante de él.

Lennie contuvo la respiración.

Asomó la cabeza.

Se le aceleró el pulso.

La americana. Su puta madre. Se la había dejado en el asiento.

Vio un brazo que la levantaba.

¿Era así como iba a terminar su vida? De la misma manera en que la había empezado.

En posición fetal.

Una mano forzuda lo agarró por el tobillo derecho. Otra, del izquierdo.

La espalda sobre el suelo, notó calor y escozor. Lennie no opuso resistencia cuando lo sacaron a rastras de su escondrijo.

El jodido finlandés.

El hombre lo fulminó con la mirada, el agua caía a goterones, llevaba el traje empapado. La americana tenía una manga desgajada. Parecía estar sangrando.

Ferocidad en la mirada.

Un curioso flujo de recuerdos llenó a Lennie. Viejas visiones, sucesos olvidados, olores de la infancia, personas que había conocido en su día aparecieron con un revuelo.

Como un éxtasis.

La vida.

Lo grandioso y lo diminuto. Esperanzas, decepciones, sueños y traiciones. Todo le vino encima, la calma regresó. Estaba flotando. Armonía interior, la sensación de ver todo el contexto.

La gente sentía asco por él, por lo que hacía, por lo que representaba.

Pero representaba algo.

Él había elegido.

¿Cuánta gente hacía eso?

Lennie había determinado su camino. Mientras que otros se limitaban a esperar a que sucediera algo, delegaban las grandes decisiones en otra persona. Amigos que habían perdido los años en alguna formación insustancial por miedo a cerrarse puertas. Gente que iba al trabajo cada día, trabajos en los que contaban las horas, minutos, segundos hasta que podían marcharse a casa. Los que vivían sus vidas desde el compromiso. Desde la cobardía. Los que no se atrevían a elegir. Destinos que se habían forjado solos.

Lennie sonrió.

Él no se había cerrado ninguna puerta.

Las había estampado contra el marco.

Kalju Saagim le soltó los tobillos.

Lennie yacía completamente indefenso, desamparado como un animal de presa.

—Levántate —dijo Kalju.

Lennie se quedó en el suelo. A la espera de lo que sabía iba a tener lugar, preparado para afrontar el dolor. Pensó en las mujeres a las que había fotografiado. Y los titulares que por fin iban a salir. Letras grandes y negras. Su foto.

El hombre de los escándalos.

Muerto.

Asesinado en un yate de lujo.

Kalju soltó un taco.

—Arriba.

Todo daba vueltas. Vio destellos delante de sus ojos.

Lennie se puso de pie.

—Date la vuelta.

Lennie obedeció.

Kalju lo agarró por el brazo. Se lo acercó.

—Sé de qué vas. Cretino —dijo.

—Yo a ti no te he hecho nada.

De pronto fue como si el miedo hubiese vuelto. Lennie temía de nuevo por su vida. Se escurrió de la mano de Kalju. Se abalanzó sobre la escalera que llevaba a la cubierta superior.

Kalju Saagim fue tras él.

Un fuerte rugido se oyó a lo lejos.

Ambos se detuvieron. Miraron.

La silueta de un hombre corría por la alameda, en dirección al embarcadero.

El grito resonó por encima del agua, iracundo, desesperado. Era Jakob Adler.

Le seguían otros más.

Y una mujer.

Marika Glans.

Un trueno ensordecedor.

Disparos.

De una pistola.

Kalju se agazapó, buscó protección detrás del asiento del capitán. Sacó algo del bolsillo, empezó a teclear en una cajetilla. Lennie tuvo un impulso. Saltar al agua. Meterse debajo del embarcadero y esconderse.

—Maldita sea —gritó Jakob Adler.

Estaba a tan solo unos metros del embarcadero.

Kalju Saagim estaba en el puente.

Lennie vio unas luces LED rojas que parpadearon. Varias pantallas se encendieron en el cuadro de mandos. Kalju introdujo algo que parecía un código y tiró de la palanca.

Jakob corría por las tablas de madera. Los hombres y Marika lo seguían como un séquito. Uno de ellos alzó la mano y apuntó directamente a Lennie.

Sonó un disparo.

Y otro.

En ese mismo momento se oyó un grave retumbo.

Los motores arrancaron.

Aceleraron dando una sacudida. Se oyó el tintineo de una bala al penetrar en el casco del barco.

Jakob Adler se lanzó al agua con un grito.

Voló por los aires trazando un arco, cayó de cabeza, salió

a la superficie y logró agarrarse a una defensa que se había soltado de la popa.

Kalju Saagim aceleró.

Dos robustos antebrazos asomaron en el agua. Desaparecieron y volvieron a salir. La superficie del mar se vio hendida, la espuma blanca borboteaba. Jakob Adler se aferraba. Se mecía con las olas como un flotador.

Cincuenta metros.

Después, Lennie solo vio la defensa del barco azotando la espuma.

El casco chocaba con un estruendo contra cada ola. El viento provocado por la velocidad tiraba de la ropa de Lennie, le agitaba el pelo. El yate planeó y continuó de forma más estable.

Lennie miró a Kalju, quien asintió con la cabeza.

Mucho más adelante, en el horizonte del Este, empezaba a clarear. Lennie sabía que habría un antes y un después. Pronto llegarían a mar abierto. Entonces todo cambiaría.

Lennie se vio colmado por la sensación.

Solo uno de los dos bajaría con vida de aquel barco.

Dos semanas más tarde

—¿*C*ómo te sientes?

Fatima levantó a *Jussi*, que se acomodó entre las dos amigas en el sofá de Solveig, en Högdalen. A la mañana siguiente de la fiesta, Solveig había ido al piso de Kalju, en la calle Hornsgatan. *Jussi* la había recibido en la puerta. Había maullado y buscado su amparo desde el primer momento.

—No me lo creo. Esto es justo lo que había soñado. Pero al mismo tiempo, dos personas inocentes han muerto.

El reportaje sobre los acontecimientos en el Castillo de Häringe y las últimas *top models* estaba siendo compartido y comentado en todas partes. Los grandes programas de noticias querían tenerla en el estudio. La radio y la prensa la estaban llamando. Dan Irén le había mandado flores y le había pedido dedicar un programa especial a leer pasajes del texto y discutir los mecanismos de la violencia. Su anterior jefe le había ofrecido volver. Mejor puesto y más sueldo.

Solveig abrió otro mail en el ordenador. Era de una página de noticias de la competencia. El redactor jefe superaba la oferta, quería que migrara su blog y pasara a formar parte de sus perfiles de periodismo de investigación.

—¿Ya has decidido qué vas a hacer ahora? —preguntó Fatima y dio un sorbo al té.

El blog contaba con más de cuatro millones de visitas. Otro límite mágico había sido superado. De repente Solveig disponía de ingresos por publicidad. Casi cien mil coronas hasta el momento.

—Creo que seguiré de *freelance* una temporada. Ahora que me va tan bien.

Otros periodistas habían sacado tajada a partir de donde terminaba su reportaje. La prensa publicaba entrevistas a testigos que afirmaban haber visto a Lennie Lee en lugares como Los Ángeles, Phuket y Dubái. Pero nadie lo sabía con certeza. Jakob Adler, en cambio, estaba en prisión preventiva en Kronobergsäktet, acusado de posesión de drogas y fraude fiscal. Incluso Elina Olsson estaba allí encerrada, acusada de doble asesinato, intento de asesinato y otros crímenes.

—¿Adónde crees que se fue Lennie? —dijo Fatima.

—No sé.

Solveig sonrió con picardía.

—Pero lo cierto es que me estaba planteando descubrirlo.

Abrió el mail, que le había llegado hacía cosa de una hora, y dejó que Fatima lo leyera.

Hola!

Fue un poco raro, la última vez. Ahora mismo intento pasar desapercibido, pero me iría bien desahogarme con una periodista de confianza. Dime si estás interesada en recibir instrucciones sobre dónde y cuándo.

Chau!

LENNIE LEE

P.D. Tendrás que viajar

Fatima se quedó pasmada.

—¿Cuándo… piensas irte?

—Para empezar, tengo que ver si se trata del auténtico Lennie Lee. Pero aunque lo sea, tendrá que esperar un poco. Mi vecina Lisen se ha ofrecido a cuidar de *Jussi*; le encantan los gatos, ya sabes. Pero primero tengo que asegurarme de que está a gusto aquí.

Acarició el pelo gris de *Jussi*. El gato ronroneó.

—Veremos qué pasa. Pero una cosa sí sé —continuó Solveig—. Esta noche pienso invitarte a cenar. Celebraremos lo de la Escuela de Policías. He reservado mesa en un restaurante nuevo especializado en carnes que ya ha ganado un montón de premios. Sthlm Grotesque.

Fatima parecía contenta.

—Qué divertido.

—Y te prometo que intentaré no hablar de mí en toda la noche.

Agradecimientos

$\mathcal{A}$ Staffan Lindberg por leer, aportar puntos de vista, leer de nuevo y leer otra vez. Sin ti el libro no se habría escrito nunca.

Unas gracias enormes a la editorial Pocketförlaget por creer en *No eres lo que dicen de ti* y querer publicar el libro en edición de bolsillo.

Sois muchos los que me habéis ayudado con el relato de distintas maneras, estoy muy agradecida y contenta por vuestra generosidad: Sören Bondeson, Jan Elgerud, Maria Unde Westerberg, Monica Bengtsson, Klas Ekman, Christina Näsman, Kerstin Zachrisson, Fredric Antonsson, Dennis Magnusson, Johan Sköld, Raija y Sven Lindblad, Per Hasselqvist, Maria Marteleur, Dennis Ögat Eriksson, Charlotte Jenkinson, Malin Turunen, Cissi Lundin, Robin Grönvall, Lars Korsell, Kristina Edblom, Anna Åberg, Fredrik Jenestrand y Johanna Briding.

HANNA LINDBERG
Estocolmo, junio de 2015

Hanna Lindberg

Nacida en 1981, Hanna es periodista y vive en Estocolmo. Ha sido editora de *Bonnier Magazine*, la revista de uno de los principales grupos mediáticos de Suecia, en la que también publicaba artículos sobre entretenimiento, gastronomía y clubs nocturnos. Anteriormente fue reportera en el periódico *Aftonbladet* y columnista destacada en *Metro*. *No eres lo que dicen de ti* es su primera novela y ha sido traducida a más de diez idiomas.

www.hannaelindberg.se
@hannaelindberg